Chonburi nätter

Saara Tani

Chonburi nätter

Denna bok är fiktion. Länders lagar, kulturer och seder har vid behov tolkats och skildrats på ett sätt som gynnar berättelsen.

Automatiserad teknik vilken används för att analysera text och data i digital form i syfte att generera information, enligt 15a, 15b och 15c §§ upphovsrättslagen (text- och datautvinning), är förbjuden.

Förlag: BoD · Books on Demand, Östermalmstorg 1, 114 42 Stockholm, bod@bod.se
Tryck: Libri Plureos GmbH, Friedensallee 273, 22763 Hamburg, Tyskland

ISBN: 978-91-8080-168-3

INNEHÅLL

Den vita och mjuka sanden glänste under den starka solen. Palmerna svajade lätt i vinden. Några barn plaskade och lekte vid strandkanten och deras glada skratt blandades med vågornas brus. Matilda bytte ställning i solstolen och vände nästa blad i tidningen. Hon trodde inte på astrologi, eller så ville hon åtminstone påstå, men sneglade ändå snabbt igenom oxens horoskop för december 2017. "Tur i kärlek" samt "oförväntade möten" stod det. Matilda fnös. Så stod det nästan varje gång. Hon kisade mot solen och suckade belåtet. Vinden pustade lätt under hennes solhatt och svalkade hennes svettiga näsa. Jag behövde verkligen det här, tänkte hon.

Matilda hade tagit en månad ledigt från sin stressiga position som projektledare på ett IT-företag. Det var långa dagar och oändliga projekt. När ett var klart hade tre nya redan börjat. Kommunikationen mellan arbetarna och henne var ibland väldigt svår. Fördomar mot kvinnor i IT-branschen var nästan lika vanligt nu som för tio år sen då Matilda fick foten in på sitt första IT-företag. Vissa män hade dessutom väldigt svårt för att både ta kvinnor på allvar och att ta emot order av en. De talade alltid åt henne som att hon inte möjligen kunde förstå. Fördummade henne. Förbisåg henne. Talade åt hennes manliga kollega i stället för att de inte kunde acceptera att hon faktiskt var den som hade mest koll på allting. Fy vilket strunt, tänkte Matilda. Just det hon velat slippa då hon tog semester.

Inte nog med att det var stressigt på jobbet, mamma orkade också ständigt gnälla på att hon fortfarande inte gift sig och avlat barnbarn. "Du är redan 37", sa hon varannan gång de sågs, "och ska du ha några barn så börjar det bli bråttom ska du veta". Klart hon ville ha barn. Eller det är ju lika klart att inte vilja ha barn också, men för Matilda var det klart att hon ville ha åtminstone ett. Det hade bara hittills inte hänt. Inte rätt person, inte rätt stund. Nu började det dessutom bli för sent för henne, det hade gynekologen sagt åt henne vid senaste besök, att hon närmade sig förklimakteriet med stormsteg. Det var tungt att höra.

Att adoptera var ju också ett alternativ. Men det krävde absolut två hängivna vuxna människor som hade samma mål och värden, och var färdiga för uppdraget tillsammans. Av alla de människor hon dejtat under årens lopp hade bara några varit något dugliga kandidater för att bli pappa, eller mamma, till hennes barn. Men sen hade något annat inte varit bra.

Hennes mamma Gunnel tyckte hon var för kräsen, men det tyckte inte Matilda själv. Nej, Matilda hade verkligen inga höga krav faktiskt. Bara helt vanliga. En person med sunt förnuft, en vuxen person, en person som kan sköta sig själv. En person som plockar upp sina strumpor från golvet, torkar mjölken hen spillde och inte ringer från butiken för att fråga om hen verkligen kan köpa jordgubbsaskar som saknar lock. Han eller hon betalar sina egna räkningar, tar sig till jobbet i tid och frågar om din dag när du kommer hem. Inga led av brev från utsökningen följer honom vart än han flyttar, hon röker inte, han bär inte på någon stor eller chockerande hemlighet, och viktigaste av allting: han eller hon är lojal. Inget strunt om alkohol, killkväll och "misstag". Det hade Matilda fått nog av. Största delen kvinnor och män i hennes ålder borde ju redan ha gått igenom party- och knullfasen, samt eventuella ålderskriser. Men så var det tydligen inte för alla.

Matilda suckade högt och tittade på ett fluffigt vitt moln som sakta gled över horisonten. Hen behövde inte ens vara extra stilig eller vacker, bara helt vanlig, snäll, omtänksam, skötsam, kommunikationsvillig och ansvarsfull. Men det var faktiskt förvånansvärt svårt att hitta en sådan partner. Eller så hade hon bara otur. Hennes vänner brukade skoja med henne och säga att som bisexuell hade hon ju dubbelt så mer valmöjligheter, men det fungerar inte så. De menade inget illa, men de förstod inte alls.

Visionen om idealpartnern splittrades av att Matilda kände hur något knycktes under hennes solstol. En näve sand strittade i ryggen på henne då den lilla pojken tvärvände och med väskan under armen satte han fart mot vägen bakom stranden. Matilda blev så förvånad att hon inte ens stod upp. Hon bara stirrade på den lilla pojken och hans vilda lopp genom kaoset av sand, solstolar och människor. Sedan var han försvunnen.

Fan, tänkte hon när hon äntligen kom till sig. Vad gör man i en situation som denna? Hon hade allt i väskan; passet, nyckeln till hotellrummet, pengar, telefonen. Jävlar. Bara boken hade hon kvar. Matilda skrattade frustrerat och lutade sig tillbaka i solstolen. "Det ordnar sig nog", sa hon högt till sig själv. Det gör det alltid. Det var vad mamma alltid sa. Hon slöt ögonen och tog några djupa andetag. Sedan stod hon upp, kastade handduken över axeln och med boken i handen började hon gå mot hotellet.

– Jag blev rånad, förklarade Matilda på engelska åt hotellets receptionist.

– Var då? undrade han och skrev ner anteckningar på ett papper med thailändska krumelurer.

– På stranden såklart, fnös Matilda och slog ut armarna där hon stod i bara bikini, solhatt och sandaler.

Men det var nog en vanlig syn här. Alltså både bikiniklädda kvinnor som Matilda och rånade turister.

– Jag förstår, svarade receptionisten vänligt, kan du beskriva hur han såg ut?

– Tja, sa Matilda och funderade en stund, det var en liten kille, kanske kring 7–8 år gammal? Orange shorts hade han, det minns jag. Mer kommer jag nog inte ihåg tyvärr.

– Vi ska se, svarade receptionisten och ringde närmaste polisstation.

Han talade länge på thailändska och Matilda hängde inte alls med. Hon borde verkligen lära sig något mer än bara "*sawatdi kha* – goddag" och "*khop khun kha* – tack".

– Vad var ditt fulla namn, *khun* – fröken...? frågade receptionisten artigt.

Khun hade hon åtminstone lärt sig att förstå. Det användes allmänt som en respektfull term för att tilltala en annan oavsett kön eller status. Det kunde betyda fröken, frun eller herrn, och placerades framför namnet.

– Matilda Lucia Amanda Johansson, svarade hon.

– De har hittat din väska, svarade receptionisten och log. Och pojken.

Matilda fick en extra nyckel till sitt rum, bytte snabbt om och rusade sedan ner till receptionen igen. Utanför hotellet väntade hennes chaufför. Det var en smal thailändsk kille med långt svart hår. Han log brett och hälsade artigt. Hon fick skjuts på hans smutsiga blåa moped från hotellet till polisstationen och sedan försvann han. Väl inne på polisstationen väntade en polis som kunde flytande engelska.

– Du är säkert Matilda? frågade han och skakade hand med henne.

– Jo, hej, det är jag.

– Vi har förstärkt vår patrullering runt olagliga passförsäljare i området och råkade få fast den här killen nyss. Hade han lyckats sälja ditt pass hade han fått en bra summa, finska pass är dyra.

– Jaha, svarade Matilda. Vad händer nu?

– Det beror på dig. Vill du att vi bestraffar killen så får han böter. Vi har redan kontaktat hans mamma och hon är på väg hit. Han är ju rejält underårig så bestraffningen är mildare.

– Får jag träffa honom? frågade Matilda.

– Pojken? Ja, om du vill.

Pojken satt på en stol i ett hörn bredvid en polis. Hans huvud hängde och han viftade nervöst på foten.

– Hej, sa hon försiktigt.

Han tittade förvånat upp och stirrade skrämt in i hennes ögon.

– Kan du engelska? frågade hon milt och satte sig på huk framför honom.

Han nickade blygt.

– Var det du som tog min väska?

Han nickade igen och stirrade i golvet.

– Är det svårt hemma?

Han sa inget men hans fot vickade litet nervöst igen. Hon såg på hans ansiktsdrag att en av hans föräldrar antagligen var kaukasisk. Han hade stora runda, ljusbruna ögon och hans hår var mörkbrunt, inte svart. Hon hann inte fråga något mer för pojkens mamma rusade in på polisstationen. Hon ropade nervöst på thailändska.

– *Mae* – mamma! ropade pojken förtvivlat. *Mae!*

Han brast ut i gråt innan mamman ens hunnit fram till honom. Han måste ha varit så rädd. Mamman kastade sig över honom och kramade om honom och skrek samtidigt förtvivlat på thailändska. Hon var säkert både arg och rädd. Hon läxade upp pojken och hötte med fingret. Sedan vände hon sig till Matilda.

– Vi ber djupt om ursäkt! sa hon på engelska och böjde huvudet samtidigt som hon pressade handflatorna ihop över bröstet och mot pannan, en gest som var väldigt vanlig i Thailand.

– Det är inte så farligt, svarade Matilda förvånat.

Polisen hämtade in väskan och visade innehållet för mamman och pekade på Matilda. Hon såg ännu mer förtvivlad ut.

– Förlåt min dumma pojke! ropade hon och föll på knä framför Matilda.

– Nej, nej! sa Matilda och försökte hjälpa mamman upp. Stig upp, stig upp!

Hon steg upp och rättade till sina kläder. Pojken satt fortfarande på stolen och stirrade skamset i golvet med tårar rinnande längs med kinderna.

– Hur vill du lösa konflikten? undrade polisen och räckte väskan åt Matilda. Kolla också att alla dina ägodelar är kvar.

– Jag behöver ingenting! svarade Matilda. Jag fick ju mina saker. Ingenting fattas. De får gärna gå.

– Är du säker? frågade polisen. Barn som dessa begår ofta liknande brott igen om inga åtgärder tas.

– Men böter eller stryk löser väl knappast den saken? svarade Matilda lite argt.

Polisen skruvade på sig och tittade på Matilda. Sedan viftade han med armen att de kunde gå. Mamman tackade Matilda med stora gester och tog sedan pojkens hand och ledde ut honom.

Lugnet varade bara en stund för väl utanför utbröt mamman i en till utskällning. Pojkens mamma var rosenrasande. Hon skrek upprört och skamset åt honom på thailändska och även om Matilda inte förstod ett ord så kunde hon gissa vad hon skrek. Det var antagligen vad vilken som helst förälder skulle skrika åt barnet i en sådan situation. ”Jag uppfostrade dig inte så här! Är det så här hur du tackar mig? Hur kan du förnedra mig såhär?! Jag jobbar dag och natt för att betala för allt vi behöver, hur täcks du stjäla!?”. Matilda försökte lugna ner mamman.

– Det är okej!

– Det är inte alls okej! skrek mamman. Han ska få stryk!

Hon tog av sig sin sandal och slog den hårt mot pojkens bakdel och han brast ut i gråt. Matilda rusade fram och tog i mammans arm.

– Det är okej, det är okej.

Kvinnan lugnade ner sig.

– Jag fick ju tillbaka mina ägodelar, sa Matilda åt kvinnan, och pojken lovar visst att aldrig stjäla igen, eller hur?

Matilda tittade pojken i ögonen. Han nickade skamset och tittade ner i marken.

– Att stjäla kan kännas som en bra lösning nu, sa Matilda åt pojken, men i det långa loppet kommer det att leda dig på dåliga vägar.

Pojken tittade irriterat på Matilda.

– Lätt för dig att säga, ditt rika svin, mumlade han.

Men Matilda hörde nog. Hon förstod. För så var det ju. Hon var från en annan värld. Från ett rikt land och en trygg barndom. Hon hade aldrig behövt stjäla. Inte för att överleva. Stjäla gjorde de tuffa kidsen på åttan och nian i högstadiet för att imponera på varandra, inte av ren nödvändighet. Men här var det annorlunda. Ingen hade lust att bli tjuv. Man blev det för att det inte fanns bättre alternativ, inga andra möjligheter.

– Tack och förlåt, sa mamman igen.

Matilda räckte ut sin hand till mamman.

– Det är okej, jag är inte arg.

Mamman tvekande en stund men tog sedan hennes hand och tittade Matilda djupt i ögonen. Kvinnan log försiktigt. Hon hade otroligt vackra mörkbruna ögon och långa ögonfransar. Hennes ansiktsdrag var betydligt mer asiatiska och skarpa än pojkens. Hennes långa svarta hår föll som silke runt hennes axlar. Matilda log tillbaka. Sedan vinkade hon till pojken och de skildes åt.

Väl på hotellet funderade Matilda ännu på händelsen. Hon låg i sängen på mage och tänkte på hur orättvis världen är och på hur maktlös man kan känna sig. Om det vore möjligt så skulle hon skydda alla barn i den här världen som hade det svårt. Men det gick ju inte. Alla barn behöver kärlek, skolning, en trygg uppväxt och möjligheter. Men alla får inte det. Och dessa barn blir ibland tjuvar, eller andra slags kriminella, eller alkoholister eller knarkare. För att de inte kan bli något annat. Hon hade tur som hade fötts i Finland, det var lätt att glömma. Inte var Thailand något dåligt land, men skillnaden mellan rika och fattiga här var betydligt större än i Finland. Matilda suckade och vände sig på rygg. Fläkten snurrade och surrade i taket. Imorgon skulle hon ta reda på lokala barnhem och se om hon kunde hjälpa till med något. Hon kände ett brinnande behov av att göra något, ens en liten sak, som kunde hjälpa ett barn som inte var lika lyckligt lottad som hon själv hade varit.

BARNHEM

Receptionisten skrev ner namnet och adressen på tre lokala barnhem. Han blev positivt överraskad då Matilda frågade honom om hjälp och han berättade upplivat om att han själv växt upp på barnhem efter att hans mamma övergivit honom som 6-åring på grund av drogmissbruk och fattigdom. Han hade ingen aning om vem hans pappa var.

– Det är ovanligt att turister vill hjälpa på det här viset, sa han. Turister vill inte se smuts och elände. De vill leva i sin rosa bubbla med palmer, solstolar och vita stränder.

– Jag förstår, sa Matilda och väntade medan han skrev den sista adressen.

– Jag ska kalla på en taxi åt dig, sa han sedan och ringde ett snabbt samtal.

Matilda sneglade på hans namnbricka.

– Tack för hjälpen Arthit, sa Matilda och stoppade pappret i väskan.

– Nej, sa han och log brett, tack till dig! Och några tips har jag också. Köp mat och skoltillbehör, pennor, papper och gummin och sånt alltså. Och kläder. För ger du pengar så tar ibland barnhemsföreståndaren dem till sig själva.

– Händer sånt verkligen? frågade Matilda.

Arthit skrattade.

– Såklart! svarade han. Det är vanligt. Barnhem här är inte så övervakade och organiserade som de kanske är i Finland. Korruption är vanligt, även bland polisen, så var försiktig.

– Okej, tack för tipsen, hejdå!

Arthit vinkade och utanför väntade åter chauffören med det långa svarta håret. Matilda gissade att Arthit och chauffören hade någon form av samarbete. Chauffören var ofta här och fick en slant eller två för att skjutsa turister omkring, och han i sin tur lockade turister till just detta hotell. Han släppte av henne vid den lokala marknaden.

– Kan du komma och plocka upp mig igen om 30 minuter? Här på samma ställe?

– Såklart, såklart fröken! svarade han och körde i väg igen.

Hans hår flaxade i vinden och hans blåa moped försvann i massan av människor och mopeder.

Matilda började vandra omkring och stannade vid ett stånd med kläder. Hon plockade åt sig olika slags kläder i många storlekar och färger och betalade försäljerskan. Följande i tur var skoltillbehören. Det blev flera block av papper och häften, pennor i olika färger, samt gummin, linjaler och pennfodral. Dessa skulle nog barnen gilla, tänkte hon. Till sist stannade hon vid ett fruktstånd och valde ut en stor vattenmelon och diverse andra frukter. Nu började det bli tungt att bära så hon gick till mötesplatsen för att vänta på chauffören. Medan hon väntade stirrade hon på folkmassan som rörde sig smidigt och snabbt omkring henne. Så många människor, så många olika öden. Vissa hade pengar, vissa hade inget. Vissa är glada med litet medan andra aldrig är glada med något. Sådan är världen, tänkte hon.

Matilda valde det första barnhemmet på listan, det som Arthit hade växt upp på, och visade adressen åt chauffören. Han log och nickade.

– Jag har vuxit upp där, sa han och startade mopeden.

– Är du och Arthit vänner?

– Ja, svarade han, nästan som bröder.

– Vad heter du?

– Kalla mig för Kade.

– Jag heter Matilda.

– Vackert namn du har *khun* Matilda.

Kade hjälpte till att bära inköpen till barnhemmet och plingade på porten. Barnhemsföreståndaren kände igen honom, rusade ut och de kramades en lång stund. Sedan skakade föreståndaren hand med Matilda. Hon hade svart hår högt uppsatt på huvudet och svarta ögon. Hennes leende var varmt och vänligt, moderligt kunde man säga. Hon såg ut att vara i 40-års åldern.

– Har du köpt allt det här åt barnen? sa hon förvånat. Tack så väldigt mycket!

– Ja, svarade Matilda.

– Det är ovanligt att få turister på besök här. Jag heter Preeda.

– Fröken Matilda är väldigt generös, sa Kade.

Barnen väntade nyfiket en bit från porten men vågade inte komma närmare innan de fått lov av Preeda.

– Kom och hjälpas åt då, ropade Preeda åt barnen.

De kom rusande till porten, plockade snabbt upp påsarna och bar dem till ett stort bord på gården utanför huset. Matilda räknade snabbt hur många barn det fanns. 15, 16… 18 barn. Oj det var många! tänkte hon. Alla barnen samlades runt bordet och väntade snällt med förväntansfulla ögon. Kade och Matilda gick fram till bordet.

– Du får gärna dela ut sakerna själv fröken Matilda, sa Preeda och log. Så undviker vi strid. Jag kan gå och skära upp frukterna medan ni är här med barnen.

Matilda satt sig ner bland barnen vid bordet och kände sig plötsligt litet nervös. Hon kände att alla tittade på henne, och det gjorde de ju också. Hon var glad att hjälpa till men hon ville inte ses som någon hjälte för det var hon ju inte. Det var ju så litet sist och slutligen.

– Räck upp handen om ni går i skolan och behöver pennor och häften, sa hon sedan och Kade översatte.

Flera barn räckte upp händerna och hon delade ut häften och pennor åt dem.

– Räck upp handen om ni inte går i skolan ännu men älskar att rita!

Många av de mindre barnen räckte ivrigt upp handen och fick varsitt block av papper och färgpennor. Matilda delade ut kläder och skoltillbehör så jämnt det gick och försökte se till att ingen fick betydligt mer eller mindre än någon annan. När allt var utdelat kom Preeda ut med en stor bricka fyllt av frukt. Barnen steg upp och tackade artigt Matilda för alla sakerna. De var så himla söta allihop! Barnen högg i frukterna och talade ivrigt om sakerna de fått. Preeda berättade om barnhemmet och barnen, och om hur hon själv började jobba där.

– Jag har alltid varit intresserad av välgörenhet och älskat barn, berättade hon, och så råkade jag komma hit med en vän för tio år sen, för att hjälpa till så som du Matilda.

– Då var jag ännu här jag med, tillade Kade.

– Ja, då var du nästan vuxen men ännu ganska barnslig, skrattade Preeda. Du hittade på bus varje dag!

– Men som tur slutade jag med det sen, sa Kade.

– Mm, precis, sa Preeda. Det är just det. Föräldralösa barn har det svårt. De som får plats på ett barnhem får en lite högre chans att klara sig i livet, men de som inte får en plats… det brukar inte sluta väl. De tar till kriminella aktiviteter, droger, alkohol, hasardspel, gäng och våld… Det är inte alls bra. De går inte till skolan, eller de kan inte, de har inte råd, och så blir det som det blir.

– Hur blev du föreståndare här då? frågade Matilda.

– Ja just det! sa Preeda. Det gick till så att jag kom hit allt oftare och oftare, blev bekant med barnen, och de började lita på mig. Tyvärr fick jag veta att den dåvarande föreståndaren var våldsam mot barnen och ofta tog pengar åt sig själv, av donationerna alltså. Det var ruskigt. Jag försökte hjälpa barnen genom att göra en anmälan till myndigheterna men det gick så otroligt långsamt. Ingen ville hjälpa! Myndigheterna slöt ögonen för det som var fel, kanske de också mutades av föreståndaren för att inte vidta åtgärder. Jag blev ju naturligtvis rosenrasande. Jag har en vän som jobbar för en av de största tidningarna här i Thailand, Suda heter hon, och bad henne skriva en artikel om barnhemmet och föreståndarens skumma beteende.

Då artikeln publicerades väckte den tillräckligt mycket uppmärksamhet för att fånga folks intresse. Jag passade på att samla in namn av folk i trakten för en petition att föreståndaren skulle avgå, och lyckades! Och ganska naturligt tillfrågades jag sedan ifall jag hade lust att överta positionen, även då jag inte hade någon erfarenhet i branschen, men jag antar att folk litade på att mitt hjärta var på rätt ställe. Med barnen.

– Helt otroligt! sa Matilda. Vad fint att du orkade ta i saken!

– Det var då Preeda blev föreståndare här som jag också ändrade mitt beteende, sa Kade. Jag hade tidigare gått med i ett gäng som stal bilar, tog isär dem och sålde delarna, men jag lyckades ta mig ut med bara några knäckta revben och en blodig näsa. Det kunde ha gått betydligt värre.

– Hur hamnar så många barn på barnhemmet då? undrade Matilda. Varför överges så många av dem?

Preeda suckade och funderade en stund.

– Det finns så många orsaker, sa hon sedan, men kort kan man säga att det är ett ekonomiskt problem. Det är fattigdom och hemlöshet, våld i hemmet, urbanisering och ekonomiska kriser. Finanskrisen på 90-talet är ju en av de största bakgrundsorsakerna. Jag vet att fattigdomen och de ekonomiska kriserna är de största och mest omtalade orsakerna, men som barnhemsföreståndare kan jag inte undvika att se även de underliggande kulturella och religiösa problemen.

– Hur menar du? frågade Matilda och justerade sin ställning.

– Jo, Thailand är fortfarande väldigt konservativt, med starkt inflytande från buddhismen och överlag ser man inte positivt på sex före äktenskap. Likaså abort. Abort är bara lagligt[1] om kvinnan blivit gravid genom våldtäkt eller om graviditeten utgör en mental eller fysisk risk för kvinnan. Annars är abort kriminellt och det är många som inte ens vet om undantagen. Undantagen måste dessutom godkännas av en läkare, och tyvärr finns det många läkare som vägrar göra aborter överhuvudtaget! Stigman och skammen är enorm och ofta känner kvinnorna som söker abort att läkare och sköterskor skämmer ut dem och bedömer deras val, även dem som våldtagits. Bemötandet är kallt, likgiltigt och oförstående. Abort och allting som har med sex och preventivmedel att göra är stigmatiserat och skamfullt att tala om. Korrekt information är svår att få tag på och i stället cirkulerar myter, skvaller och vanföreställningar lätt omkring.

– Det är ju hemskt, det blir visst många olagliga aborter kan jag tänka mig?

– Ja tyvärr. Det finns både lagliga och olagliga kliniker för abort, och ibland är en abort helt enkelt för dyr eller för skamfull att utföras, så kvinnan väljer att behålla barnet. Men sedan blir det svårt. Det är här de ekonomiska problemen kommer in. Hon kanske inte har det stödnätverk hon behöver, hon är fattig och mannen övergav henne. Hur ska hon kunna ta hand om barnet ensam? Dessutom är hon nu stämplad för livet, övergiven och ensam med ett barn, stigmatiserad, ingen man vill ha henne längre. Då situationen är så omöjlig överges barnen. Om de har tur kommer föräldern med barnet direkt till barnhemmet eller barnet hittar dit själv, men oftast är det tvärtom. Flera av dessa barn registreras inte vid födseln, vilket gör dem praktiskt taget osynliga i landet och i systemet, det är lätt att ignorera dem och deras rättigheter och det finns ingenstans för dem att be om hjälp.

Preeda suckade och tittade mot barnen som sparkade boll och gungande på gården. Matilda kände en stor klump i halsen. Det var så hemskt att höra.

– Barnet har ingen annanstans de kan bo än på gatan, fortsatte Preeda, och oftast lockas och utnyttjas de rejält av onda människor inom organiserad kriminalitet. De säljer dem in i prostitution eller tvingar dem att sälja eller smuggla droger, stjäla eller tigga på gatan, sälja saker åt turister dag och natt, arbeta på smutsiga fabriker med usel lön eller ingen lön alls. De får inga pengar själv, det enda de får är stryk. En stor del av dessa barn är dessutom från de fattiga grannländerna, som Vietnam, Laos, Kambodja och Myanmar, där deras föräldrar lurats att hyra ut sina barn och skicka dem till Thailand för att jobba mot en månadslön. Vissa blir direkt sålda. De är utsatta, okunniga, papperslösa och ensamma, perfekta för att utnyttjas. Det är vidrigt.

Matilda torkade sina tårar. Hon rådde inte för det. Det var så ledsamt att höra om att hon inte visste vad hon skulle säga. Kade torkade också en tår.

– Jag hade tur, sa Kade. Men jag hade många vänner på gatan som jag vet att inte är i livet längre.

Preeda klappade honom på huvudet och tröstade honom en stund. De satt tysta en lång stund, försjunkna i tankar.

– Vi har alla olika öden, sa Preeda sedan, det rår vi inte för. Men det är upp till oss själva att göra det bästa av det vi har, hur omöjligt det än låter. Det är många som aldrig får en chans, men när vi får en chans bör vi ta den. Och en vacker dag är vi starka nog att hjälpa andra som har det svårt. Räcka dem en hand. Att ge dem en chans.

Det var inte svårt att se att Preeda var en vis och god kvinna. Matilda ville veta mer om henne men hon vågade inte fråga för mycket. Hon hade säkert inte haft ett lätt liv heller men hon hade ändå lyckats behålla förståndet och dedikerat sig åt ett ändamål som fyllde henne med glädje och kärlek. Det var otroligt beundransvärt.

MISÄR

Patarin justerade det rosa tyget under pressarfoten och tryckte försiktigt med foten på pedalen. Hon hade fått en klänning att reparera. Symaskinen surrade högljutt och snart var hon klar med klänningen. Patarins mamma var den som lärt henne att sy. Hon hade sagt att den färdigheten alltid kommer att behövas, men Patarin var inte så säker på den saken längre. Det fanns mycket billigare arbetskraft på de stora fabrikerna och med åren hade hon fått allt färre och färre kunder. Pengarna räckte inte till. Hon suckade högt. Hon sträckte upp klänningen i luften och beundrade sitt arbete. Hon var en bra sömmerska, men det var inte tillräckligt. Hon vek klänningen prydligt ihop och satt den i en papperspåse. Sedan steg hon upp och gick till köket. Pran satt redan där och väntade.

– God morgon *mae*, svarade han försiktigt.

– Din lilla skitunge, svarade Patarin, gå aldrig mer ner till stranden.

– Förlåt… sa Pran och tittade ner i golvet.

Patarin tittade på sin pojke. Han tittade på henne med de där oskyldiga runda ögonen. Hon satte sig ner med ryggen vänd mot Pran.

– Är du ledsen *mae*? frågade han och tog några försiktiga steg i hennes riktning.

Han vågar inte ens komma nära mig, tänkte hon. Dessa åtta år med honom hade varit så otroligt svåra. Hon ville inte ha honom men ändå hade hon blivit hans mamma mot sin egen vilja. Hon hade burit honom först i sin livmoder och sedan i sin famn. Hans far var en *farang*-jävel, en vit utlänning, som tog vad han ville och sedan bara försvann utan att ta något som helst ansvar. Patarin hade varken haft råd med eller kunskap om aborter, eller vetat att abort i princip var olagligt förutom under speciella omständigheter, så det enda hon kunde göra var att föda barnet. Han föddes inte av kärlek. Men som utav ett mirakel lärde hon att älska honom. Hon hatade honom i början, och hade det inte varit för tant Edith, en gammal trogen vän till Patarins mamma, som tagit hand om Patarin då hon var gravid och lät henne bo hos henne tills hon födde och flera år efter det, ja, då hade kanske inte pojken funnits alls. För det var Edith som gjorde mest i början.

Edith var en söt gammal brittisk tant som gift sig med en thailändsk affärsman och bosatt sig i Thailand för gott. Det var fortfarande ett mysterium hur hon och Patarins mamma blivit så goda vänner, men de hade tydligen klickat genast. De hade alltid hjälpt och stöttat varandra, och även efter Patarins mammas död fortsatte Edith att se efter Patarin. Då Pran föddes hjälpte hon med att byta blöjor, mata och trösta, medan Patarin så fort som möjligt återvände ut till nattlivet, barerna och de smutsiga pengarna. Och det var också tack vare Ediths ihärdighet som Patarin lärde sig älska pojken, oavsett deras patetiska öde. Edith fick henne att förstå att pojken var oskyldig och hon slutade så småningom skylla honom för allting som var fel i hennes liv. Eller hon slutade inte helt eftersom det ibland slank ur henne då och då, ifall hon var riktigt arg på honom eller någon annan, då skrek hon åt honom och skyllde honom. Men hon visste ju att det inte var så. Han var tvärtom en gåva i hennes liv, på flera olika sätt. En orsak att leva. En orsak att jobba sig ur eländet, ur det farliga nattlivet. Det hade hon insett med tiden.

– Förlåt att jag är en så dålig mamma, sa hon och drog pojken i sin famn.

Pran kramade henne och rörde lätt vid hennes hår. Mamma Patarin var inte så värst kramgod, så han tog chansen då han fick den.

– Du är alldeles lagom, sa han sen, du gör så gott du kan.

Patarin suckade djupt. En åttaåring skulle inte förstå sådant ännu. Patarin skämdes för att hennes son hamnat växa upp så fort. Han var alldeles för vuxen.

Pran kastade i sig en skål med ris och stekta grönsaker och plockade sedan upp sin ryggsäck. Patarin stoppade en banan i hans väska. Det var tyvärr det enda han fick till lunch. Hon hade inget mer att packa med åt honom.

– Nu går du snällt till skolan och stannar där! sa hon strängt. Du får absolut inte rymma eller hitta på hyss.

– Ja, *mae*, svarade Pran och började gå mot skolan.

Pran tyckte om skolan. Eller tja, inte direkt allt med skolan, men han älskade att läsa och lära sig saker. Men det var ibland svårt att trivas i skolan. Han gick till en av de fattigaste lokala skolorna i området. Det var nästan gratis men föräldrarna skulle köpa skolböcker, skoluniformer och lunch. Och flera av barnen, så som han, var så fattiga att de inte alltid hade alla böcker eller skoltillbehör som behövdes. Då skämdes de. Och de fick stryk av lärarna. Det visste föräldrarna inget om. Därför var det lättare att rymma. Gå till stranden och stjäla turisters väskor. För det var lätta pengar. Då kunde de köpa både skolböcker, lunch och godis. Men det var ju inte rätt, det visste

Pran. Han suckade och stannade utanför porten. Han var i god tid. Han tittade omkring innan han vågade gå in. Just då kom en näve flygande blixtsnabbt från höger, träffade hans kind och han ramlade omkull.

– Ta väskan, ropade en pojke åt den andra.

Han plockade upp väskan och rotade i den.

– Han har bara en banan! skrattade han.

– Fy vilken fattig lus! hånskrattade den första.

– *Farang*-skitunge, sa den andra. Horunge!

Han tog bananen och stoppade den i sin egen väska, spottade på Pran och sedan försvann båda runt hörnet. Pran höll sina tårar och plockade upp sin väska.

– Jävla skithuvuden, mumlade han.

Det här var nog den största orsaken att hata skolan. Flera av de större barnen mobbade honom för att han inte hade någon pappa och för att han inte såg ut som en fullblodad thailändare. Men han kunde inte berätta för mamma. Han ville inte att hon skulle bli orolig. Och han visste att hon inte hade råd med andra skolor.

Patarin gick igenom räkningarna. Lånet var fortfarande obetalt. Patarins mamma hade i sin okunnighet tagit ett lån av en låneskurk, för att hon inte hade kvalificerats för ett officiellt lån av banken, vilket inte hade slutat väl. Hon hade köpt en liten lokal och startat en syaffär, men affären hade aldrig riktigt tagit fart. Det var alltid på minus. Och lånets räntor var omänskligt dyra. De var ju skapade så att man blev fast i en betalningsfälla.

Nu var det Patarin som kämpade med lånet. Det var omöjligt för henne att betala lånet med bara några syjobb per vecka, för fler kunder fick hon inte. Hon städade på sjukhuset och hon serverade öl i puben nära deras hem. Men det räckte inte. Låneskurkarna var efter henne, räntorna växte och de krävde mer och mer. Och när en av skurkarna hänsynslöst våldtog henne en kväll för nästan 10 år sedan då hon inte hade råd att betala för lånet, sjönk hon i djup misär. Hon hade redan våldtagits och hennes stolthet förlorad. Det var då hon började sälja sig själv, som så många andra kvinnor omkring henne. Det var farligt och det var långt ifrån glamoröst. Det var alkohol, droger, våld och vita fulla män på arbetsresor som trodde de kunde göra vad som helst för pengar. Hon ville inte men hon måste. Och alkoholen dämpade smärtan. En kväll träffade hon John. Han jobbade på ett bilföretag sa han. Han var snygg och snäll, och han lovade henne så mycket. De sågs flera gånger i veckan och hon trodde att han älskade henne. Han talade om USA och hur bra de skulle ha det där då de flyttade dit tillsammans. Och sen en dag hände det värsta som någonsin kunde hända. Hon var gravid.

– Jag är gravid John, hade hon förklarat på den knaggliga mängd engelska hon lärt sig av Edith.

Det var först flera år senare hon blev riktigt bra på engelska då hon förförde fler och fler turister för pengar.

John hade bara stirrat på henne där de låg i sängen och all den glädje han hade utstrålat de föregående veckorna var som bortblåst.

– Ska du inte ta mig till USA nu? hade hon frågat försiktigt. Som du lovade.

– Jag måste gå, hade han svarat kort och rest sig upp med fart.

Han hade snabbt dragit på sig kläderna och sedan bara gått raka vägen ut ur hotellrummet och aldrig återvänt. Patarin hade desperat försökt få kontakt med honom på det telefonnummer han gett men först svarade han inte och sedan hade numret slutat vara i bruk överhuvudtaget. Hon sökte honom på varje pub, restaurang och hotell hon kände till, men han hade försvunnit. Det var slutet för henne, hade hon tänkt då. Inget skulle någonsin bli bra igen, så hon hade gått hem och försökt hänga sig själv på balkongen i en av blomkrukskrokarna i taket. Barnet och hon skulle dö tillsammans, det var snällare mot barnet än att låta det födas in i ett elände, hade hon tänkt. Edith, som bodde granne, hade som av ett mirakel råkat få syn på den katastrof som höll på att hända. Kanske var det Patarins mamma i himlen som skickat en signal åt Edith, för just i rätta stund hade hon riskerat sitt eget liv genom att ha tagit ett starkt grepp om väggen och klivit ett modigt kliv över till Patarins balkong.

– Ner med dig! hade hon ropat förtvivlat och rivit i bandet.

Och ner hade Patarin ramlat, gråtande och skrikande.

– Jag vill dö, Edith! Jag vill dö!

– Här ska ingen dö, hade Edith svarat bestämt. Vad än det är som gått på tok så går det nog att fixa. Berätta nu vad som hänt.

Det hade bara varit att berätta allt för Edith och låta henne trösta så som hon alltid gjorde.

– Hur ska jag möjligen kunna ta hand om ett barn ensam? hade Patarin gråtit förtvivlat. Jag har ju knappt råd att ta hand om mig själv!

– Det löser sig nog, hade Edith svarat lugnt, det löser sig nog.

Patarin suckade åt sina minnen och drog på sig en ren t-skjorta, kastade handväskan över axeln, slank fötterna in i sina gröna sandaler och låste dörren noga efter sig. Sjukhuset var på gångavstånd och Patarin navigerade smidigt och vant mellan havet av mopeder, bilar och människor. Hon hade haft tur att få städjobbet som extraknäck. En av hennes barndomsvänner, Kate, hade jobbat flera år som städerska på sjukhuset och hade befordrats till en chefsposition för alla städerskor. Det var då hon hade makten att anställda vem hon ville och Patarin var givetvis först i kön.

– God morgon, chefen sa Patarin och log när hon steg in i personalrummet.

– God morgon! svarade Kate och slog Patarin lätt på baken. Du ska sluta kalla mig för chefen, det känns så konstigt.

Kate vek sitt korta svarta polkahår bakom örat och ett par rosa örhängen dinglade lätt från hennes öra. Hon stängde knapparna på sin svarta kostymrock och drog upp sin kjol litet innan hon satt ner vid sitt bord. Det fanns inte tillräckligt med utrymme på sjukhuset så man hade slagit ihop städerskornas omklädningsrum med Kates kontor. Det gillade inte Kate men hon fick ta vad som erbjudits, lönen var ju ändå bra nu när hon var chef för städerskorna.

– Men du är ju min chef, sa Patarin och öppnade sitt skåp för att ta på sig sin städuniform.

– Ja, ja, sa Kate. Du har rummen 135–160 på avdelning C. Klienten i rum 147 har spytt upp vid sängkanten på morgonnatten så lite extra jobb där.

– Usch, tack för det!

– Förlåt! Ingen annan hann dit ännu och jag måste ju vara rättvis också!

– Jag vet, sa Patarin och knäppte fast blusen. Jag torkar hellre upp spyor än…

Patarin blev tyst. Det slank ur henne även om hon inte gillade att tala om saken. Kate tittade bekymrat på henne.

– Du gör väl inte längre… det där? Du lovade ju!

– Nja… svarade Patarin undvikande, nej, inte längre…

– Är du säker? Det är farligt och du mår så dåligt efteråt, om du behöver pengar så kan jag låna dig. Eller fixa fler arbetsturer.

– Nej, det är okej. Jag klarar mig nog.

– Men… sa Kate men Patarin hann redan slinka ut genom dörren.

Kate suckade djupt.

– Du ljuger för mig igen, mumlade hon tyst för sig själv.

Pran försökte fokusera så gott det gick på vad läraren sa samtidigt som pojken bakom honom ständigt sparkade foten i hans stol. Det var otroligt irriterande. Men han visste att det var bättre att försöka ignorera honom. Han var så mycket mindre och svagare än flera av de andra pojkarna så han fick alltid stryk oavsett.

– Sluta sparka hans stol! skrek en flicka till slut.

Det var Wendy. Hon var nog Prans enda vän. Stark och tapper. Hon var minsann inte rädd för någon. Pran förstod inte hur hon var så modig. Men hon hade en slags aura av styrka och värdighet som gjorde att de andra pojkarna faktiskt lämnade henne ifred. De vågade bara skrika tillbaka men de slogs aldrig med henne. Hela skolan visste att hon var bra på att slåss. Det var en gång ett par pojkar som hade mobbat ett yngre barn och tagit hennes lunch. Då hade Wendy gått fram till dem, rivit tillbaka lunchlådan och slagit pojkarna rakt på trynet. Med sin lilla näve. Pojkarna hade gått till motattack men till allas förvåning så vann Wendy. Hon var mycket starkare och smidigare än vad hennes söta yttre ville avslöja.

– Vad bråkar ni om? frågade läraren.

– Fröken, svarade Wendy, Pratt mobbar Pran!

– Pratt! ropade läraren strängt. Nu slutar du.

Pratt grimaserade men svarade artigt *"khrap* – ja" och rättade sin ställning på stolen. Pran pustade ut men visste att han säkert skulle få stryk senare.

– Tack, viskade han till Wendy.

Hon log tillbaka och nickade på huvudet så hennes långa flätor gungade fram och tillbaka. Pran rodnade och tittade ner i boken.

Mannen drog i Patarins hår och skuffade henne över sängkanten.

– Aj! ropade hon men han brydde inte ett dugg.

– Tyst hora, sa han och skrattade belåtet. Ni thaihoror är så jävla kåta och tighta men ni pratar för mycket.

Patarin bet ihop tänderna. Det gjorde ont. Han tryckte sig djupt in i henne och kånkade på som en hund. Hans andedräkt luktade tobak och alkohol. Om hon gjorde för mycket motstånd skulle det göra mer ont, så hon försökte tänka på andra saker tills han var klar. Hon klämde ihop sina bäckenbottenmuskler i hopp om att både skydda sig själv och att det skulle få mannen att komma fortare. Det fungerade. Han grymtade till och vek sig dubbel över Patarin. Han blev och hänga där en stund. Fy fan, tänkte hon, smutsiga jävel. Hon ville bara ha pengarna och gå hem så fort som möjligt så hon skakade honom av sig och drog på sig trosorna.

– Pengarna, sa hon kort på engelska.

Mannen spottade henne i ansikte.

– Det där var inte värt pengar, svarade han kallt och vinglade litet när han drog på sig byxorna.

– Ge mig pengarna! skrek Patarin ilsket och drog honom i armen.

Hon hade fan fått tillräckligt med alla dessa svin till män. Det var tydligen inte tillräckligt att göra något så här vidrigt och våldsamt mot en annan människa, man skulle ännu till råga på allt förolämpa den kvinna vars tjänster man just använt till godo och neka henne betalning.

– Håll käften, sa han och knuffade henne åt sidan. Jag betalade redan för rummet, det räcker!

– Pengarna! röt hon så högt hon kunde och försökte slita plånboken ur hans ficka.

– Horjävel! skrek mannen och smällde till henne på kinden så hårt att hon ramlade ner vid sängkanten.

Patarin blev så till sig att hon inte kom upp på en stund och undertiden vinglade mannen ur ut rummet, ner för trapporna och ut på gatan. Hon ville gråta men hon höll i stället andan och förtryckte allting hon kände, precis som hon alltid gjort, före mammas död och efter. Tårar var lyx, det hade hon varken tid eller råd med, och så hade det alltid varit.

Hon lutade sig mot sängkanten och pustade ut. Det färggranna ljuset från lamporna på gatan lyste in i det mörka rummet och ljudet av musik, prat och skratt ekade mellan väggarna. Nattlivet var i full gång. Hon jobbade ensam. Men hon föredrog det över att ha en sutenör. De tog alldeles för mycket pengar åt sig själva och var våldsamma de med. Dessutom försökte de ofta få en att börja ta droger så man fick ännu svårare att någonsin komma bort ur sitt elände. Då blev man verkligen fast. Patarin hade nästan hamnat i den fällan själv då alkoholen tog över hennes liv. Blev man drog- eller alkoholberoende var det bara droger och alkohol man skulle ha och då jobbade man ju mer också, för att man blev så beroende och desperat, och skulle ha mer och mer. Dessutom blev man lättare att utnyttja och lura också. Det enda goda med en sutenör var att man fick någon form av skydd av dem. En kund som vägrade betala skulle ha fått stryk av sutenörens underordnade. Men det var ändå inte värt det eftersom de tog nästan alla pengar själv.

Det var riskabelt och farligt att jobba ensam men för Patarin var det ett självklart val. Och hon hade fått vänner i samma situation. De tog hand om varandra. När hon samlat sig ringde Patarin upp Vivian, hon var trans. Vivian hade en kväll blivit påhoppad av ett gäng män som slagit henne gul och blå. Det var Patarin som hade hittat henne vid hörnet av en gata vid några soptunnor och ingen annan hade vågat gå nära henne. Ingen hade velat göra något men Patarin hade burit henne på ryggen med alla sina krafter till närmaste sjukhus. Hade det inte varit för Patarin hade Vivian blött ihjäl.

– Patariiiin, svarade hon, hur är det med dig älskling?

– Jag behöver din hjälp, sa Patarin, nu!

– Jag kommer omedelbart! sa Vivian och lade på.

Sedan rusade Patarin efter mannen och förföljde honom tyst i nattens mörker.

Mannen var full så det var lätt att förfölja honom utan att han märkte något alls. Patarin hade plockat upp honom utanför en av de många barerna där även en hel del prostitution skedde, givetvis, och han hade tagit henne till ett av de billiga sexhotellen i närheten. Han gick tillbaka till samma bar som innan eftersom hans vänner fortfarande var där. Patarin skrev ett meddelande åt Vivian med adressen och strax var hon där. Vivian hade långt rakt hår som var kraftigt blekt och skiftade i någon slags ljusbrun färg. Hon hade på sig en svart tight kjol och vita sandaler som betonade hennes muskulösa vackra bruna ben. Hennes ögon var kraftigt sminkade med svart kajal och rosa ögonskugga samt tjocka tunga lösögonfransar. Hon bar en liten vit handväska på armen och ett par stora runda örhängen dinglade från hennes öron.

– Älskling! ropade hon förtvivlat medan hon småsprang fram till Patarin. Vad hände? Slog han dig?

– Ja, och han gick utan att betala, sa Patarin och hon kokade av ilska.

– Jävla svin! sa Vivian och stampade argt i marken med sina vita platåsandaler.

– Vi väntar tills han går hem, sa Patarin, sen hoppar vi på honom.

De väntade en god stund men till slut började männen ta sig tillbaka till sina hotell och bostäder. Svinet hade plånboken i bakfickan, så det var minsann ett lätt offer. Vivian och Patarin promenerade sakta efter honom och hans vän. De stannade vid en bankautomat. Vilken tur! tänkte Patarin.

– Gå! viskade hon snabbt till Vivian.

Vivian tog några kvicka steg fram till männen och distraherade dem.

– God kväll, god kväll herremän! sa hon och placerade sin stora hand förföriskt kring en av deras axlar.

De tittade förvirrat på Vivian. Hon flirtade med den andra mannen samtidigt som hon sneglade på svinets nummerkod. Hon blinkade en gång mot Patarin så hon skulle förstå att hon sett koden. Patarin började smyga sig närmare. Svinet satt kortet och pengarna i plånboken och plånboken i fickan och de började gå i väg. Vivian följde fortfarande efter.

– Kom igen killar, sa hon, jag vet att ni är nyfikna. Vad sägs? Prova något nytt i natt? Spännande äventyr?

– Är det en man eller kvinna? sa svinet och grimaserade.

– Dra åt helvete *ladyboy*, skrek hans vän och försökte knuffa bort henne. Du är ful!

– Stick innan du får stryk, sa svinet.

I det ögonblicket, mitt i sorlet och ruset av människor, slank Patarins smidiga fingrar i svinets bakficka och snabbt som en blixt var plånboken i hennes handväska. Hon vände tvärt om innan de hann märka något och ökade farten.

– Jaha, sa Vivian, en annan gång då kanske.

Sedan gick hon åt det håll som Patarin tagit vägen.

– Patarin? viskade hon vid hörnet av ett gatukök. Patarin älskling?

– Här är jag! viskade Patarin från skuggan av gatuköket och husen.

Vivian smög sig in till hörnet och kramade om Patarin. Patarin suckade av lättnad och lutade sitt huvud mot Vivians axel.

– Du vet ju att jag inte gillar det här, sa hon åt Vivian.

– Jag vet, men du är ändå en bra människa.

– Men att stjäla är fel.

– Det är också fel att inte betala för det man tagit och kommit överens om, han förtjänar det. Han slog ju dig också! Vilket svin!

– Vi delar pengarna i plånboken först.

– Nej du, sa Vivian, ta först den andelen han var dig skyldig, sen kan vi dela.

– Men du hjälpte mig ju.

– Du hjälper också alltid mig, sa Vivian och log.

– Okej då, sa Patarin och tog sin andel. Du minns koden?

– Ja!

Patarin räckte kortet åt Vivian som gick till en annan bankautomat. Vivian var mycket mer hämndlysten så hon tömde hela hans konto på pengar.

– Tog du allt!? sa Patarin när Vivian kommit tillbaka med pengarna.

– Såklart! Han är ett svin som förtjänar det. Kolla, foton på hans barn och fru i plånboken.

Patarin stirrade på fotona. Hans fru såg vacker och snäll ut, likaså barnen. De var otroligt söta, som levande dockor, med stora blåa ögon och blont hår. De skulle säkert aldrig få veta hur ond och kall deras pappa var mot en kvinna i Thailand. Och att han förrått sin fru. Patarin suckade. Hon förstod inte. Det jobb hon gjorde nu skulle inte finnas om det inte fanns begär för det. Och det överrumplade henne att det faktiskt fanns så många män i den här världen som njöt av att våldsamt utnyttja utsatta kvinnor och att de inte kände en gnutta skyldighet över saken. Hon tänkte på John som inte hade varit våldsam, men han hade ljugit och övergett henne. Han hade säkert också haft fru och barn i USA redan då.

– Här, sa Vivian och räckte Patarin en stor bunt sedlar.

– Det är för mycket! sa hon förskräckt.

– Det är det inte alls, sa Vivian, se hur mycket jag har. Tänk om det som ersättning för ditt lidande, förr och nu.

Vivian hade rätt. Det var ingen självklarhet att få betalt för den risk hon tog, och hon hade mer ofta haft otur än tur i saken. Det var inte varje gång hon lyckades stjäla tillbaka de pengar en man var henne skyldig.

– Tack Vivian, sa hon och kramade om henne igen. Du är en underbar vän.

– Det är du med, sa Vivian och krafsade om Patarins hår. Ta dig försiktigt hem nu!

– Du med! sa Patarin och vinkade.

Hon började sakta gå hemåt längs de mörka gatorna. Ljudet från nattlivsdistriktet avtog sakta och de tysta och tomma gatorna kändes sköna och lugna efter allt skrammel och väsen vid barerna. Hennes underliv bultade och sved, likaså hennes kind och hennes väska var tung med pengar. Patarin kom plötsligt ihåg hur en kund tidigare i veckan talat om hur prostituerade egentligen har en massa makt för de kan bestämma om vem de har sex med och de får pengar för det. Att prostituerade är egenföretagare. Att han sett en dokumentär om saken, om prostituerade i USA och hur bra de lever. *Mansplainande* som bäst. Mansförklaringar. Patarin fnös hånfullt och spottade på marken av ilska. Makt? tänkte hon. Att det här är makt? Skitsnack. Här ska ingen jävla man eller dokumentär komma och säga att prostituerade har makt och rätt att bestämma över sig själva. De få lyckligt lottade fisförnäma vita prostituerade i USA som har lyxen att välja sina kunder och under vilka förhållande de jobbar, samt har turen att undvika våld och farliga kunder ska inte komma och tala för oss andra. Patarin sparkade argt en sten och det ekade mellan husen när den rullade och studsade längs med marken. Hon var nästan hemma när hon stannade tvärt.

– Jag ser att du bär på en stor vinst ikväll *khun* Patarin, sa en man i färggrann skjorta och långa svarta kostymbyxor.

Han log brett och en guldtand glimtade vid mungipan. Två till män uppenbarade sig bakom hörnet med cigarretter i högsta hugg. Patarin tog några långsamma steg bakåt.

– Jag har ju sagt att jag inte vill se er nära mitt hem, sa hon. Kom till syaffären om ni vill tala med mig. Ni ska fan inte dra in min familj i det här!

– Men du har ju inte synts till på flera dagar? sa skurken och flinade. Då har vi ju inga andra val? Om du inte har råd att betala så finns det ju andra alternativ också.

Han ögnade henne från topp till tå och slickade sig om munnen samtidigt som han nickade ivrigt mot de två andra männen.

– Jag kommer aldrig att jobba för er! Aldrig!

– Även småpojkar är populär handlingsvara nuförtiden, har du tänkt på att sälja honom? Vi betalar väl för honom eftersom du är en av våra bästa stamkunder.

– Ni är en djävul ska ni veta! röt Patarin. Lämna min pojke ifred! Jag, j-jag, jag ringer polisen om ni ger er på honom!

– Gör det *khun* Patarin, skrattade skurken. Polisen äter praktiskt taget ur min hand.

Patarin skakade av ilska. Det var så orättvist. Allting. Allting i hennes liv.

– Kom igen då *khun* Patarin, sa skurken och justerade sitt bakåtslickade hår, vi har inte hela natten på oss. Vi har andra kunder att besöka.

Han signalerade åt sina män att ta fast Patarin men hon stoppade dem med att lyfta sin hand i luften.

– Jag ger dem åt er själv, ni behöver inte vara våldsamma.

Hon sträckte sig efter pengarna och suckade. Hon tog en tiondel åt sig själv och räckte resten åt en av männen som stod närmast.

– Här, men litet måste jag ha själv. Annars svälter vi.

– Tack för ert samarbete *khun* Patarin, sa skurken belåtet och antecknade nonchalant i ett anteckningsblock. Det var en saftig summa du fick ihop ikväll. Du måste ha varit riktigt inspirerad, hur många knullade du, 50 stycken?

Männen skrattade elakt och Patarin bet ihop tänderna för att dölja sin ilska. Hon ville bara gå hem så fort som möjligt.

– Nåja, sa skurken, du hade tur ikväll *khun* Patarin. Din flitiga insats täcker delbetalningen för två månader framåt. Ha en skön kväll, vi ses igen.

Han flinade elakt och signalerade sedan åt sina män att ge sig i väg mot följande ställe. Patarin suckade och gick sedan sakta uppför trapporna. Hon vred sakta nyckeln i dörren och smög försiktigt in i Ediths lägenhet. Patarin och Pran spenderade så mycket tid hos Edith att hon till slut tyckte det var lättare om de hade en egen nyckel. Patarin tog en stor del av sedlarna hon hade kvar och stoppade dem i Ediths handväska.

– Tack Edith, viskade hon tyst för sig själv, du har gjort så mycket för oss.

Sedan smög hon in till rummet där de båda sov. Pran låg raklång tvärs över den stora sängen och Edith snarkade tyst vid högra kanten. Patarin fnissade. Det var många saker som var fel, men hon kände sig tacksam över att de ändå hade det så pass bra. De levde, de hade fortfarande ett hem och Pran gick i skolan. Utan Edith hade nog inget blivit bra. Pran skulle hon ha hamnat lämna på gatan eller till ett barnhem och själv hade hon säkert sjunkit djupare in i nattlivet och drogernas värld. Hon skulle säkert vara död nu, utan Ediths hjälp. Patarin gick till vardagsrummet och tittade på fotot av Ediths man. Hon tackade honom tyst i sitt hjärta. Han hade varit väldigt snäll mot henne då hon var gravid och tillät på Ediths begäran henne att bo hos dem. Han hade gått bort i en hjärtattack några månader innan Pran föddes och ändå hade Edith insisterat att ta hand om det lilla nyfödda barnet och en ansvarslös Patarin. Hon skämdes över hur dåligt hon betedde sig då. Hon hade lämnat Edith ensam med Pran, och med sorgen över sin man, och själv gått ut till barerna, druckit och sålt sig själv natt efter natt. Hon hade helt tappat förståndet. Pran var ensam med Edith morgon och kväll, syaffären stod låst och övergiven och det enda som lockade Patarin var barerna, turisterna, alkoholen och pengarna. Det var först över ett år senare, när Pran började tala, som Patarin började värma upp för honom.

En morgon när hon dragit sig upp ur sängen, bakfull som vanligt, hade Pran stapplat fram till henne och för första gången högt och tydligt utropat *"mae* – mamma". Den känslan skulle hon nog aldrig glömma, det var en av de få gångerna under de senaste tio åren som hon fällt tårar. Det var då hon bestämde sig för att sluta med alkoholen, spendera mer tid med Pran och göra allt hon kunde för att ge ett bättre liv åt honom. Men det var inte lätt, särskilt med lånet. Låneskurkarna trakasserade henne regelbundet och nattlivet och de lätta pengarna förblev något hon inte helt kunde släppa, även om hon inte ville ha något med det att göra längre.

Patarin drack ett stort glas vatten och ställde sig under duschen. Hon lät det varma vattnet skölja över henne och hon stod där en lång stund, som för att spola bort allt det negativa. Sedan smög hon in i sovrummet. Hon kröp försiktigt ner bredvid Pran, doftade på hans hår och han sprattlade till.

– *Mae…* viskade han svagt och ålade sig tätt in i hennes famn.

– Jag är här, viskade hon ömt tillbaka. *Mae* är här.

ÖDE

Solen tittade in genom fönstret och Matilda vred sig i sängen. Det var betydligt lättare att vakna till solsken än till vintermörker, tänkte hon. Hon skulle inte ha något emot att bo i Thailand hela den finska vintern. Hon satte sig upp och gjorde sig i ordning för morgonbuffén. Det var rena lyx att inte behöva laga mat på semestern. Det var bara att vakna, klä på sig och gå ner till matsalongen och redan i trappan slog doften av färsk kokat kaffe emot. Två långa bord stod färdigt dukade med olika sorters frukt, yoghurt och müsli, bröd, bacon, ägg, sallad och några lätta lokala varianter, soppor av nåt slag, och ris såklart.

– God morgon fröken Matilda, hälsade en av servitörerna.

– God morgon, svarade Matilda och log.

Det var kul att de redan nu kom ihåg hennes namn. Matilda var sämre på att komma ihåg deras namn, men som tur hade de flesta namnbrickor. Hon försökte snegla på brickan men kvinnan försvann runt hörnet.

– Nu ska vi se, mumlade Matilda för sig själv och tog upp en tallrik.

Matsalen var redan fylld av hotellgäster och rummet fylldes med ljudet av småprat och klirrande bestick. Hon plockade åt sig litet av varje och satt sig ner för att äta vid ett bord vid fönstret. Mopeder och människor susade förbi. Hon funderade på vad hon skulle göra idag. Det var skönt att vara ensam men samtidigt saknade hon också sällskap. Det var såklart inget problem att åka ut på äventyr på egen hand, men ibland hade det faktiskt varit kul med en vän, någon att tala med och dela äventyret med. Kanske något tempel idag då? tänkte Matilda och googlade fram några på telefonen.

Hennes plan hade från början varit att ta det lugnt på sin semester. Hon ville inte planera in en massa sevärdheter och promenera hit och dit varje dag, utan ge sig själv tid att vila och ligga på stranden en hel dag om hon så ville. Hon tog en dag i taget och kände för vad hon hade lust med. Det var mycket roligare att välja en sak för en dag och sedan riktigt njuta och utforska det på djupet i stället för att skynda från ställe till ställe. Och därför var det lättare att resa ensam. Då kunde man i fred titta på det man hade lust med utan att hamna anpassa sig till vad någon annan gillade eller inte gillade. Man fick stanna och stirra på en sten så länge man hade lust utan att någon tjatade om att gå vidare till nästa sevärdhet.

Marknaderna var av stort intresse för Matilda och dessa hade hon spenderat flera timmar på. Hon älskade färgerna och dofterna, vimlet och skramlet, ropen och skratten. Hon hade till exempel gjort en dagsresa till Bangkok och Wat Arun, ett tempel helt vid ån, och det hade hon utforskat så länge de hade öppet och sedan hade hon njutit av en båtfärd på ån också. Hela området runt ån i Bangkok var underbar och Matilda kunde nästan föreställa sig hur det hade sett ut för flera hundra år sedan. Hon älskade historia och att lära sig om kulturer och hur människor levde förr.

Matilda googlade efter rekommendationer och slog upp en lista på nöjesparker. Åh vad roligt det skulle vara att åka berg-ochdalbana! Det hade hon inte gjort på flera år. De flesta nöjesparkerna fanns i Bangkok och det var minst en och en halv timmes färd från Chonburi men hon kunde lätt ta en taxi. Men det var ju inte så kul att åka till en nöjespark ensam. Det skulle kännas smått konstigt att sitta ensam i en vagn och skrika. Nåja, tänkte Matilda, nöjespark ensam är ju också en upplevelse i sig. Matilda log och steg hastigt upp. Ritsch, sa hennes klänning.

– Oj nej! utbrast Matilda.

Hennes favoritklänning hade fastnat i en repa i bordsbenet och nu hade den ett stort hål. En av servitörerna rusade fram.

– Vad hände fröken?

– Inget farligt, min klänning bara fastnade där och fick ett hål.

– Åh, jag ber om ursäkt! Vi ska fixa, vi ska fixa!

Hon kallade på en annan servitör och de började titta på bordsbenet. Sedan vände hon sig till Matilda.

– Vi kan fixa din klänning också, erbjöd hon vänligt.

– Nej, nej, det var ju bara i misstag. Men har ni några rekommendationer till sömmerskor i närheten?

Kades moped brummade högljutt där den rullade mellan husen och stannade utanför en pytteliten syaffär i en smutsig gränd.

– Är det här rätt? frågade Matilda.

– Ja, svarade Kade, det är faktiskt inte så långt ifrån hotellet heller, så om du vill kan du promenera tillbaka. Eller ska jag söka dig senare?

– Kanske jag kan ringa dig om jag behöver skjuts, det är väl lättare.

De bytte snabbt telefonnummer och Kade körde i väg. Matilda tittade på butiken. Den hade vackra tyger och plagg hängande i fönstret och pappersblommor som extra dekorationer. Hon knackade på dörren och väntade en stund. Matilda tittade sig omkring. Gränden kändes smått kuslig men såhär på dagen var den knappast farlig. Hon knackade igen, lite hårdare. Då hördes äntligen steg och ett rop inifrån och en kvinna slog upp dörren.

Matilda bara stirrade. Hon kunde inte tro sina ögon. Det var hon, pojkens mamma. Vilken liten värld det var. Patarin stirrade tillbaka. Hon visste inte riktigt vad hon skulle säga och göra. Det var kvinnan vars väska Pran stulit. Ville hon sen ändå ha någon ersättning för Prans hyss? Hur hade hon hittat hit?

– Hur… hur kan jag hjälpa dig? frågade Patarin på engelska.

– Jo, svarade Matilda, alltså jag har en klänning här, som jag vill fixa.

– Jaha, svarade Patarin lättat, men stig på då, varsågod.

Matilda steg in i den lilla syaffären och satte sig ner på en stol. Hon tittade på hyllorna med tyger och sytillbehör. Det var mysigt och gammalt.

– Jag måste sy den här klart först, sa Patarin, men om du inte har bråttom så fixar jag nog det där på en dryg halvtimme, timme högst. Du kan gå omkring i närheten också och komma tillbaka sen, om du vill.

– Hur mycket vill du ha betalt?

– Ingenting, det är en gentjänst för att du räddade min pojke.

– Så allvarligt var det nog inte!

– Men det kunde ha varit det, sa Patarin fort, om han hunnit sälja ditt pass och kreditkort.

Matilda satt tyst och funderade. Symaskinen surrade på och en moped tutade ute på gatan. Patarins ögonbryn rynkade ihop då hon fokuserade. Matilda slöt ögonen och slappnade av. Det kändes hemtrevligt. Hon kunde inte låta bli att undra över pojken och mammans situation. Var hon ensamstående?

– Hur mår din pojke? frågade Matilda försiktigt.

– Han är okej, svarade Patarin och skruvade på sig.

Patarin ville inte tala om sig själv så hon försökte byta samtalsämne.

– Vad gör du här i Thailand… fröken…?

– Matilda, det är mitt namn. Och jag är på semester. Vad heter du?

– Patarin. Är du här en vecka då?

– Nej, en månad faktiskt.

– Oj, det är länge. Har du vänner eller familj här?

– Nej, jag ville bara komma någon annanstans, bort från Finland.

– Finland? utbrast Patarin. Jag har hört om Finland men jag vet nog inte riktigt var det ligger. Är det kallt där?

Matilda skrattade. Det var ungefär det folk visste om Finland, kallt, mörkt och julgubben, eller jultomten som man säger i Sverige. Samt i vissa länder var det xylitol och tuggummi som kopplades till Finland.

– Ja nog är det mycket kallare i Finland än här i Thailand, sa Matilda och log.

Patarin tittade upp och log tillbaka. Hon verkade smått spänd tidigare men hade nog slappnat av nu.

– Jag träffade en man en gång, sa Patarin, som var från Finland, en kväll bara, och han berättade att barn i Finland, alla barn, går gratis i skolan, ända upp till universitetet. Är det sant?

Patarin klippte av ett par trådar, vände på tyget och placerade det under symaskinens pressarfot igen.

– Jo det är sant.

– Men hur är det möjligt? Vem betalar det? Kostar det ingenting?

– Tja, beror ju lite på skola och ålder, men skoltillbehören kostar ju samt böckerna ibland, särskilt ju högre man studerar.

Men man kan också låna böckerna, det brukar finnas så det räcker åt nästan alla. Finland är en välfärdsstat.

– Vad betyder det?

– Det betyder att vi alla betalar ganska mycket i skatter, särskilt de som tjänar mer, och det i sin tur går till staten som uppehåller ett slags skyddsnätverk så att alla blir omhändertagna, på sätt och vis. Eller det är idéen. Det är ju inte ett helt perfekt system heller men i stort sett minskar det klyftan mellan de fattiga och de rika och de fattiga har möjlighet att få finansiellt stöd av olika slag och barnen får gratis utbildning och annat i den stilen.

– Det låter härligt, jag önskar att Pran kunde gå i skolan i Finland.

– Går han i skolan nu?

– Ja, han går i en av de lokala skolorna, men... De är inte alltid så bra, jag är orolig för honom men jag kan inte erbjuda honom mer än det.

Patarin blev plötsligt tyst. Hon hade sagt mer än vad hon hade tänkt avslöja. Hon tittade upp på Matilda. Hon satt med ett ben över knät, en gul sandal dinglade löst på hennes fot och hennes armar vilade lätt i hennes famn. Hennes långa, ljusa, lockiga hår föll ner över hennes axlar och hennes stora blå ögon var full av värme och vänlighet. Det hade Patarin känt även då de träffades första gången, då de skakade hand. Hon var väldigt vacker i sin ljusblåa klänning och gula sandaler.

– Jag är nästan klar med din klänning, sa Patarin sedan. Vad har du tänkt göra sen?

– Jag tänkte åka till Dream World i Bangkok, svarade Matilda och log brett.

– Wow, vad kul! Där har inte ens jag varit. Jag kan inte ens minnas när jag senast roat mig i en nöjespark.

– Men vill du komma med då? frågade Matilda spontant. Om du har tid? Jag är väldigt taggad att åka men om jag är helt ärlig känns det konstigt att gå dit ensam.

Månne det var för impulsivt att föreslå det? funderade Matilda och väntade spänt på vad Patarin skulle svara. Patarin sneglade på klockan. Det var ju inte så att hon inte hade tid för idag hade hon faktiskt nattskiftet på sjukhuset. Hon stirrade ner på klänningen. Nöjespark, med en så här vacker kvinna? En utlänning? Den kvinna vars väska Pran stal? Är det inte konstigt? Vi känner ju inte ens varandra. Hon sneglade på Matilda och deras blickar möttes. Det pirrade plötsligt i magen på henne. Ett bra pirr. Ett sånt man känner när man vet att något spännande och nytt är i luften. När hade hon senast haft roligt själv, gått ut med en vän? Dessutom var Matilda här bara några veckor till, det kändes riskfritt. Hon skulle åka hem till Finland snart så de skulle säkert ändå tappa kontakten sen. Matilda behövde inte få veta något om hennes usla liv. Efter allt skit som hänt dagen innan var hon i djupt behov av att göra något roligt och avslappnande. Hon drog ett djupt andetag och klippte av några sista trådändar i tyget.

– Varför inte, svarade Patarin och log.

Patarin och Matilda klev ur taxin och promenerade en liten bit innan de började närma sig ingången. Nöjesparken syntes redan på långt håll och desto närmare de kom desto högre blev skratten och ropen. Matilda kunde inte låta bli att le. Hon älskade nöjesparker och det var alltid lika spännande och magiskt att besöka en. Matdofter, musik och skratt fyllde luften. Vilken tur att hon fick Patarin med sig, tänkte hon. Det hade nog varit tråkigt utan någon att åka med. Hon sneglade på Patarin som försökte hålla takt med henne.

– Går jag för fort?

– Nej då, det är okej.

Patarin kände sig nervös och rullade lätt på sina axlar för att skaka av känslan. Det var nog för sent att ångra sig nu, de var redan framför portarna.

– Vad vill du åka först? frågade Matilda när de betalat inträdet.

– Kan vi börja med något lugnt? Jag har inte åkt på så länge att jag inte vet om jag törs längre!

– Såklart!

De började med att spela några arkadspel och fortsatte sedan till färggranna båtar, bilar och karusellen. Det fanns så mycket att se på att Matilda inte visste var hon skulle titta.

– Kolla, sa hon, vilken underbar trädgård!

– Ska vi ta en glass och sitta här en stund?

Med var sin glass i hand promenerade de långsamt igenom den ståtliga trädgården med färggranna blomarrangemang, fontäner och statyer. Matilda slickade på sin glass och snurrade om några gånger för att se på Patarin som gick efter henne. Deras blickar möttes och Matilda log brett, sen vände hon om sig och fnissade. De satte sig ner på en bänk och tittade på allt som hände omkring dem.

– Vad skönt det känns att vila en stund, sa Matilda.

– Faktiskt, jag känner mig gammal.

– Jag med, sa Matilda och skrattade.

Patarin gillade Matildas skratt. Matilda verkade så varm och snäll. Vad roligt det skulle vara att ha henne som vän. Men hon skulle ju åka hem till Finland snart.

– När besökte du senast en nöjespark? frågade Matilda.

– Åh, jag minns knappast. Det måste nog vara nästan 10 år sedan.

– Så länge sen? Men har du aldrig varit med Pran då?

Patarin skämdes plötsligt. Nej, det hade hon faktiskt inte. De hade inte haft råd. Eller närmare sagt, hon hade inte specifikt sparat för det, det hade inte känts viktigt. Men nu när hon var här och såg alla familjer som hade roligt förstod hon inte varför hon inte hade åkt hit med honom, ens en gång. Nu var han ju tillräckligt stor också att åka på fler attraktioner.

– Det är inte så illa, sa Matilda som om hon visste vad Patarin tänkt på. Jag hade aldrig varit till en nöjespark förrän jag åkte dit med skolan då jag var tio år gammal.

– Är det sant?

– Jo, båda mina föräldrar var rädda för nästan varje attraktion på nöjesparkerna och avskydde överlag höga ljud och stora människomassor, så vi åkte aldrig. Men efter att jag åkte första gången som tioåring åkte jag till samma nöjespark nästan varje sommar efter det med en god vän och hennes familj. Vi har haft samma tradition fortfarande men inte varje år längre, vi brukar åka med ett gäng vänner de somrar som det passar för oss alla.

– Det låter underbart! Har du många vänner?

– Tja, inte så värst många. Jag föredrar några riktigt bra vänner i stället för en massa ytliga bekanta.

– Det håller jag med om.

– Har du någon bästa vän?

– Jo, Kate, hon är nog min bästa och närmaste vän. Vi har känt varandra sedan barnaår. Hon är chef för städerskorna på sjukhuset där jag jobbar. Jag tror nog hon vet nästan allting om mig.

– Det är skönt att ha en sådan vän, en som vet och förstår allting om dig och som du alltid kan tala med. Jag har också en sådan vän, Kristina heter hon. Vi träffades på universitetet där vi studerade. Vi var båda på samma kurs, feminismens historia. Vi insåg inom 10 minuter att vi båda älskar starka kvinnor, katter, kaffe och att analysera sönder filmer med kritiska genusglasögon. Du förstår säkert varför vi klickade genast.

Patarin fnissade för hon kunde nästan se det framför sig, Matilda på ett kafé i hetsig diskussion med en annan kvinna i hennes ålder, båda med var sin kaffekopp i handen och med matchande kattmönstrade telefonskal.

– Ska vi testa en berg-och-dalbana nu? sa Matilda och tittade ivrigt på Patarin.

Matildas iver smittade lätt av sig och Patarin kände sig modig. Ja, hon ville åka. Hon ville våga. Hon kände plötsligt att det fanns så mycket mer saker hon ville göra nu. Göra mer, uppleva mer. Hon var så trött på att leva sitt liv på det sätt hon alltid gjort.

– Ja, sa hon bestämt. Vi gör det!

Matilda skrattade, gjorde armkrok med Patarin och började småspringa mot den närmaste berg-och-dalbanan. Svetten rann i nacken på Patarin när de satte sig ner i mitten av tåget och hon knyckte flera gånger i låset på sätet för att vara säker på att de satt fast ordentligt.

– Kom ihåg att andas, sa Matilda och klappade henne på handen.

Patarin andades in och ut men hennes kropp skakade. Sedan rullade tåget i väg och långsamt uppför. Nu gällde det. Tåget släppte ner för den första branten, flera skrek, inklusive Matilda som skrek av förtjusning och Patarin som gjorde det av skräck. Men åkturen var snabbt över och tåget rullade tillbaka in på perrongen.

– Gud vad roligt det var! utbrast Matilda och strålade av glädje medan hon fingerkammade sitt trassliga hår. Man känner sig så fri efteråt, tycker inte du?

Det var sant. Så här roligt hade inte Patarin haft på länge. När hon steg upp skakade hennes ben men hennes hjärta kändes lätt. Matilda hade rätt, hon kände sig fri.

När kvällen började skymma började det bli dags att åka hem. De promenerade fram till en större väg och vinkade in en taxi. När de satte sig ner pustade Matilda ut högt.

– Är du trött? frågade Patarin.

– Jo, jag märkte inte det tidigare, jag hade så jätteroligt!

Matilda tittade på Patarin och hon tittade tillbaka. De satt tysta en stund och bara log och såg på varandra. Matilda kände ett mjukt och varmt pirr i magen. Plötsligt ringde Patarins telefon.

– Hallå, svarade hon. Ja, okej, mm... Jag förstår, jag är på väg. Hejdå.

– Var det något brådskande?

– Smått, jag hamnar åka till sjukhuset en timme tidigare.

– Jag förstår, hinner du dit i tid? Det tar visst en timme härifrån åtminstone?

– Jag tror nog det.

Matilda tog fram sin telefon och bläddrade igenom några foton hon tagit av dem på nöjesparken.

– Om du ger mig ditt telefonnummer så skickar jag fotona åt dig senare ikväll, det är snabbare med hotellets trådlösa nät.

– Gärna!

– Förresten, tack för att du kom med mig, det var verkligen kul. Eftersom jag är på resa helt ensam så var det faktiskt riktigt roligt att uppleva något tillsammans med någon för en gångs skull. Det hade nog inte alls varit lika kul att åka berg-och-dalbana ensam.

– Tack själv, det var kul för mig också. Jag är glad att du frågade om jag ville följa med. Det är länge sen jag gjort något roligt med en vän.

Patarin blev tyst. Vän? De kände ju knappt varandra.

– Jag är glad att jag har fått en ny vän här i Thailand, sa Matilda och log varmt mot Patarin.

Patarin smålog och tittade ner på sina fötter.

– Om du har lust, fortsatte Matilda, skulle du vilja ses på nytt senare? Äta tillsammans eller något sånt?

Patarin tvekade en stund. Plötsligt försvann det mod och iver hon känt tidigare. Spontant skulle hon ha sagt ja, men hon var rädd. Rädd för att göra saker annorlunda, rädd för det hon inte kunde förutspå. Kunde man bli vän med någon vars väska ens pojke stulit? Hon skämdes igen. Deras liv var så olika. Varför ville Matilda ens vara vän med henne? Dessutom var hon utlänning. Men sanningen var att hon saknade sällskap. Flera av hennes andra vänner hade hon tappat kontakten med eller förlorat till droger och nattlivet. Hon saknade att tala med någon. Hon hade ju Kate men hon visste allting om henne och det var både bra och dåligt. Plötsligt puffade Matilda lätt till hennes fot med sin.

– Vad funderar du riktigt på? Är jag så motbjudande? Det är inget tvång att bli min vän.

– Nej, nej, det är inte det… det är bara att…

Matilda skulle ju åka hem om några veckor. Då skulle de säkert tappa kontakten med tiden. Patarin visste inte riktigt hur hon kände om den saken. Dels var det bra för då skulle hon inte behöva ta vänskapen för seriöst och hon slapp berätta allting om sig själv och de skulle naturligt glida isär. Men dels blev hon ledsen av tanken att aldrig tala med Matilda igen. Matilda var lätt att vara med, det kändes varken onaturligt eller stelt att tala med henne. Det var inte varje dag man klickade med en sån person.

– Har du tid imorgon kväll? frågade Patarin innan hon ångrade sig.

– Jo, det har jag.

– Kanske vi kan ses imorgon då? sa Patarin och log blygt.

Matilda svarade med ett stort leende och nickade.

Kade körde vant mellan havet av människor och påsarna med leksaker, kläder och skoltillbehör vinglade kraftigt på styret. Matilda höll hårt om hans midja. Hon hade varit här två veckor redan men hon var fortfarande inte van med vimlet. Hon försökte att inte tänka på hur farligt det var men hennes mammas varning ekade mellan hennes öron. "Thailand ligger på första plats för flest dödsfall med motorcykel!" hade hennes mamma skrikit i telefonen då hon berättat om sin plan om att resa dit. Matilda kunde se varför det var sant. Det var bara de rikaste som hade råd med bil och de flesta var ändå fattiga. Hjälmar användes sällan, dessa också dyra, och det var inte ovanligt att se en hel familj balansera på en liten moped. Dessutom höll sig folk inte alls till trafikreglerna. Mopedisterna vinglade och ringlade sig hit och dit mellan bilar och människor. Det var inte alls svårt att föreställa sig vad som händer om en liten moped blir påkörd i sidan av en stor bil. Matilda rös. Kade rullade in på en grusväg och stannade utanför porten.

– Vi är framme, sa Kade.

– Tack igen, sa Matilda och log.

– Tack själv, sa Kade och log brett, du är en snäll kvinna.

Matilda fnissade blygt. Det var inte lätt att ta emot komplimanger och samtidigt kände hon inte att hon gjorde något speciellt. Tvärtom kände hon sig skyldig för att hon inte kunde göra mer.

– Jag hjälper dig bära in allt, sa Kade och tog en påse i var sin hand.

– Du får gärna vara med och översätta igen vid behov.

De möttes genast av föreståndaren, den här gången en man, som öppnade porten och släppte in dem.

– Välkommen, sa han och skakade hand med Matilda.

Barnen här såg inte lika glada ut som på Preedas barnhem. De var alla väldigt skygga och några vågade inte komma fram och titta på sakerna även då föreståndaren signalerade åt dem att det var fritt fram. Matilda sträckte på sig och försökte räkna hur många som gömde sig. Hon plockade åt sidan ett häfte och två pennor per barn samt ett klädesplagg. Sedan smög hon sig sakta fram till dem och satte sig ner i gräset. Två pojkar i ungefär 7-års ålder gömde sig bakom en stolpe under terrassen och en 5-årig flicka hukade sig vid en blomrabatt.

– Hej, sa hon på engelska.

Pojkarna skruvade på sig men svarade blygt på thailändska.

– *Sawatdi kha* – goddag, försökte Matilda och log vänligt.

– *Sawatdi kha*, svarade flickan och tryckte handflatorna ihop över bröstet.

– Kom hit är ni snälla, sa Matilda på engelska, så ska ni få en present.

Flickan tog mod till sig och kröp fram till Matilda.

– Här varsågod, sa Matilda och räckte henne sakerna.

Flickan log brett och tittade noga på pennorna och blocket samt t-skjortan hon fått. Matilda vinkade vänligt mot pojkarna och till slut vågade de sig fram. Den ena av pojkarna tryckte sakerna tätt mot sitt bröst som att han var rädd att någon skulle ta dem ifrån honom. Hon kunde inte kommunicera mer med dem så hon kunde inte fråga det hon ville veta. Kade stod och talade med föreståndaren och några av barnen. Flickan klättrade plötsligt upp i Matildas famn och lutade sitt huvud mot hennes bröst. Hennes lilla huvud och kropp var varmt och hon andades lugnt. Det kändes nog lika skönt för flickan som för henne själv, tänkte Matilda. Hon höll sig för gråt.

Flickan var otroligt söt men situationen var sorglig. Hon saknade säkert värme och trygghet. Om Matilda kunde så skulle hon adoptera varje föräldralösa barn i hela världen och skydda dem med alla krafter hon hade, men det gick ju inte. Hon skulle nog inte kunna sova i natt heller. Misär och ledsamma öden tog hårt på henne och hon blev alltid och tänka på det. Hon visste inte riktigt varför hon utsatte sig själv för det här. Det vore lättare att blunda och bara läsa om det ibland. Nu satt hon bokstavligen rakt i misären och såg den i ögonen. Hon drog djupt efter andan och flickan härmade henne. Den lilla flickans små händer klamrade sig desperat fast vid Matildas klänning. Det skulle bli svårt att lämna henne.

– Hur går det här då? frågade föreståndaren och gick upp till dem.

– Helt bra, svarade Matilda, de fick sina saker. Men snart måste jag nog gå.

– Jag förstår, sa föreståndaren, jag följer er till porten.

Barnen tackade artigt och försvann in i huset. Föreståndaren höll upp porten men stannade Matilda innan hon gick ut.

– Ursäkta, sa han tyst, du...

– Ja?

– Du vill inte donera lite pengar också? sa föreståndaren och höjde förväntansfullt på ögonbrynen.

Matilda blev plötsligt kall i kroppen. Var det här det som Arthit varnat om?

– Ja, alltså, förklarade föreståndaren nervöst, jag menar för verksamheten och för att ordna något kul åt barnen. Utflykter och sånt.

Hon kände sig illa till mods. Hon hade redan hämtat en massa saker till alla barnen och föreståndaren hade mage att begära om pengar också? Kade startade mopeden och nickade åt Matilda.

– Tack för ditt förslag, svarade Matilda, men jag avstår.

Föreståndarens leende försvann och han stängde porten så den skramlade till. Han var säkert sur för att alla barn fick något och han fick inget alls. Han hade ju ingen nytta av barnkläder och pennor. Matilda log ändå vänligt och vinkade adjö innan hon satte sig på Kades moped och de gav sig av mot hotellet igen.

Patarin stod lutad mot ett bord i baren och suckade högt. Musiken ekade mellan väggarna och svämmade ut genom de öppna fönstren och ut på gatan. Idag tänkte hon bara servera drinkar, inget mer. Hon var för trött. Hon sneglade på klockan på väggen, bara en timme kvar så var hennes skift över. Det hade varit dåligt med kunder ikväll och hon hade inte fått så värst mycket dricks heller. Hennes telefon pinglade till och hon grävde fram den ur fickan för att kolla vem som skickat ett meddelande. Det var Matilda. Patarins hjärta slog ett extra slag. Matilda hade skickat bilderna de tog på nöjesparken. Patarin skrattade för sig själv medan hon kollade igenom fotona. Så kul hade hon inte haft på länge. Hon hade inte tillåtit sig själv att ha det. Hon hade sällan tid för sånt numera. Patarin zoomade in på Matildas ansikte på ett av fotona. Så otroligt vacker hon var. Som en ängel. Hon skulle vara här en månad och då skulle hon ju åka hem till slut. Om de träffades en gång till, eller två, kanske det inte var så farligt? De skulle ändå glömma varandra sen.

– Bort med telefonen! ropade hennes chef som fått syn på henne. Har du tråkigt så finns det bord att torka.

– Ursäkta chefen, svarade Patarin och satt telefonen tillbaka i fickan.

En gång bara, tänkte Patarin, en gång kanske är helt okej?

– Förlåt att vi är sena, ropade Patarin och småsprang fram till Matilda.

– Det gör inget, svarade Matilda som stod och väntade i hörnet av marknaden.

– Jag tog Pran med mig också.

– Vad trevligt att se dig igen, sa Matilda och log mot Pran.

Han gömde sig bakom sin mamma och tittade blygt fram. Han förstod inte riktigt varför de skulle träffa den här kvinnan igen, men det verkade inte som att hon var arg på honom och hon verkade sist och slutligen ganska snäll. Dessutom hade mamma sagt att de skulle äta på gatumarknaden och det var inte varje dag det gjorde det så han tog chansen och följde med.

– Då får du fritt presentera allt du tycker jag absolut måste smaka på, sa Matilda och skrattade förväntansfullt.

– Det här ska bli kul! sa Patarin och tog Pran och Matilda i varsin hand och styrde kosan mot ett av hennes favoritställen.

Det var fortfarande tidig kväll men det hade redan mörknat och hela marknaden föll under ett rödlila sken tack vare den vackra solnedgången. Några palmer svajade lätt i vinden och sorlet av prat och skratt fyllde luften. Kastruller och bestick klirrade här och där och nästan varje gatukök hade små

plaststolar och bord i olika färger utspridda omkring varvid
folk satt och åt och njöt av kvällen. Luften var fylld av stekos
och dofter som Matilda aldrig tidigare känt och marknaden li-
kaså smaker hon aldrig smakat på.

– Vi börjar här, sa Patarin och pekade på ett litet gatukök
som sålde *pad thai*.

Det doftade olja och kryddor. De satte sig ner vid ett ledigt
runt plastbord och beställde varsin portion.

– Tycker du om skolan Pran? frågade Matilda.

– Mm, svarade Pran, ibland.

– Vad gillar du mest i skolan?

– Att läsa, och biblioteket.

– Jag tycker också om att läsa, men tyvärr kan jag inte läsa
thailändska.

– Kanske Pran kan lära dig, sa Patarin och log.

– Ja, sa Matilda, det skulle vara kul!

– Jag kan inte så bra, mumlade Pran.

– Jag är säker på att du är riktigt tillräckligt bra, sa Matilda
och klappade honom på axeln.

Pran var ovanligt osäker för sin ålder. Matilda var van med
att barn i den åldern studsade upp och ner av glädje och för-
väntan vid tanken på att få lära en vuxen något. Barn älskade
vanligtvis att visa vad de kunde men Pran var blyg och skygg.

– Du är bra på engelska också, tillade Matilda.

Pran tittade blygt på Matilda men log äntligen litet.

– Han har lärt sig engelska av Edith, sa Patarin, vår granne
och vän. Eller hon är typ familj vid det här laget. Hon har hjälpt
alldeles för många gånger.

– Hon låter som en väldigt trevlig person, sa Matilda och
beundrade Patarin i smyg.

Patarins hår var blankt och långt och hon hade satt på sig
rött läppstift. Hon strålade då hon talade och tog hand om dem

hon älskade. Patarin plockade räkor från sin egen tallrik och gav dem åt Pran och hällde mer vatten i glaset åt honom.

– Gillar du räkor? frågade Matilda.

– Ja! svarade Pran.

– Vad annat gillar du?

– Att äta? Bananer och vattenmelon. Och, och... Stekt ris av *mae*.

Matilda skrattade. Vad söt han är.

– Jag gillar också stekt ris, sa Matilda.

– Kanske jag kan bjuda dig hem på lunch eller middag någon gång då, sa Patarin, så får du smaka på min specialitet.

– Ja, tack! Gärna!

Patarin och Matilda tittade varandra i ögonen en stund men avbröts snart av Pran.

– Kan vi äta *khao niew bing* till följande?

– Det var faktiskt precis det jag hade tänkt, svarade Patarin.

De gick vidare till ett annat gatukök och Matilda fick syn på något grönt som låg på grillen.

– Vad är det för något? frågade hon.

– En av de godaste efterrätterna, svarade Patarin.

– Det är jättegott! sa Pran och studsade upp och ner förväntansfullt.

– Det är ris i bananblad, fortsatte Patarin. Innehållet kan variera mycket men typiska ingredienser är bland annat små bitar av banan eller annan frukt, samt ris upphettat i kokosmjölk.

Patarin beställde en åt dem alla och Matilda tittade på när försäljaren skickligt slevade i ingredienserna i bananskalet, rullade ihop byltet och placerade det på grillen. Det doftade otroligt gott. En stund senare hade de varsin godbit i handen.

– Smaka på men var försiktig, sa Patarin, det kan vara lite hett ännu.

Matilda öppnade byltet, blåste på innehållet och bet försiktigt i.

– Mmm, sa hon belåtet. Jag har aldrig smakat på något sånt tidigare!

Det var passligt sött och konsistensen intressant. Pran var också väldigt nöjd med sin efterrätt.

– Orkar ni ännu med något till? frågade Patarin.

– Jag har ännu plats i magen för en till efterrätt, sa Matilda, sedan börjar jag nog vara ganska mätt.

– Ska vi äta *khanom krok*? frågade Patarin av Pran.

– Gärna *mae*!

De gick åter vidare och stannade vid ett gatukök som såg ut att steka något i stora pannor. Pannorna hade små gropar i, de var mindre men djupare än vanliga plättpannor som Matilda var van vid.

– Det är en efterrätt gjord på rismjöl och kokosmjölk, sa Patarin och lutade sig mot Matilda. Man får välja en extra ingrediens som de sätter inuti också. Ska vi ta majs?

– Det passar mig, svarade Matilda och kramade Patarin om axeln. Jag tror jag kommer att gilla dessa också.

De tittade på när en äldre kvinna hällde ut en vit smet i de små groparna i pannan och täckte över med ett stort lock. Efter en kort stund var de små bollarna av smet klara. Smaken var en härlig blandning av sött och salt. Mjuka på insidan och smått knapriga på utsidan. Pran log brett och mumsade i sig sin del av portionen.

– Du kan få en extra av mig, sa Matilda och gav en åt Pran.

– Tack fröken Matilda, svarade han artigt.

– Det var nog säkert min favoritefterrätt hittills, sa Matilda.

– Jag är glad att jag valde något som du tyckte om. Nu börjar det vara lite sent och Pran har skola imorgon.

De började sakta gå bort från marknaden och gatuköken. Det var fortfarande mycket folk i trafiken och luften var fylld av prat och surr och tutande från mopeder. Matildas arm snuddade vid Patarins och hon kände en varm rysning gå igenom kroppen. Hon ville ta Patarin i handen men hon vågade inte. Pran skuttade framför dem och nynnade en sång. Det var inte länge innan de redan var framme vid Patarins och Prans hus.

– Nu är vi här, sa Patarin.

– Vi bor där, sa Pran och pekade på en balkong med flera krukor och hängande växter. Vill du komma på besök?

– Vi måste nog fråga lov av din mamma först, sa Matilda, och det är visst läggdags.

– Det är nog sent, sa Patarin, men du är varmt välkommen imorgon eller senare i veckan.

– Tack, sa Matilda.

Hon ville gärna se hur de bodde. Patarin och Pran var dessutom hennes första äkta lokala vänner och hon ville lära känna dem bättre.

– Om Edith är hemma får du såklart träffa henne också, sa Patarin.

– Hon är jättesnäll, sa Pran.

– Som jag sa tidigare så är hon praktiskt taget vår familj nu, förklarade Patarin, så mycket som hon hjälpt oss.

– Jag träffar gärna henne också, sa Matilda förväntansfullt.

Patarin lutade sig närmare Matilda och viskade.

– Om du väntar här en stund så lägger jag Pran i sängs hos Edith och så kan vi gå på en öl. Vad sägs?

– Passar perfekt, viskade Matilda tillbaka och fnissade.

– Då går vi in. Säg godnatt till Matilda.

– Godnatt fröken Matilda, sa Pran och log blygt.

– Godnatt Pran, sa Matilda och rufsade om hans hår.

Patarin viftade åt servitören och snart hade de två kalla ölflaskor framför dem på bordet. De tog en flaska i var sin hand och skålade.

– Skål för en härlig kväll, sa Patarin.

– Skål, sa Matilda och tog en klunk.

Musiken drunknade i sorlet av prat och skratt, så mycket människor var ute ikväll. Matilda knöt upp sitt långa, ljusa hår i en hårsvans, torkade sin svettiga nacke med handen och justerade sin skogsgröna klänning över bröstet. Patarin beundrade Matildas slanka figur och stora, blå ögon. Deras blickar möttes och de fnissade.

– Vill du dansa? frågade Matilda sen.

Patarin svarade med att sluka i sig resten av ölen och drog fram sitt röda läppstift. Det kändes så annorlunda att vara ute på kvällen så här med en väninna, det var alldeles för länge sen hon bara släppt loss. Barerna och nattlivet hade blivit hennes jobb, och då tappar man smaken för det ganska fort, det roliga försvinner. Men nu, nu kände hon sig annorlunda. Hon kände sig ung, fri och bekymmerslös igen. Hon putsade av sina vita shorts och kastade handväskan tvärs över sin kropp.

– Kom så går vi!

De rusade till dansgolvet där musiken var högre och trängde sig in bland de andra som dansade. De svajade, hoppade och skrattade. Matilda rörde sig närmare Patarin och hennes händer följde Patarins höften medan hon svajade till i takt med musiken. De höll varandra i hand när de snurrade runt och Matilda kände sig hög på glädje.

– Du är sjukt bra på att dansa! ropade Patarin över den höga musiken.

– Tack, du med!

– Ska vi ta en paus, sa Patarin och flämtade högt.

– Gärna!

De gick ner mot stranden för att svalka sig och tog av sig sina sandaler. De promenerade långsamt vid strandkanten och lät vågorna skölja lätt över deras bara fötter.

– Berätta om ditt liv i Finland, sa Patarin sedan.

– Tja, det är inte så speciellt. Jag jobbar som projektledare på ett IT-företag och bor i en liten trea i huvudstaden. Vi utvecklar olika slags mobilapplikationer.

– Vad gör du på fritiden då?

– Jag dansar och läser. Jag älskar böcker och att sjunka in i en spännande berättelse.

– Har ni snö i Finland?

– Ja det har vi, på vintern.

– Jag har aldrig sett snö på riktigt.

– Kanske en dag då, sa Matilda och log, jag skulle gärna visa dig runt i Finland.

– Det kan jag drömma om.

Matilda blev tyst en stund. Hon insåg hur priviligierad hon själv var i jämförelse med så många andra. Den här kvinnans barn hade faktiskt försökt stjäla hennes pengar. Då hade de knappast råd med dyra resor till ett land på andra sidan jordklotet.

– Förlåt, sa Matilda, det var dumt av mig. Jag tänkte inte alls på din situation.

– Nej, nej, du behöver inte vara ledsen. Det är inte ditt fel alls.

Det blev tyst igen och Matilda sneglade på Patarin. Hon ville veta mer men hon ville inte heller såra Patarin eller säga något fel, eller fråga för mycket. Men hon tog ändå mod till sig.

– Din situation, sa hon sedan, är den… mycket svår?

Patarin rufsade nervöst om sitt hår och funderade en stund. Hon ville inte att Matilda skulle veta något om hennes skamfyllda liv, men samtidigt saknade hon att prata med någon om saken.

– Inte för svår, svarade hon sedan, men jag... har inte mycket pengar. Eller jag har sådant jag försöker betala bort men det känns att det aldrig tar slut.

– Ett lån?

– Jo...

– Och du är ensamstående, visst?

– Ja, det gör ju allting mycket svårare. Därför är det så tur att vi har Edith i vårt liv. Hon har alltid varit där för mig och Pran.

– Var är... sa Matilda men tvekade sedan.

Patarin tittade på Matilda.

– Var är Prans pappa? fyllde hon i.

– Förlåt, sa Matilda, jag är nog för nyfiken.

– Nej, det gör inget. Det är ingen hemlighet. Han lämnade oss. Eller mig. När jag var gravid. Bara försvann.

– Fy vad hemskt, förlåt!

– Han var från USA och jobbade här i Thailand en tid, fortsatte Patarin. Vi träffades en kväll och var vad jag trodde kära i varandra. Han sa att han skulle hämta mig till USA. Men det var nog säkert bara något han sa på skoj för när jag berättade att jag var gravid så såg jag honom aldrig mer.

– Vilket svin! sa Matilda och fnös.

– Du dejtar ingen?

– Nej, inte för tillfället. Det känns att jag aldrig kommer hitta någon som vill samma saker som jag. Eller som ens skulle förstå mig. Den jag träffar är alltid antingen för omogen eller för självisk så det blir aldrig något av det.

– Du sa att du inte hade barn, visst?

– Nej, men jag skulle vilja ha ett, eller flera. Men jag tror det börjar vara lite väl sent nu för ett biologiskt barn.

Matilda tittade sorgset ner i sanden och vattnet som sköljde över hennes solbruna fötter. När hon var yngre hade det inte känts lika lockande eller brådskande, men nu ville hon ha en egen familj. Hon ville inte vara ensam längre. Det var ju inget fel på singelliv och det fanns en massa andra saker man kunde göra utan barn, som hon gjorde nu, resa, hobbyer, middagar och fester med vänner. Men Matilda hade alltid ändå haft drömmen om en egen familj i bakhuvudet. Det var vad hon önskade mest av allt just nu. Patarin sneglade försiktigt på Matilda där de stod vid strandkanten och funderade på hur hon kunde trösta henne, utan att säga något dumt.

– Thailand är fullt av föräldralösa barn ifall du tänkt på adoption, sa hon sen försiktigt.

– Det har jag faktiskt tänkt på, men jag vet inte hur lätt det är att adoptera som ensamstående. Men det är ett alternativ.

– Det är ju inte helt samma sak som ett biologiskt barn...

– Det spelar ingen roll, sa Matilda och log. Jag träffade en hel del föräldralösa barn på barnhemmet jag besökte häromdan och de var alla söta och älskvärda.

– Du besökte ett barnhem? sa Patarin förvånat.

– Mm, svarade Matilda.

Patarin tittade på Matilda och bara sjönk in i hennes blå ögon. Vilken ängel, jag förtjänar inte att ha henne som vän, tänkte hon.

– Du är en underbar person, sa Patarin och tog Matilda i handen.

Matilda rodnade.

– Det är jag inte alls, sa hon blygt.

– Det är du visst. Det är inte alltför många personer som tillbringar sin semester genom att besöka barnhem och lyssna på lokala invånares trista berättelser.

Matilda skrattade blygt.

– Du är också ganska otrolig, sa Matilda. Det är inte lätt att ta hand om ett litet barn helt ensam.

– Tack, du är snäll som säger så. Jag vet att många andra också gör det och gör det mycket bättre än mig, men jag försöker mitt bästa. Jag vill att Pran ska ha ett bra liv.

– Han är en söt pojke och jag tror nog han kommer klara sig bra i livet.

– Det hoppas jag verkligen. Jag är så rädd för att han ska börja göra något dumt. Jag vill inte att han ska bli som jag...

Patarin tystnade till igen. Hon ville inte avslöja för mycket men det var så naturligt att tala öppet med Matilda.

– Men han har ju dig och Edith, sa Matilda tröstande.

De satte sig ner på en låg stenmur bakom stranden och Matilda tittade upp mot palmerna som lutade sig över dem. Prat och musik ekade ut mot stranden från vägen intill där strandbarerna låg.

– Berätta mer om dig själv, sa Patarin och lutade sig mot Matildas axel.

– Tja, vad vill du veta.

– Berätta om din barndom.

– Den var ganska vanlig. Eller vanlig i Finland. Jag växte upp med en mamma och en pappa, pappa dog i en infarkt när jag var ungefär 19 år gammal.

– Förlåt, sa Patarin.

– Det är inget, det var länge sen och han har det bra på andra sidan.

– Har du inga syskon?

– Nej, jag är det enda barnet. Min mamma var lågstadielärare och noga med att jag studerade duktigt. Men jag gillade att studera och att läsa precis som Pran. Jag gillade också datorer och teknik tidigt i tonåren och IT-studier blev ett ganska självklart val. Min arbetskarriär var också ganska självklar och enkel. Jag jobbade nästan 4 år på samma ställe där jag gjorde

min första praktik och sedan bytte jag arbetsplats en gång och
där har jag jobbat sedan dess. Mitt liv har nog varit ganska lätt
kan man säga.

– Låter mysigt.

– Men min mamma börjar bli otålig för att jag inte gift mig
och fått barn, sa Matilda och fnissade.

– Det tycks vara likadant i varje kultur, skrattade Patarin.

– Hur var din barndom då?

Patarin skruvade på sig.

– Du behöver inte berätta om du inte vill, sa Matilda fort.

– Nej, det är inte det. Det är inte så glamouröst.

– Det behöver det inte vara, jag vet att jag är lyckligt lottad
som föddes i Finland.

– Jag minns faktiskt inte så mycket av min barndom. Kanske
det är för att skydda mig själv. Jag vill kanske inte minnas allt.
Jag minns bara att vi alltid hade dåligt med pengar. Jag föddes
på landet, men jag minns inte var. Vi var jordbrukare. En dag
tog min mamma mig och min storebror till Bangkok, efter
några år bosatte vi oss i Chonburi och vi återvände aldrig till
vår hemstad. Jag tror något hände med vår släkt i byn där vi
bodde, kanske ett stort gräl eller något, för min mamma talade
aldrig om våra släktingar. Aldrig. Ingen ringde oss och hon
ringde ingen. Så jag vet inte vad som hände.

– Var är din storebror?

– Jag vet inte, sa Patarin och kramade Matildas hand. Han
är säkert död.

Matilda höll andan och visste inte vad hon skulle säga.

– H-hur, v-varför? stammade Matilda.

– Han var alkoholist. Han hade alltid svårt att få och behålla
ett jobb och sedan började han hänga med fel människor. Han
hade säkert mått bättre på landet. Vi hade inget stödnätverk
här, inga vänner eller släktingar, och mamma gjorde allting

ensam. Han drack mer och mer, och ibland var han borta flera dagar. Vi visste inte var han var eller om han ens var vid liv. När han kom hem tog han mammas pengar och försvann igen. En dag för många, många år sedan gjorde han det för sista gången och efter det har jag aldrig sett honom mer.

Matilda torkade några tårar och försökte hålla sig för gråt.

– Det är ju hemskt.

– Jag vet, därför berättar jag oftast inte det för någon.

– Jag skäms för hur bra jag haft det.

– Det ska du inte alls göra, sa Patarin bestämt. Du ska inte tycka synd om mig. Vi har alla olika öden och det är många som haft det lika svårt som jag. Vissa har det bra och andra har det svårt, så är det.

– Och… din mamma då? frågade Matilda försiktigt.

– Hon dog flera år sen, några år innan Pran föddes. Hon var inte värst gammal men trött och sliten. Hon jobbade hela tiden men vi var ändå fattiga. Jag gick färdigt grundskolan men vi hade inte råd med fortsatta studier så jag började jobba fulltid jag med. Jag hade ändå hjälpt mamma ofta med olika småjobb så det var ganska naturligt.

Matilda smekte Patarin över ryggen. En skön vindpust blåste upp i deras ansikten och svalkade dem i den varma natten. Patarin tog ett djupt andetag. Det kändes så skönt att berätta. Att få ut allting och att bli tröstad. Det hade nog ingen gjort hittills, förutom Edith, och Kate såklart, men hon ville inte besvära dem längre. De hade fått höra tillräckligt mycket om hennes problem. Hon ville gråta men hon hade förtryckt allting så länge att det inte gick. Hon hade tvingat sig att inte känna mer. Men hon kände något, en liten värme, under Matildas hand på hennes rygg. Det kändes tryggt.

– Berätta något kul om ditt liv, sa Patarin sedan.

– Det känns inte rätt att göra det nu.

– Men jag vill. Nu har vi talat tillräckligt om mitt tråkiga förflutna. Det är dags att tala om något roligt i stället. Berätta om… om dina drömmar!

– Drömmar? sa Matilda fundersamt och tänkte en stund.

– Vad vill du göra i framtiden?

– Jag har nog inte funderat klart alla mina drömmar ännu. Men jag skulle gärna byta jobb.

– Är du inte nöjd med det du har nu?

– Det är helt okej och bra betalt, men jag har jobbat där länge och det känns att jag kanske skulle vilja göra något meningsfullt i stället. Men jag vet inte riktigt vad.

De satt tysta en stund och lutade mot varandra. Patarin sneglade på Matilda. Hon var så elegant och vacker i sin färggranna klänning och solhatt. Ett pendelhalsband i guld föll mjukt över hennes urringning och hennes solbränna framhävdes av klänningens skogsgröna skiftningar. Läpparna var lätt rosa och hennes ljusa lockar föll ner runt hennes axlar. Patarins blick fångade Matildas och en stund satt de där och bara tittade på varandra.

– Får jag kyssa dig? frågade Patarin.

– Kyssa? Mig? utbrast Matilda förvånat just därför att hon nyss själv tänkt på saken.

Matilda tittade Patarin i ögonen och hennes hjärta slog några slag fortare. Hon tog mod till sig och rörde vid Patarins hår. Hon drog djupt efter andan för hon var nervös.

– Ja, sa Matilda sedan, kanske… ja, ska vi kyssas då?

Patarin fnissade och tittade sig omkring för att försäkra sig att ingen tittade på dem, det var inte så vanligt att kyssas på allmänna platser i Thailand. Men åh vad hon hade lust just nu. Hon lutade sig närmare, drog sina fingrar genom Matildas lockiga hår och lät sitt ansikte dröja framför Matildas en stund innan hon kysste henne. Mjukt, lätt, långsamt. Det pirrade i magen på Matilda. Kan en kyss faktiskt kännas så bra? Patarin hade inte bråttom. Kyssen var just det den skulle vara, en kyss, inget annat. Inget verktyg eller fas som snabbt skulle fås undanstökat för att komma till det egentliga målet, samlaget och orgasmen. Inget dregel eller tungor djupt i halsen. Det fanns inga förväntningar eller krav om vad som skulle ske efter kyssen. Det var bara här och nu, att njuta av kyssen var fokus. Precis som det skulle vara. Matilda föll djupare in i kyssen och känslan, särade på sina egna läppar mer och alla andra ljud omkring försvann i bakgrunden. Patarins tunga snuddade lätt vid Matildas överläpp och sedan hennes underläpp. Hennes läppar var mjuka och varma. Matildas hjärta slog hårt. Hon önskade att detta ögonblick aldrig skulle ta slut. Men det gjorde det.

– Titta! ropade en man plötsligt från en av strandbarernas terrass. Där är horan du knullade, visst?

– Fan! ropade en annan man och steg raskt upp. Hon och den där transhoran tog mina pengar!

Några turister på stranden och i baren vände sig om för att se vem som skrek och varför. Patarin och Matilda slutade genast kyssas och Patarin stod blixtsnabbt upp. Hon tog Matilda i handen.

– Spring! sa hon och började springa.

– Vad är det som händer? frågade Matilda förskräckt och kramade hårt om Patarins hand medan de sprang förbi baren, upp på strandgatan och ut mellan folk och mopeder.

– Jag förklara senare, sa Patarin andfått, spring så fort du kan.

INTRASSLAD

Patarin ledde Matilda mellan mopeder och människor. Hon slank snabbt in i en gränd bakom ett gatukök. De luktade illa och det var smutsigt. Matilda hade ingen aning var de befann sig men Patarin verkade veta precis var hon kunde vända och kila in.

– Snabbt! sa Patarin. Stig in här.

Hon öppnade en liten bakdörr vid slutet av en av gränderna, bredvid en enorm sopsäck, och viftade med armen. Matilda hukade sig och smög in. Patarin följde efter och stängde dörren.

– Var är vi? frågade Matilda.

– Schhh! sa Patarin och satte sin hand över Matildas mun.

Matilda satt på huk mitt emot Patarin och kände hur hennes hjärta bankade. Hon svettades inte bara av värmen och av att just ha sprungit utan även av rädsla. Hon hade ingen aning varför de sprang men hon var rädd. Vilka var de där männen? De såg ut att ha varit amerikanska turister. Och varför var de arga på Patarin? Hora? Var det faktiskt det de hade sagt? Varför? Vad ville de ha av Patarin? Plötsligt hörde hon hur någon sprang förbi dörren.

– Satan! skrek en man. Var fan är hon?

– Hon försvann den jävla horan! ropade den andra mannen.

– Förbannade thaihora! skrek den första mannen igen. Om jag ser henne igen ska jag döda henne!

Patarin satt blixtstilla och lyssnade spänt. Men hon var inte rädd. Hon var arg. Vilken jäkla otur att de såg henne, tänkte hon. Hon förstod inte vad fan de ännu gjorde i Thailand. Hon trodde att de hade åkt hem redan. Hade de inte fått utnyttja kvinnor här alldeles tillräckligt? Åk hem till era perfekta familjer och låtsas vara goda pappor era jävla misogyna skitstövlar, tänkte Patarin och bet ihop sina tänder av ilska.

– V-vad är det som har hänt? frågade Matilda försiktigt efter att männens fotsteg avtog och inte hördes längre.

Patarin steg försiktigt upp och tittade sig omkring. Matilda tittade också och det såg ut att de var på baksidan av en restaurang. Ett förråd av något slag. Det fanns matingredienser och stora kastruller och det luktade starkt av chili och andra kryddor.

– Vi väntar en stund sen går vi ut, sa Patarin.

– Känner du dem som har restaurangen?

– Inte direkt, men jag har nog utnyttjat detta gömställe en eller annan gång.

De smög sakta ut och Patarin tog Matildas hand igen. Hon ledde henne smygande genom gränden, en annan väg än den de kom med, och snart var de ute bland människor och mopeder igen. De promenerade en stund i tystnad och strax var de framme vid Patarins syaffär. Matilda visste inte varför de kom just hit men hon gissade att Patarin inte ville gå direkt hem ifall männen skulle se henne och följa efter henne. Patarin låste upp och föste in Matilda och låste direkt efter. Matilda satte sig ner på en liten rosa plastpall under ett par klänningar som hängde på ett räcke. Patarin hämtade ett glas vatten åt Matilda.

– Tack, sa hon och drack i stora klunkar. Vill du berätta vad det där var för något?

Patarin stod vid symaskinsbordet och vickade nervöst med foten. Hon ville berätta allt men samtidigt ville hon inte. Hur mycket kunde hon berätta åt Matilda? Matilda var snäll och hon ville absolut inte att hennes semester skulle bli förstörd med en massa drama och sorgliga berättelser.

– Det är inget, svarade Patarin kort.

Det såg ut som att Patarin inte ville tala om saken och Matilda ville inte tvinga henne.

– Men är du okej? Du vill inte gå till polisen om det här?

– Nej, jag kan inte. De går inte att lita på alls.

– Men de sa att de skulle döda dig! sa Matilda.

– Oroa dig inte.

– Men… sa Matilda.

Patarin gick långsamt fram till Matilda och omfamnade henne. Matilda lutade sin kind mot Patarins bröstkorg och kramade henne hårt.

– Tack, sa Patarin, för att du bryr dig. Men det är inte något du ska blanda dig i. Du känner mig knappt alls och det är inte ditt ansvar att ta hand om mig.

Matilda kunde knappt sova den natten. Hon rullade runt i sin bekväma hotellsäng men oavsett hur hon låg så fick hon inte sömn. En del av henne oroade sig om Patarin och ville veta mera, och en annan del ringde i varningsklockorna och varnade henne för fara. Det var antagligen inte en så bra idé att blanda sig i för djupt med Patarin. Patarin hade rätt, Matilda kände henne knappt alls och hon hade ingen aning om hurdana bekymmer hon hade hamnat i. Det var inte ens något Matilda behövde veta något om. Men hon kunde inte sluta oroa sig. Matilda stod vid hotellfönstret och beundrade soluppgången. Hon kunde inte heller sluta tänka på kyssen. De hade talat länge och det hade känts så bra, så naturligt. Jag är helt tokig, tänkte Matilda. Vad håller jag riktigt på med här i Thailand?

Hon ville ringa en vän men det var natt i Finland. Hon tog telefonen i handen och skrev i stället. Kristina var hennes bästa vän och de kunde prata om allt. "Hej", skrev hon, "jag är fortfarande vid liv, fniss". Matilda tvekade men fortsatte sedan. "Jag måste berätta något för dig, jag har träffat en kvinna här…". Sedan skrev hon allting om Pran som stal hennes pass och pengar, om nöjesparken och marknaden och kyssen med Patarin och den vilda flykten under Thailands varma natt. "Vad ska jag göra?" skrev hon till sist. "Ska jag sluta blanda mig i hennes liv? Är jag helt tokig om jag vill lära känna henne mer?". Hon suckade djupt och gjorde sig sedan i ordning för morgonmålet.

Pratt knuffade ner Pran på marken.

– Aj! skrek Pran och tryckte ihop sina läppar för att inte gråta.

– Du svarar på mitt läxförhör idag, sa Pratt, annars får du stryk.

– M-men, det är inte rätt!

– Vem bryr! skrek Pratt och viftade med armen. Stryk?

– J-ja, ja, stammade Pran, jag ska göra det…

Väl inne i klassen plockade alla fram sina pennor och gummin medan läraren delade ut rutat papper för svaren.

– Lycka till! viskade Wendy och klappade Pran på axeln.

– T-tack, du med, sa Pran och log blygt.

Pratt sparkade Prans stol för att påminna honom om ordern. Att fuska eller att svara på någon annans läxförhör var inte lätt. Om man inte ville bli fast måste man också vara listig. Man måste ju svara på två läxförhör för samma frågor och då fick inte svaren vara alltför likadana. Med någon som Pratt så var det dessutom viktigt att Pran fick sämre poäng än Pratt, även om det var Pran som svarade för båda, annars fick han också stryk. Pran suckade djupt. Han avskydde det här. Läraren bad alla att titta ner i bordet medan hon började skriva frågorna på tavlan. Sedan tittade hon på klockan och bad dem att titta upp och börja. Pran skrev sitt namn på papperet. Pratt sparkade hans stol igen och skickade sitt papper under bordet just då läraren tittade ut genom fönstret. Pran skrev för brinnkära livet, för det var inte lätt att hinna svara dubbelt och dessutom på olika sätt. Läraren steg upp och började sakta promenera kring klassen för att hålla ett vakande öga på eleverna. Pran föste ett av pappren under det andra så hon inte skulle se att han hade två.

– Fröken, sa Pratt plötsligt och sträckte upp sin hand.

– Ja, Pratt, sa hon, vad är det?

Han steg artigt upp och rätade ut sin skjorta.

– Pran kopierar mina svar, sa han.

Pran frös till och stirrade med panik ner i bordet. Den jävla råttan! tänkte han. Så det räcker inte med att mobba mig, stjäla från mig och att få mig att svara på dina läxförhör, du ska också försöka sätta dit mig för fusk som du tvingat mig att göra? Pran bet ihop tänderna av ilska men han vågade inte säga något.

– Är det sant, Pran? frågade läkaren. Stig upp!

Pran steg långsamt upp och läraren tog upp hans papper. Hon granskade dem en stund och tittade sedan allvarligt på Pran.

– Pratts svar är mycket bättre än dina Pran, sa hon, det är tydligt att du inte förstått frågorna lika bra som han.

Vilken jävla idiot till lärare, tänkte Pran men han visste att han inte kunde försvara sig. Till och med lärarna här på skolan var lika själviska och snåla som flera av barnen. Pratts föräldrar var inte rika men de hade ändå mer inflytande över stadsdelen än flera andra föräldrar. Pratts pappas kusin satt med i stadens styrelse och han var både listig och inflytelserik, så det var alltid något man kunde både hota och muta med. Hela Kettapun-familjen njöt av den fördelen. Pratt skulle aldrig bestraffas för något han gjorde.

– Fröken, sa Wendy artigt och steg upp.

– Wendy du ska inte blanda dig i nu igen, sa läraren.

– M-men, sa Wendy, alla här vet att Pratt är dum i huvudet!

Några av barnen skrattade och viskade och läraren rodnade.

– Wendy! sa hon argt. Sitt ner och var tyst! Pran, jag skriver en lapp här och så går du upp till rektorn för bestraffning.

Pratt flinade brett och visade tungan åt honom. Pran kokade inombords. Men det fanns inget han kunde göra. Ingen var på hans sida. Ingen. Förutom Wendy. Men Wendy var också bara ett barn och hon rådde inget emot vuxna som gjorde fel.

– Sitt ner alla och fortsätt svara på era förhör, ropade läraren medan hon gick tillbaka till sin kateder och började skriva en anmärkning åt Pran.

Pran knöt ihop sina nävar och kände hur varm han var om kinderna. Dumma lärare! Hur många elever i klassen hade inte redan tagit chansen och utbytt svar medan lärarens uppmärksamhet var på Pratt och honom. Så jävla dum i huvudet hon var. Men det var ju ingen vits att påpeka. Det skulle han också få en anmärkning för, om han sa emot eller påpekade lärarens misstag.

– Kom hit, sa läraren och sträckte ut pappret åt Pran. Marsch i väg då.

Wendy kramade honom lätt på armen innan han gick fram till läraren och stod stilla framför henne en stund.

– Nå? sa läraren otåligt.

Pran lyfte blicken och stirrade läraren rakt i ögonen, vilket var väldigt oförskämt. Han brände blicken i hennes ögon och hon ryggade tillbaka.

– Pran! snäste hon.

Han ryckte pappret av henne och rusade ut.

– Jävla unge, viskade läraren för sig själv och satt sig ner. Nåja, tyst i klassen! Fortsätt skriva. Ni har 15 minuter kvar.

Solen lyste redan starkt och ståtligt på himlen när Matilda promenerade ner till marknaden. Hon började bli trött på hotell-morgonmålet och hade dessutom inte riktigt haft någon matlust efter vad som hände föregående kväll. Hon ville inte medge det men hon saknade finsk mat. Havregrynsgröt och rågbröd med ordentligt smör. Det hade hon aldrig trott att hon skulle sakna. Men det fanns ingen finsk mat här så hon nöjde sig med ett kafé med amerikanskinspirerad meny och gratis trådlös nätuppkoppling. Hon köpte en stor smörgås och en ännu större kaffe och satte sig ner vid fönstret. Bilar, mopeder och människor vimlade förbi som vanligt. Just då plingade det till i telefonen. Patarin? tänkte Matilda hoppfullt men det var Kristina. "Jag kan Skypa nu en stund om du vill" skrev hon. "Ska du inte sova?" skrev Matilda. "Jag vaknade för att kissa för 547:e gången så det är okej, kommer ändå ta en god stund innan jag somnar igen" svarade Kristina. Matilda fnissade. Kristina var 8 månader gravid och Matilda hade fått höra allt om de nattliga toalettbesöken och vilda sparkarna i magen 2 minuter efter att Kristina lyckats somna. "Tack du din söta fåntratt" skrev Matilda och öppnade Skype på sin telefon.

– Hej! ropade Kristina där hon satt i lampans gula sken i sitt kök.

Det kändes som en stor lättnad att se ett bekant ansikte framför sig, även om det var via en skärm. Kristinas långa bruna hår satt slarvigt uppsatt i en hårknut och flera hårslingor hängde löst runt hennes ansikte. Hennes stora bruna ögon tittade varmt in i kameran.

– Nämen hej på dig! svarade Matilda. Hur är det med fostret?

– Helt bra tack, skrattade Kristina och vek en brun hårslinga bakom örat, är väl inte så mycket ett foster nu mer för hen sparkar en massa. Helst på natten såklart.

Matilda fnissade. Det var så skönt att tala med Kristina igen och hon var så glad för det lilla nya livet som snart skulle födas.

– Men vad är det här om en kvinna du träffat? frågade Kristina. Inte håller du väl på att bli lurad där borta? Du vet, svindlare som ljuger om sina svåra öden och pumpar dig torr på pengar?

– Nja… svarade Matilda och tvekade en stund. Jag tror inte hon är sådan. Är det inte litet fult att genast tänka så om henne bara för att hon är thailändare och har det svårt?

– Du har rätt, sa Kristina, det var dumt av mig. Jag borde ju veta bättre. Fy så hårt fördomar sitter i, nu tänkte jag inte alls för. Förlåt! Jag är bara orolig, det vet du ju.

– Jag vet. Jag tror nog hon skulle ha begärt om pengar redan ifall det var det hon var ute efter, inte sant? Hon sa att jag inte skulle blanda mig i. Hon vill nog inte ha något av mig.

– Du gillar henne?

– J-ja, jag tror det.

– Men det låter lite farligt nog måste jag säga. Du vet ju inte vem de där männen var och varför de var efter henne. Tänk om hon är inblandad i något kriminellt?

– Ja, det är ju det jag är mest bekymrad över. Jag vet inte så mycket om henne.

– Hon har ett barn också sa du?

– Jo, han är visst 8 år gammal.

– Jag litar på ditt omdöme Matilda, du har bra intuition. Men kom ihåg att vara försiktig. Jag förstår att hon säkert är underbar och att ni kommer bra överens, men håll huvudet kallt. Lägg dig inte i sådant som det kan vara svårt att ta sig ur. Nu är du dessutom i ett helt annat land. Thailand är inte Finland som du vet.

– Du har rätt Kristina, sa Matilda och suckade djupt. Jag vet nog. Jag håller med dig helt. Jag skulle säga precis samma sak åt mig själv om jag var du.

– Nu har du ännu några veckor semester kvar så ta det lugnt och kom ihåg att den största orsaken du är där är för att slappna av och ta igen dig. Tänk noga för innan du gör något och var på din vakt. Kom ihåg att njuta också.

– Tack Kristina, sa Matilda och log. Det ska jag göra.

De talade ännu en stund om livet i Finland och om bebisar och vädret och jobbet. Sedan slukade Matilda i sig den sista klunken av kaffet och gav sig i väg på nya äventyr.

Pran sprang ner för trapporna och ut på skolgården. Han tänkte minsann inte gå till rektorn. Han sparkade en sten på marken och spottade demonstrativt åt skolans riktning. Han rev lärarens anmärkning sönder, kastade den i soptunnan och sprang sedan med god fart över skolgården utan att stanna och klättrade över grinden. Mamma skulle nog bli besviken om hon visste, tänkte Pran. Men han ville inte stanna på skolan. Han gick ner till stranden där turisterna redan låg och solade, röda om axlarna. Han tog av sig sina sandaler och sparkade med foten i sanden. Han skulle inte stjäla. Det hade han bestämt sig. Det var inte bra. Pran gick långsamt mellan havet av solstolar försjunken i sina egna tankar när en äldre man plötsligt tog tag i hans arm.

– Hördu pojke, sa han med sin mörka hesa röst, hur mycket?

– U-ursäkta? sa Pran. Vad menar du?

Mannen ålade upp sig i sin solstol och släppte inte taget på Pran. Han var iklädd ett par små blå badbyxor och en rödblommig skjorta hängde på kanten av solstolen. Han tittade omkring sig några gånger och sänkte rösten.

– Du vet nog, sa han, hur mycket?

Pran förstod faktiskt inte. Men han mådde plötsligt illa. Mannens grepp om hans arm var hård och han stirrade konstigt på honom.

– Mitt hotell är där borta, sa mannen, om du följer med till mitt rum så får du en trevlig summa pengar.

– P-pengar...? utbrast Pran. V-varför skulle du ge mig pengar?

– För att du är snäll och gör mig sällskap, sa mannen och log.

Pengar, tänkte Pran, vi behöver pengar. Kanske mannen bara känner sig ensam? Men *mae* hade sagt att han inte får följa med folk han inte känner.

– Min mamma säger att jag inte får gå med främlingar.

– Äsch, en liten stund bara. Hon behöver inte veta.

Pran skruvade på sig. Det kändes fel men han ville ha pengar. Han ville hjälpa *mae* betala lånet och flytta till en annan stad. En annan skola. Bort från alla idioter.

– Mmm, okej.

Mannen log brett, tog på sig skjortan och plockade upp sina saker. Han pustade högt när han böjde sig ner då hans stora mage tryckte upp mot bröstkorgen. Sedan tog han åter ett starkt grepp om Prans arm och började gå med honom bort från stranden mot hotellet. Pran kände sig rädd. Kanske det inte var en så bra idé sist och slutligen, tänkte han. Men han vågade inte säga något. Han kände sig plötsligt rädd, väldigt rädd. Han ville hem, hem till *mae*, hem till Edith.

– Släpp honom ditt jävla svin! skrek plötsligt en kvinna.

– F-fröken Matilda? utbrast Pran förvånat.

Matilda som hade legat och solat på stranden hade som av ett mirakel fått syn på Pran. Hon hade legat med en spännande bok när hon plötsligt fick en konstig rysning som fått henne att sitta rakt upp och när hon tittat sig omkring hade hon fått syn på Pran och mannen.

– Det här är mitt barn, sa mannen uttryckslöst. Blanda dig inte i.

– Det är fan inte ditt barn, röt Matilda. Släpp honom.

Hon tog tag i hans arm och försökte lösa hans grepp på Pran. Mannen svor och skuffade henne så hårt att hon föll ner på den hårda asfalten. Pran började gråta förtvivlat medan mannen hastigt drog honom mot hotellet igen. Matilda steg fort upp och sprang efter dem. Jag måste vinna mer tid, tänkte hon. Hon tog tag i mannen igen men han var mycket starkare och skuffade lätt omkull henne igen.

– Dra din slyna, röt mannen barskt, annars ska jag se till att du får det du förtjänar.

– Det jag förtjänar? Det är du som ska få det du förtjänar du ditt äckel!

Plötsligt rullade en polis på moped in vid parkeringsplatsen där de stod. Mannen släppte taget på Pran och hans blick flackade. Han började springa, men polisen var snabbare och yngre. Under tio sekunder var mannen nedbrottad och fast i handbojor. Pran rusade i Matildas famn och hon kramade honom så hårt det gick.

– Lilla kära gullet, utbrast Matilda sorgset, gör aldrig så här igen!

– Jag lovar, snyftade Pran, j-jag ville bara ha lite mer p-pengar. Han lovade mig p-pengar.

– Aldrig, aldrig mer! Följ aldrig med någon!

Två polisbilar plockade upp dem allihop och vid polisstationen fick Pran berätta vad som hänt. Matilda höll honom i famnen hela tiden. Hon förklarade vem hon var och att hon var vän med Prans mamma, hur hon sett dem och hur mannen försökt lura med Pran som inte visste vad han gick med på.

– Tack fröken Matilda för din modiga insats, sa en av poliserna. Pojken hade nog en vakande ängel vid sin sida. Fint att du ringde upp oss genast.

– Tack själv. Ni ryckte in väldigt fort.

– Mannen får sitta inne här tills han erbjuds en rättegång, men det är inte alltid så lätt att sätta dit skurkar som han. De har ofta gott om pengar och poliser här i Thailand är lätta att muta. Likaså domstolen. Men vi har era uttalanden och vi är i kontakt vid behov.

– Tack, det ni gör är väldigt viktigt.

– Jag ska försöka mitt bästa för att han inte kommer undan, sa polisen och log.

Matilda pustade ut. Nu var det bara att vänta på Patarin. Matilda fick inte lämna polisstationen ensam med Pran för att hon inte var hans lagliga släkting eller vårdare men Patarin svarade inte i telefonen. Polisen hade ringt flera gånger och likaså Matilda.

– Varför var du inte på skolan? frågade Matilda Pran medan de väntade.

Pran tittade ner i golvet och tvekade. Han sa aldrig något åt *mae* om mobbarna för han ville inte att hon skulle bli orolig och hon hade tillräckligt svårt ändå. Men Matilda verkade stark och modig.

– Du får inte berätta åt *mae*, sa Pran.

– Varför det? Ibland finns det sådant som kan vara svårt att tala om men som det är viktigt att ens föräldrar vet om.

– Då berättar jag inte.

– Okej då. Jag lovar att inte berätta.

Pran kramade Matilda hårt och grävde sitt ansikte i hennes bröst. Bara tanken av att berätta fick honom gråtfärdig. Han hade inte berättat åt någon. Matilda smekte Prans huvud och rygg. Det kändes så skönt. *Mae* älskade honom men hon var inte så moderlig av sig, hon brukade bara smeka honom såhär ibland, då båda var riktigt ledsna, men inte annars, inte bara för att det var skönt. Matilda väntade tålmodigt på att Pran var färdig att berätta.

– Det hände en grej på skolan, sa Pran tyst.

– Var det någon som gjorde dig illa?

– Inte direkt…

Han var tyst en stund och fortsatte sedan.

– Vi skulle ha läxförhör och en kille på klassen tvingade mig att skriva hans svar.

– Men det är ju inte rätt.

– Ja, och sen när jag gjorde det så skvallrade han åt läraren och läraren trodde att det var jag som kopierade hans svar. Inte tvärtom. Han lurade mig!

Pran knep ihop ögonen och kände sig både rädd och lättad.

– Så det var därför du rymde från skolan? frågade Matilda försiktigt.

– Mm, sa Pran och nickade lätt.

Matilda var tyst en stund och funderade.

– Vet du vad, sa hon sedan. Om du vill så kan jag komma med dig till skolan imorgon. Så kan jag tala med läraren och förklara vad som hänt.

Hon visste inte hur mycket hon kunde blanda sig i och om det var tillåtet att hon besökte skolan, men det var tydligt att

Pran inte ville besvära sin mamma och det förstod hon. Dessutom hade hon lovat att inte berätta nåt för henne.

– Nej, sa Pran förvånat, jag tror inte det är en bra idé. Då blir jag nog ännu mer mob-.

Han stannade upp mitt i sin mening. Matilda tittade noggrant på Prans ansiktsuttryck.

– Pran, sa hon milt, är de andra eleverna elaka mot dig?

– N-nej, svarade Pran och tittade ner i golvet igen.

Det här såg alldeles för bekant ut. Matilda kom ihåg sin egen tid som barn i lågstadiet. Hon hade nästan glömt allting. Efter tredje klass flyttades hon till en större skola och blev det första året utfryst ur klassen och stundvis mobbad. Hon hade fortfarande ingen aning varför, kanske för att hon var smart och de andra var avundsjuka, eller så kanske det bara råkade bli så? Att hon inte valde ett gäng att höra till tillräckligt fort och blev utanför. För så är det ju, man måste välja grupp, vilken sida du ska vara på, för du kan inte vara vänner med alla.

Det berättade hon aldrig för någon. För att hon skämdes. Hon berättade faktiskt det för mamma en gång, och när mamma föreslog att hon skulle byta klass så hade hon i panik nekat för hon var rädd att bli utskrattad och ännu mer mobbad. Som efterklok kunde hon se att det nog hade varit bra att byta klass ändå. Hon undrade varför mamma aldrig tog tag i saken hårdare. Hon var ju lågstadielärare själv så hon kunde ju ha ringt upp skolan och krävt åtgärder. Då skulle inte Matilda ha behövt lida så länge. Men hänt är hänt.

Efter det första året hittade hon nya vänner i de andra klasserna med vilka hon lekte på rasterna, men hon stannade ändå i samma klass och bara stod ut tills alla splittrades och åkte till olika högstadium.

Matilda förstod Prans rädsla. För ett barn är vänskap otroligt viktigt och deras värld är annorlunda från vuxnas. En liten grej för vuxna kan vara en stor grej för barn. Det är skamfullt att ha en förälder komma till skolan för att man blir mobbad. Då är man en skvallerbytta, en fegis. Att medge att man blir mobbad är som att medge att det är något fel på en. Om man inte medger det så kan man nästan inbilla sig att man inte blir mobbad och att man är som alla andra. Och det är viktigt att vara som alla andra.

– Jag förstår att du är orolig, sa Matilda sedan, men jag tror det kan vara en bra idé ändå, att jag kommer till skolan.

– Nej, jag tror inte det.

– Jag har också blivit mobbad som liten.

– Jag blir inte mobbad! sa Pran.

Han ville inte medge det.

– Ja, sa Matilda, men jag har blivit mobbad. Och jag lovar dig, nu när jag tittar tillbaka så ångrar jag att jag inte lät min mamma göra något åt saken.

– Är det sant?

– Jo, du förstår, när man blir äldre så inser man hur litet egentligen andras åsikter spelar roll. Jag menar att när du blir vuxen så blir du mer självsäker och det viktigaste är att du tycker om dig själv. Ibland tycker andra illa om dig och ibland tycker andra bra om dig, men så länge du tycker att du gör rätt så spelar det ingen roll vad andra tycker.

Pran skruvade på sig lite och rynkade ögonbrynen.

– Dessutom, fortsatte Matilda, ångrar jag att jag brydde så mycket om vad mina klasskamrater skulle ha sagt eller tyckt om jag berättade för läraren om att de mobbade mig. För de har ingen betydelse i mitt liv längre och jag vet att de inte hade rätt att vara elaka med mig.

Matilda väntade och lät Pran fundera på vad hon sagt.

– Men du bestämmer själv, tillade hon.

Pran satt tyst en god stund och petade på Matildas pendelhalsband. Han var nog försjunken i tankar.

– Kan du komma imorgon då? sa han plötsligt.

– Såklart, sa Matilda och log, jag lovar.

Patarin avslutade sitt skift på sjukhuset och plockade undan sin städkärra då Kate plötsligt kom springande.

– Patarin! ropade hon. Du lämnade din telefon i omklädningsrummet och den har ringt minst tusen gånger.

Patarin tittade på Kate och plockade telefonen i handen. En massa missade samtal, okända nummer och Matilda. Hon ringde upp Matilda.

– Äntligen svarar du! utbrast Matilda. Tack och lov!

– Vad är det? frågade Patarin och rynkade ögonbrynen.

– Jag är med Pran på polisstationen, du måste plocka upp oss.

– Vad?! Är han där igen!?

– Nej, nej, eller jo han är här men han har inte gjort något fel. Eller alltså, äsch det är bäst att du kommer hit så förklarar vi här.

Inom kort var Patarin på polisstationen och såg Pran sitta i Matildas famn. Hon visste inte om Pran förtjänade en kram eller en örfil.

– Vad har hänt? frågade Patarin.

En polis förklarade på thailändska vad som hänt. Patarin vände blicken mot Pran.

– Varför var du inte på skolan? frågade hon och stirrade honom i ögonen.

Pran gömde sig mot Matildas bröst och klamrade sig fast.

– Han har en orsak för det, sa Matilda, men han vill inte att du ska veta.

– Jag är hans mamma, skrek hon, jag måste få veta.

Matilda smekte Patarin på armen och tog henne i handen.

– Ibland har barn det också jobbigt, sa hon milt och kramade Patarins hand ömt.

Patarin tittade in i Matildas blåa ögon och kände sig litet lugnare. Det var något med Matildas sätt att vara och uttrycka sig som var så otroligt vuxet och tröstande. Patarin kände att i Matildas närvaro blev hon lugnare, mer klartänkt och kände sig mer stabil. Hon pustade ut och satte sig ner på en stol bredvid Matilda och Pran.

– Pran, sa hon sedan, lova mig att du aldrig mer går till stranden. Jag har ju sagt det förut, hur farligt det kan vara och att alla vuxna inte menar väl.

– Mm, svarade Pran och skämdes.

Patarin suckade. Hon visste inte hur hon skulle fortsätta.

– Det är viktigt att du går på skolan, sa Matilda, och både jag och din mamma vill att du håller dig på skolområdet så du inte råkat ut för fara. Men om vi säger så här. Om, och bara om, i riktigt speciella fall, då du känner att det är superduper jobbigt på skolan och du bara måste lämna skolan, så hittar vi ett nytt ställe dit du kan gå för att lugna ner dig. Ska vi göra det?

Patarin rynkade ögonbrynen.

– Hördu, sa hon argt och stod upp, det här är mitt barn, inte kan du bara bestämma sånt utan att tala med mig först.

– Förlåt, sa Matilda, du har rätt, jag borde ha frågar dig först. Jag bara… det var en spontan idé… Förlåt.

Det var egentligen en utmärkt idé, tänkte Patarin. Om han nu skulle rymma, och det skulle han säkert göra igen oavsett vad hon sa, då kunde han lika väl rymma till ett tryggt ställe som hon själv godkänt. Hon var mest arg för att hon själv inte var lika tålmodig som Matilda. Matilda skulle bli en bra mamma, om hon fick barn.

– Det är nog en bra idé faktiskt, sa Patarin sedan och funderade en stund.

Hon försökte komma på säkra ställen men det fanns inte alltför många. De flesta allmänna platser var ju ändå tillgängliga för skurkar också. Syaffären kunde vara ett bra ställe men då skulle hon hamna ge honom en extra nyckel och det ville hon inte, det var ändå en risk i sig. Deras och Ediths hem var för långt borta och hon ville att Pran skulle kunna återvända lätt till skolan vid behov, efter att han fått vara ifred en stund. Någonstans nära skolan vore bäst.

– Jag kommer inte på något bra ställe än, sa Patarin sedan, vi får väl fundera på det senare.

– Ska vi gå då? sa Matilda och lyfte ner Pran på golvet.

De tackade poliserna och gav sig i väg. Matilda följde dem ända hem till och de stannade utanför deras hus. De stod alla tyst en stund och tittade på varandra.

– Får fröken Matilda komma på besök nu? frågade Pran sedan.

– Nu kanske inte är den bästa stunden, sa Matilda, ni kanske vill vara ifred ikväll.

– Förlåt, sa Patarin, jag håller med, vi tar besöket en annan gång.

– Det är lugnt, sa Matilda och log.

De kramades allihop och Patarin och Pran gick hand i hand mot trappan. Plötsligt sprang Pran tillbaka till Matilda.

– Jag vill viska något åt dig, sa han.

Matilda böjde sig ner och Pran viskade i hennes öra. Matilda log och nickade. Sedan skildes de åt.

Solen gick ner bakom horisonten och kastade röda, gula och orange strålar över vattnet och stadens olika byggnader, stora och små. Olika skyltar och ljus blinkade starkt i mörkret och folk och mopeder vimlade på gatorna som vanligt. Matilda hamnade på en gata där en massa unga kvinnor satt utanför de så kallade massageställen och väntade på manliga kunder. Det var hemskt att se, för hon visste vilket elände som gömde sig bakom dessa ställen. Prostitution var olagligt i Thailand men det verkade inte vara något hinder alls. Hon bytte till en annan gata. Matilda promenerade långsamt längs en gata med små matställen och stannade då och då för att smaka på något. Hon köpte en ny klänning i rosa och gult samt ett par beige sandaler. Hon avslutade sin turné med en glass och gick tillbaka till hotellet.

Matilda var trött, inte fysiskt men mentalt. Hon kunde inte sluta tänka på Pran och Patarin. Hon började verkligen oroa sig för dem. Nu kände hon att hon redan var så inblandad i deras liv att det skulle vara svårt att dra sig ur, om hon bestämde sig för att göra det. Hon visste att varje logisk person som brydde sig om henne skulle rådgöra henne att strunta i Thailand och komma hem till Finland, omedelbart. Det var precis vad hon själv skulle säga om det var frågan om någon av hennes vänner och de berättade något så här tokigt för henne.

Det var tokigt. Hon kände på sig att Patarin hade fler hemligheter än bara lånet, det verkade inte vara så enkelt och oskyldigt som hon först trodde. Det var vansinne att blanda sig i men hon kunde inte sluta tänka på dem. Om inte Matilda var försiktig så kunde hon själv råka illa ut. Hon suckade djupt och bestämde sig för att ta ett dopp i hotellets simbassäng för att lugna tankarna. Sen ringde hon upp Arthit vid receptionen och beställde en pizza upp till rummet. De hade redan blivit goda vänner och Arthit föreslog en av sina favoritrestauranger och skickade igen i väg Kade på ett uppdrag. 45 minuter senare satt Matilda på sin säng med en rolig film på sin bärbara dator och pizza i famnen och bara njöt.

– Åh vad jag saknat pizza, mumlade hon för sig själv och tog en enorm tugga. Mums!

PENGAR ÄR MAKT

När Matilda vaknade fick hon genast en idé. Barnhemmet, Preedas barnhem. Om hon frågade Preeda skulle hon nog gå med på att låta Pran komma dit i nödfall. Det var mycket bättre än att han sprang ner till stranden. Dessutom var Preeda kunnig och snäll, hos henne skulle Pran vara säker och väl omhändertagen. Hon skickade ett textmeddelande åt Patarin om sin idé och gjorde sig klar för att gå till skolan med Pran. Hon lyfte en bunt pengar vid en global bankautomat helt intill hotellet och satt pengarna försiktigt i sin handväska. Hon tittade sig omkring några gånger. Efter att Pran stulit hennes väska insåg hur hon lätt det var att bli rånad här. Hon funderade en stund och tittade på klockan. Jag hinner, tänkte hon och gick tillbaka in på hotellet.

– Arthit, sa hon och log.

– Godmorgon fröken Matilda, svarade Arthit artigt och log brett.

– Kan du fixa mig en skjuts till Preedas barnhem?

– Såklart.

– Men en taxi den här gången, sa Matilda, alltså en bil.

– Okej, sa Arthit och skrattade, jag förstår.

Det tog inte länge innan taxin var där och Matilda var på väg mot barnhemmet. Preeda välkomnade henne varmt.

– Jag ber om ursäkt att jag kommer så tidigt och utan för-
varning, sa Matilda.

– Nej, nej, sa Preeda, inga problem!

– Jag skulle egentligen vilja tala med dig om en sak.

Preeda serverade te och kex åt Matilda i vardagsrummet
och Matilda var tacksam för den sköna luftkonditioneringen
som blåste kall luft mot hennes ansikte. Det var tystare i huset
för många av barnen hade redan gett sig av till skolan. Bara de
yngre barnen var på plats och några sov ännu.

– Vad vill du tala om? frågade Preeda.

– Jag vill fråga dig om en tjänst. Jo, det är så att jag blivit vän
med en kvinna här, en thailändsk och hennes pojke har pro-
blem i skolan ibland.

– Jaha. Hurdana?

– Han blir mobbad och då brukar han springa ner till stran-
den och det är farligt där.

– Ja, det är inget bra ställe för ett barn att gå ensam.

– Så jag fick en idé. Om det inte är för mycket begärt, tror
du att ibland, alltså bara ibland, om han verkligen vantrivs på
skolan, att han skulle få komma hit en stund?

Preeda tittade tyst på Matilda.

– Ert barnhem är relativt nära skolan, fortsatte Matilda, så
det skulle inte vara så lång väg för Pran och han kan gå tillbaka
till skolan också om han känner för det.

– Hmm, är hans mamma av samma åsikt? Har han ingen
annan som kan ta hand om honom?

– Jag väntar ännu på hennes svar, jag hoppas hon går med
på det. Och tyvärr, det är inte så enkelt. Hon är ensamstående
och jobbar mycket. De har en hjälpsam granne men hon är inte
alltid hemma på dagarna.

Preeda tittade ut genom fönstret en stund och funderade.

– Ja, sa hon och nickade, varför inte. Så länge han inte uppför sig illa här.

– Åhh, tack snälla du! utbrast Matilda. Han är en snäll kille, jag lovar!

Preeda skrattade varmt och drack en klunk te.

– Vi har inte så mycket utrymme här för fler barn, men om han bara kommer ibland så ska det nog gå. Men så mycket mer kan jag inte erbjuda.

– Det är mer än tillräckligt. Det räcker att han får komma hit och lugna ner sig litet. Jag ska tala om saken för hans mamma. Kan jag ge henne ditt telefonnummer?

– Såklart.

– Förresten, sa Matilda och tvekade.

– Berätta bara.

– Får jag donera pengar?

– Men du gav ju redan så många saker åt barnen! utbrast Preeda förvånat. Vi kan inte ta emot mer av dig, det vore inte rätt!

– Det är inte så. Jag ser att ditt hjärta är på rätt ställe och att du är annorlunda från så många andra barnhemsföreståndare. Du skulle använda pengarna rättvist. Jag vill donera, och då donerar jag helst till någon jag vet att jag kan lita på.

– *Khop khun kha* – tack så mycket, svarade Preeda och pressade artigt handflatorna ihop över bröstkorgen.

Matilda grävde fram pengarna och räckte dem åt Preeda. Hon tackade Matilda ännu en gång och bad Matilda följa med henne på hennes kontor. Hon fördelade upp sedlarna i tre lika stora delar, öppnade ett litet kassaskåp och satt in två tredjedelar av pengarna.

– Bara jag vet koden, sa hon, det är säkrast så. Men jag ville visa dig vad jag gör med pengarna. En tredjedel till mat och andra vardagliga behov för barnen, en tredjedel i spar för oförväntade kostnader och en tredjedel för personalens löner. Vårt barnhem är privat och vår lön varierar enligt donationerna. Det som blir kvar efter att allt annat betalats går till våra löner och ibland räcker det inte till. Ibland mer och ibland mindre.

– Det måste kännas orättvist för arbetarna.

– Det gör det säkert. Det är därför många inte jobbar här länge. Om man jobbar här så gör man det för barnens skull, inte sin egen.

– Jag förstår.

– Tack så mycket för din donation, sa Preeda och sträckte ut handen.

– Tack själv, sa Matilda och skakade hennes hand. Du gör mycket gott för så många.

Matilda skyndade sig till taxin som väntade och gav sig av för att träffa Pran. Han ville träffas utanför skolporten. Matilda gav adressen åt chauffören som lätt navigerade sig fram. Hon steg ur taxin och tittade sig omkring. Klockan var tio före nio. Hon såg inte Pran ännu. Det prasslade till i en buske vid porten och Matilda vände sig om.

– Pran? frågade Matilda. Är det du?

Pran kröp fram med blad i håret och smutsiga knän och hälsade artigt.

– Vad gjorde du i busken? frågade Matilda och putsade av lite smuts från hans röda t-skjorta.

– Jag gömde mig.

Matilda nickade. Hon behövde inte fråga varför.

– Ska vi gå då? frågade hon.

Pran tvekade en stund.

– Vad ska du säga? frågade Pran försiktigt.

– Hmm, sa Matilda och tittade mot skolan. Det beror nog på hur jag blir bemött.

Matilda tog Prans hand och gick in i skolbyggnaden.

– Kan du visa mig rektorns kontor? frågade Matilda.

– Javisst, sa Pran och började gå mot ett par trappor.

På andra våningen fanns en lång korridor med diverse kontor och i ändan på korridoren fanns rektorns rum. En kvinna i kjol och höga klackar trippade misstänksamt fram mot dem.

– *Sawatdi kha* – goddag, sa hon artigt men varsamt, hur kan jag hjälpa er?

– *Sawatdi kha*, svarade Matilda, jag vill träffa rektorn.

– Har du bokat ett möte med honom?

– Nej, men det är viktigt och det gäller Pran här.

Kvinnan rynkade ögonbrynen och tittade på Pran. Han gömde sig bakom Matildas rygg och höll henne hårt i handen.

– Jaha, sa kvinnan, är du hans... mamma?

– Nej, men väldigt god vän med hans mamma och hon kunde tyvärr inte komma.

– Jag vet inte om det... mumlade kvinnan.

– Är något på tok? ropade en man i ändan av korridoren.

Det var rektorn. Matilda gick med självsäkra steg emot honom innan kvinnan hann stoppa henne. Pran smög efter.

– *Sawatdi kha*, sa hon artigt och räckte ut handen. Jag heter Matilda och jag skulle vilja tala med er om Pran och hans trivsel på skolan.

Rektorn tittade fundersamt på Matilda men tog sedan hennes hand i sin.

– Stig på då, sa han, men pojken ska vara i klassrummet.

– Visst, sa Matilda, det passar. Pran, ha en bra dag och jag kommer förresten och plockar upp dig när du slutar. Jag ska visa dig något.

– Okej, sa Pran och skyndade i väg.

Matilda steg in i det stora rummet och tittade sig omkring. Rektorn hade flera vackra målningar på väggarna, många gröna växter samt en och annan pokal för diverse prestationer. Hon sneglade på namnbrickan på bordet men namnet var så långt att hon inte vågade uttala det, även då det stod med latinska alfabetet under det thailändska.

– Sitt ner *khun* Matilda, sa rektorn och gestikulerade med handen.

– Tack, sa Matilda och satte sig ner i en stor läderfåtölj.

– Vad är det du vill diskutera?

– Som jag sa så vill jag tala om hur Pran trivs här på skolan. Hans mamma kunde inte komma men vi är goda vänner så jag kom i stället för henne idag.

– Hon har nog inte nämnt dig förut, sa rektorn misstänksamt.

– Nej, kanske inte det. Men det är inte det som är viktigt just nu.

– Visst är det viktigt, frustade rektorn, information om barnen här är konfidentiellt. Inte kan jag ha ett föräldramöte med vem som helst väninna av barnets mor.

Matilda skruvade nervöst på sig. Han hade rätt. Hon hade inte riktigt tänkt ut saken desto längre. Hon visste inte hur hon skulle fortsätta men bestämde sig för att ignorera hans misstankar.

– Nu är det så, fortsatte Matilda, att Pran har berättat åt mig att han blir mobbad här.

– Jaha, sa rektorn nonchalant, och varför har han inte berättat åt en lärare om saken?

Matilda kände hur ilskan började bubbla inom henne. Det var tydligt att flera av personalen här var varken pedagogiskt kvalificerade eller värst intresserade av barnens välmående.

– Ja herr rektorn, sa hon lite irriterat, kanske är det så att Pran inte har förtroende för lärarna här.

Hon stirrade utmanande på rektorn och han sneglade förvirrat tillbaka. Det var säkert inte varje dag som han träffade på uppkäftiga finländska kvinnor som inte var rädda att säga vad de tyckte om saker och ting, oavsett hans status och rang i det thailändska samhället. Han harklade sig och bytte ställning i fåtöljen.

– Varför tror du det?

– Jo, sa Matilda, för att det ser ut att läraren på klassen med avsikt bestraffade Pran för ett fusk under läxförhöret som han hotades till att göra av en klasskamrat. Pran förklarade för mig att den här klasskamraten, Pratt lär han ska heta, tillsammans med andra klasskamrater under en lång tid mobbat honom, knuffat honom dagligen, stulit hans lunch och skoltillbehör, samt att Pratt ofta tvingar honom att svara för honom på läxförhören.

– Men jag hörde av läraren att Prans svar var mycket sämre än Pratts, sa rektorn och ryckte på axlarna.

– Det är en strategi, svarade Matilda självsäkert. Det är något ni som har med barn att göra dagligen borde veta. Barn är inte dumma, inte alls. Skulle Pran ha skrivit de bättre svaren på sitt eget läxförhör så skulle Pratt ha mobbat honom ännu mer, det är ju självklart.

Hon sträckte sin rygg och lyfte på hakan. Rektorn skrapade sig fundersamt i huvudet.

– Om vi gör så här, sa rektorn sedan, att jag håller ett öga på killarna i fortsättningen.

– Tack för ert vänliga erbjudande, men jag tycker inte det räcker. Det är viktigt för barnen att uppleva att de blir sedda och hörda av vuxna omkring dem och att missförstånd utreds ordentligt. Nu har jag nyss påpekat att Pran mobbats under en längre tid, något han varit rädd att tala om för någon som helst vuxen. Det är inte något vi som vuxna bara kan sopa under mattan. Detta påverkar hans mående och motivation i skolan, och jag är säker på att ni gärna ser alla elever prestera väl här i skolan, inte sant?

Rektorn tittade tyst på Matilda. En värdig motståndare, tänkte han för sig själv och skrapade sig om hakan. Han reste sig och började gå mot dörren.

– Fröken Matilda. Jag tror det är dags för dig att gå.

– Jag tycker inte vi har kommit fram till någon tillfredsställande slutsats än, sa Matilda utan att stiga upp.

– Jag varnar dig nu fröken Matilda, fortsatte rektorn, för jag kan se att du inte är medveten om hur saker och ting fungerar här i Thailand. Det är bäst att du låter saken vara här och nu.

Matilda kramade sin handväska i ena handen och steg upp. Hon tog några steg mot dörren och stannade sedan.

– Herr rektor. Jag ber om ursäkt om detta är för direkt, men handlar detta allt månntro om pengar?

Rektorn spärrade upp ögonen. Det hade han inte förväntat sig.

– Vad menar du fröken? frågade rektorn undvikande.

– Vad jag menar, är att kanske Pratts familj och släkt har ett finger med i spelet här.

– Jag tror inte jag förstår, sa rektorn och harklade sig.

– Jag tror du vet precis. Om jag var rektor på en skola så skulle jag vara mycket intresserad av hur eleverna mår och särskilt om ett barn försökt fuska sig till goda skolprestationer. Det är ju viktigt för en skola att ha fina resultat, men dessa är inget värt om de är baserade på fusk och lögn. Det är inte något man gärna skryter med, inte sant?

Rektorn stod stilla vid dörren med en av de suraste minerna Matilda sett på länge.

– Varsågod och gå, sa rektorn och höll upp dörren.

Matilda stegade raskt ut utan att säga ett ord. Nu var hon riktigt arg. Vilken envis skitstövel, tänkte hon. Det gjorde henne illamående att se så många vuxna förbise mänsklig moral bara på grund av inflytelserika människor. De trodde att bara för att någon har pengar eller status kan de göra vad som helst. Matilda avskydde det. Det var fel. Men det var inte ovanligt här i världen. Pengar är makt.

Patarin öppnade sitt skåp i omklädningsrummet och plockade ut sin städuniform. Hon suckade djupt. Hon visste att något inte stod rätt till med Pran på skolan men hon kände sig hjälplös. I en idealsituation skulle hon ha massor med pengar och flytta honom till en bra privatskola, en sådan skola som var mer internationell. På dessa skolor gick alla de rikaste thailändarnas barn och *farangernas* barn, både de som var halvt thailändare och de som var fullblodade vita. Deras föräldrar jobbade på stora företag eller på ambassaderna och hade såklart råd att sätta barnen i fina skolor. Där skulle Pran dessutom vara som de andra, halv vit åtminstone. På den lokala skolan stack han ut ur mängden.

– Hej gullet, sa Kate som stack in huvudet genom dörren. Ska vi gå på kaffe efter ditt skift?

– Hej… kanske, jag vet inte.

– Hördu, sa Kate och gjorde en sur min. Vi har inte gjort något tillsammans på evigheter, kom igen!

– Okej då chefen, sa Patarin och nöp Kate i näsan.

Efter hennes arbetsskift gick Patarin och Kate till ett kafé nära sjukhuset. Det var ett litet ställe med olikfärgade stolar och bord, hämtade lite varstans ifrån såg det ut som. Det fanns en och annan målning på väggarna av lokala artister. Det var mysigt. De beställde varsitt iskaffe och satte sig ner i ett hörn vid fönstren.

– Är allt som det ska? frågade Kate genast. Du berättar inget för mig längre.

– Men jag vill inte att du ska oroa dig.

– Vi är ju vänner! Vänner ska oroa sig för varandra.

– Jag vet… sa Patarin och petade med skeden i sitt kaffe.

– Berätta då, sa Kate krävande. Vad oroar du dig för? Lånet? Pran? Pengar?

– Lite allt det där faktiskt. Det är invecklat.

– Jag kan fixa fler arbetsskift åt dig. Jag lovar att det inte är ett problem.

– Men…

– Det är inget besvär alls och du ska inte vara orolig över sånt. Gå inte och gör något dumt.

– Mm…

– Gör du ännu det där?

Patarin svarade inte.

– Patarin!

– N-nja, sa Patarin undvikande, nej.

– Du ljuger, sa Kate.

Patarin suckade.

– Du förstår inte.

– Nej det gör jag faktiskt inte, sa Kate. Det är en enorm risk både för dig själv och Pran, det är idiotiskt. Det vet du ju. Ingen mängd pengar i världen kan gottgöra för fysiska och mentala skador. Tänk om något händer dig? Vad ska Pran göra då?

– Jag vet, jag vet, sa Patarin irriterat. Jag vet… men…

– Kom igen. Vi löser det tillsammans. Du kan låna pengar av mig, utan ränta såklart och…

– Nej, sa Patarin bestämt, jag kan inte låna pengar av dig.

– Varför inte!? sa Kate så högt att andra i borden längre ifrån vände sig om.

– Sch… Ska hela världen få veta om mitt usla liv?

– Förlåt, viskade Kate. Men varför inte?

– För att det är en enorm mängd pengar Kate, och du har hela livet framför dig ännu. Sen när du gifter dig och får barn så behöver du pengarna, tro mig.

– Men låt mig i alla fall erbjuda dig fler arbetsskift då? gnällde Kate. Det är faktiskt inte svårt. Alla vet att du är den som är mest plikttrogen på vårt jobb, varför skulle vi inte vilja erbjuda dig mera jobb?

– Okej då.

– Fint! Jag får definitivt in minst tre nya arbetsskift åt dig.

– Tack Kate, sa Patarin och log.

– Berätta om de andra sakerna också. Du kommer inte såhär lätt undan.

Patarin tog några stora klunkar kaffe och funderade en stund.

– Jo, sa hon sen, jag tror Pran blir mobbad på skolan.

– Är det sant?

– Han berättar aldrig något för mig, sa Patarin och tittade ut genom fönstret. Jag vet inte varför.

Kate fnös och tog en klunk av sitt kaffe.

– Han är helt likadan som du, sa hon och blängde på Patarin.

– Hurså?

– Han vill inte oroa dig.

Det slog henne hårt. Patarin satt en stund och bara grubblade. Det var sant. Pran var så liten men han var alldeles för vuxen av sig. Han var tvungen att vara det. Precis som hon själv inte ville att någon av hennes släkt eller vänner skulle behöva oroa sig om hennes problem, valde Pran att hålla inom sig alla sina problem. Precis som hon. Det var inte något små barn ska behöva göra, tänkte hon och gnuggade sin panna.

– Jag tror jag vet vem det är, sa Patarin plötsligt, som mobbar honom.

– Känner du dem? sa Kate förvånat.

– Jag kan gissa. De få gånger jag varit på skolan då föräldrarna samlats så är det inte svårt att se vem alla gör sig till för. Pratts föräldrar, släkten Kettapun. Pratts pappas kusin sitter med i stadens styrelse och det orkar han alltid tala om för alla. Pengar har de ju också, mer än alla andra föräldrar i alla fall. Men det är ju som det är. Inte har jag någon makt emot folk som dem.

– Visst har du. Du är snäll, generös, smart och flitig.

– Det är inte makt Kate, sa Patarin och suckade. Går jag upp emot dem så får jag mer skit i nacken. Skulle inte alls undra om de andra föräldrarna också vänder sig emot mig.

– Men Pran då? Ska du bara låta honom bli mobbad?

Det var precis det som var frågan. Skulle hon fortsätta att spela ovetande och låta saken vara?

– Jag vet inte vad jag ska göra. Jag vet inte.

Just då ringde Patarins telefon.

– Hallå? svarade hon.

– Det är Sukapat, rektorn från Prans skola, sa rektorn.

– Oj, jösses, *khop khun kha* herr rektorn, sa Patarin och steg upp, är något på tok?

– Är du medveten om att din goda vän… Matilda hette hon visst, har varit här och bråkat om din pojke?

– V-vad? utbrast Patarin. Matilda?

– Jag håller detta samtal kort, fortsatte rektorn, med en liten varning. Gör inte en större grej av sådant som inte behöver bli det, annars kan det hända att din son får söka upp en annan skola. Folk som ni ska veta var ni står.

– N-nej, sa Patarin, ursäkta. Jag förstår inte! Vi har inte råd med något annat. Herr rektor?

– Jag avslutar samtalet här, sa rektorn och lade på.

– Vad i all fridens namn? utbrast Patarin. Matilda? Är hon helt tokig?

Pran och Matilda gick hand i hand till Preedas barnhem. De stannade utanför porten.

– Varför är vi här? frågade Pran.

– Det var detta ställe jag ville visa dig, sa Matilda och log.

– Ett... b-barnhem?

– Ja. Jag har inte hört tillbaka av din mamma än så jag hoppas det är okej med henne. Men jag fick en så bra idé att jag inte kunde vänta! Du minns att vi talade om ett tryggt ställe dit du kunde gå ifall du kände att det var riktigt, riktigt uselt på skolan, minns du?

– Mm, sa Pran.

– Jag har en vän här, som heter Preeda. Hon är föreståndaren för barnhemmet och hon är jättesnäll, jag lovar.

Pran stod tyst och sneglade mot barnhemmet. Han förstod inte riktigt.

– Jag frågade henne om det var okej att du kom hit ibland, fortsatte Matilda. Alltså bara riktigt ibland, då du är riktigt upprörd och behöver komma bort från skolan. I stället för att gå ner till stranden. Ska vi gå in och kolla?

– Mm, svarade Pran kort.

De gick in på gården och Preeda kom emot dem på trappan.

– Hejsan, sa Preeda och log vänligt. Du måste vara Pran?

– *Sawatdi khrap*, sa Pran artigt.

– Jag heter Preeda, välkommen. Du får komma hit när som helst om du känner att du behöver komma bort från något som bekymrar dig. Kom in så visar jag dig runt.

De gick in i huset och flera av barnen var nyfikna. Det tog inte länge innan Pran drogs med i en lek med de andra barnen. Preeda och Matilda tittade på när de sprang omkring, hoppade och skrattade.

– Jag hoppas verkligen det här är okej, sa Matilda. Jag har inte ännu hört av Patarin.

– Så länge hon inte missförstår, sa Preeda, dina avsikter är ju goda.

Matildas telefon ringde.

– Hej Patarin! svarade hon. Jag har hela dagen vänt...

– Vad i all sin dar har du gjort?! skrek Patarin på telefonen. Vad gjorde du på Prans skola? Vem tror du att du är?

– Patarin! Jag kan förklara.

– Jag vill inte höra några förklaringar! röt Patarin. Lämna mig och mitt barn ifred!

– M-men, stammade Matilda. Du missförstår. Jag...

– Är det *mae*? frågade Pran som plötsligt stod bredvid dem. Varför är hon arg?

– Är Pran med dig? skrek Patarin. Vart har du tagit min son? Utan mitt tillstånd?

– Förlåt! utbrast Matilda. Det är inte så. Han är här med mig. Vi är på barnhemmet som jag talade om. Läste du mitt meddelande?

– Du har tagit mitt barn till ett barnhem? utbrast Patarin och hennes händer skakade.

Matilda kunde inte hålla sig för tårar. Hon kände sig plötsligt som en idiot. Hade hon varit för impulsiv? Patarin hade rätt. Hur kunde hon bara göra allt det här utan att ha frågat lov först? Hon borde ha berättat om Pran och mobbningen innan hon gjorde någonting alls.

– Förlåt... sa Matilda. Jag...

– Håll käft, sa Patarin. Jag kommer dit.

Matilda brast ut i gråt och Preeda omfamnade henne.

– Åh kära nån, sa Preeda. Vilket trassel det blev! Jag ska också försöka tala med henne. Jag vet att du menar väl, gråt inte.

– Varför är du ledsen fröken Matilda? frågade Pran. Är *mae* arg på dig?

– Jo, snyftade Matilda. Jag gjorde fel. Jag borde ha talat med din mamma först. Men din mamma kommer snart, oroa dig inte.

– Mm... okej, sa Pran och skrapade med foten i golvet.

Ett av de större barnen smög upp till Pran och viskade i hans öra.

– Tanten här försökte säkert sälja dig till barnhemmet utan att din mamma visste.

– Varför det? sa Pran förvånat.

– Vad vet jag, sa pojken och flinade. *Farangerna* är konstiga. Men du vet väl att det här är ett barnhem? Inget barn kommer hit bara för att leka. Barn som kommer hit är barn som ingen vill ha.

Pojken flinade elakt och gick sin väg. Pran förstod inte. Så *mae* ville inte ha honom längre? Eller var det Matilda som försökte övertala *mae* att sätta honom på barnhemmet? Varför det? Desto mer han tänkte på saken desto argare blev han. En taxi bromsade in framför porten utanför och Patarin stormade fram mot trappan. Preeda, Matilda och Pran skyndade sig ut.

– Patarin! sa Matilda. Snälla! Jag kan förklara!

– Jag vill inte tala med dig, sa Patarin. Blanda dig inte i mitt liv längre! Du förstår inte att allting du gör orsakar bara fler problem för mig. Kom Pran, vi åker hem.

Hon drog honom hårt i armen och ledde honom mot taxin. Hon hälsade inte ens på Preeda. Matilda och Preeda stod stumma på trappan och såg taxin försvinna bakom hörnet. Matilda brast ut i gråt igen.

– Jag har förstört allting! snyftade hon.

– Det är inte sant, tröstade Preeda. Hon blev nog bara till sig av allting för att hon inte visste om det.

– Vad ska jag ta mig till?

– Det löser sig nog. Ge henne litet tid att lugna ner sig först. Jag kan ringa upp henne imorgon och förklara, ifall det skulle hjälpa.

– Okej, tack. Förlåt att det blev så här. Jag hade nog inte riktigt tänkt ut saken innan. Jag var alldeles för impulsiv.

Preeda log tröstande.

– Ibland är det just det som behövs för att ändra på saker och ting, sa hon, impulsiva handlingar utanför bekvämlighetszonen, utanför vad som känns tryggt och förutsägbart. Men det skrämmer folk. Du är modig och jag lovar att det ordnar sig förr eller senare.

– Tack, sa Matilda och torkade sina tårar. Jag är glad att vi träffades.

– Jag med, sa Preeda och kramade Matilda. Sköt om dig och hör av dig om du behöver något. Pran är fortfarande välkommen hit ifall han har det tungt på skolan, precis som jag lovade.

– Du är en ängel.

Patarin föste in Pran i lägenheten och stängde dörren med ett pang. Hon gick med kvicka steg in i köket, skramlade en stund och kom sedan ut med en stekspade.

– Unge! skrek hon och viftade med stekspaden. Kom hit!

– Jag vill inte! skrek Pran upprört tillbaka och sprang i gömman under sin säng.

– Kom ut därifrån!

Patarin gick ner på knä och försökte peta på Pran med stekspaden. Han rullade in så tätt mot väggen han kunde.

– Kom ut, annars lyfter jag hela sängen.

– Jag vill inte! Jag hatar dig!

– Vad säger du skitunge!? Mot din mamma?

– Men du hatar mig också! grät Pran. Du har alltid hatat mig!

Patarin stannade upp och tittade förvånat på sin son. Hennes hjärta slog hårt och det bultade i huvudet på henne. Hon tänkte på Edith och vad hon skulle säga om hon såg detta hända nu. Hon drog efter ett djupt andetag.

– Pran, sa hon sedan, varför berättade du inte åt mig om vad
som händer på skolan?

Pran svarade inte.

– Du kan berätta åt mig om allt, bra eller dåligt.

– Du berättar inte något åt mig heller, sa Pran surt. Du säger
alltid att jag inte får gå ner till stranden men du går själv dit på
natten. Till barerna också. Jag vet nog.

Nu var det Patarin som inte svarade. Hon var dum som
trodde att han inte visste något. Men det var ju för honom hon
gjorde det. Eller så trodde hon i alla fall.

– Varför följde du med Matilda? frågade Patarin.

– För att… sa Pran. Jag vet inte… hon är snäll.

– Varför var hon på skolan då?

– Jag frågade henne.

– Du frågade inte mig?! Din egen mamma?

Pran svarade inte och låg fortfarande fastklistrad vid väg-
gen under sängen. Patarin suckade och gav upp. Hon steg upp
och gick ur ut rummet. Hon satte sig ner på en liten gul plast-
stol på balkongen och tittade ut över horisonten. Mopeder tu-
tade och suset av trafiken ekade mellan husen. Växterna som
hängde från balkongstaket gungade sakta i vinden. Det mörk-
nade och solen hade redan börjat gå ner bakom höghusen. Hon
satt där och stirrade ut över husen och trafiken ända tills hon
inte såg solen över horisonten längre. Hon suckade och pus-
tade ut.

Egentligen visste hon nog varför Pran inte berättade om
mobbningen och varför han inte ville ha henne på skolan. Det
var inte svårt att gissa. Precis som Kate sa så var han likadan
som hon själv. Han ville inte oroa henne och samtidigt skäm-
des han säkert. Han skämdes väl både för att han blev mobbad
överhuvudtaget och över att ha henne som sin mamma. Och
när hon riktigt tänkte efter så var hon feg. Hon hade känt på
sig att någonting inte stod rätt till med Pran men hon hade

själv valt att ignorera saken. Hon visste inte heller vad Matilda hade sagt åt rektorn för att göra honom så upprörd men det som var säkert var att hon själv aldrig hade vågat säga ett knyst. Hon försökte föreställa sig själv stå upp emot rektorn och Prans mobbare men det gick inte. De facto hade hon säkert mest bara bugat och bett om ursäkt för att Pran "tagit illa upp" eller "missförstått", precis så som hon alltid gjort, hela sitt liv. Hon hade inte fått någon rättvisa tillstånd alls. Vilken jävla mes hon var. Hon skrattade åt sig själv.

Hon tittade upp i balkongstaket på en krukväxt som snurrade runt i den lätta vinden och suckade högt. Det var nog mest därför hon var upprörd. För att Matilda hade gjort något hon själv aldrig hade vågat göra. Dessutom skämdes hon för att Pran kunnat öppna sig om sina problem för Matilda, som han nyss träffat, men inte åt sin egen mamma. Det gjorde henne avundsjuk, även om det var hennes eget fel. Men hur kunde hon ta Pran till ett barnhem sådär bara? Utan hennes tillstånd dessutom. Så elakt! Plötsligt hörde Patarin skrammel från Prans rum och en ytterdörr som stängdes. Patarin steg kvickt upp och sprang för att kolla vad som hänt. Pran hade gått ut. Patarin öppnade fort ytterdörren och till sin lättnat såg hon Edith vid dörren mittemot.

– Har ni bråkat? frågade hon.

– Jo, man kan nog säga det. Kan han stanna med dig i natt? Mitt skift på baren börjar om en timme.

– Såklart. Kom hit efter ditt skift och se till att du äter ordentligt förresten.

– Tack Edith, det ska jag göra.

HORA

Matilda rullade fram till kanten av sängen och steg upp. Hon suckade djupt och gick sedan fram till fönstret och öppnade gardinerna. Det var redan ljust ute och staden hade vaknat. Hon hade knappt sovit en blund. Hennes mage kurrade men hon kände sig inte hungrig. Hon kunde inte sluta tänka på Patarin och Pran. Hon var så orolig. Var Patarin ännu mycket arg på henne? Var hon besviken? Hur mycket hade hon sårat henne? Hur kunde hon inte tänka sig för alls innan hon gjorde saker? Matilda knackade sig själv i huvudet.

– Vilket ljushuvud du är, sa hon högt för sig själv.

Hon tog telefonen i handen och kollade om Patarin skulle ha svarat på hennes meddelanden. Det hade hon inte gjort. Hon hade inte ens läst dem. Matilda hade hela natten funderat på vad hon skulle säga åt Patarin men allting lät fel och som en dålig ursäkt. Matilda suckade högt. Vilken idiot jag är, tänkte hon. Hur kunde jag vara så impulsiv? Jag tänkte inte alls för. Hon skämdes. Hur hade hon trott att det var okej att blanda sig i hur en vuxen kvinna tar hand om sitt barn? Det var ju på inga villkor något som berörde henne. I stunden hade det känts rätt men desto mer hon funderade på saken desto mer insåg hon hur ignorant och hänsynslöst det hade varit.

När hon väl tänkte efter så var ju den underliggande antydan att hon inte litade på att Patarin kunde sköta sig själv, att hon inte tar hand om sitt barn på bästa möjliga sätt. Nej, hon borde aldrig ha gjort det även om hon menade väl. Nu fick hon Patarin att framstå som totalt inkapabel att ta saker i sina egna händer. Hon hade gått alldeles för långt med att tro att hon kan agera andra mamma till ett barn hon nyss träffat, utan den riktiga mammans tillstånd dessutom. Det var vansinnigt. Var det hennes barn det var frågan om hade hon också blivit arg. Matilda försökte se sig själv som Patarin och brast ut i gråt. Hon måste ha känt sig som en urusel mamma. Som att ingen litade på att hon var tillräckligt kvalificerad att ta hand om sitt eget barn. Så besviken och förråd hon måste ha känt sig då hon insåg att Pran anförtrott sig om mobbningen för en person som inte ens var släkt med dem och att de inte väntat på hennes samtycke både vad gäller samtalet på skolan och barnhemmet.

Matilda stirrade på sina skickade meddelanden. "Förlåt mig! Jag borde ha väntat på ditt svar först! Jag menade inget illa! Jag skäms så mycket, förlåt! Kan vi prata om det här? Snälla?". Hon ville tala med Patarin men hon ville inte heller tvinga henne om hon absolut inte hade lust. Det var bara att vänta. Matilda svarade i stället på några meddelanden av vänner i Finland och läste uppdateringar om Kristinas gravida tillstånd. Det var tydligen tungt. "Han skulle nog få komma ut redan" hade Kristina skrivit. "Är det inte för tidigt?" svarade Matilda. "Du förstår inte, jag orkar inte bära på honom längre. Han sparkar vilt både dag och natt och jag kissar ständigt!" svarade Kristina. Matilda fnissade högt och glömde för en kort stund alla andra problem. Det skulle bli så kul att se Kristinas barn när det var dags. Kristinas beräknade tid var faktiskt exakt samma dag som Matilda skulle flyga hem, så det fick bli att se ifall han föddes före eller efter hon kommit hem.

Patarin vaknade av att hennes telefon vibrerade under dynan. Hon gnuggade sina ögon och tittade sig omkring. Pran hade redan gett sig av till skolan och Edith var säkert ute och handlade. Hon tog telefonen i handen och tittade på telefonnumret. Inget nummer hon kände igen. Hon lät bli att svara. Matilda hade också skickat meddelanden men hon ville inte läsa dem. Hon kravlade sig upp ur sängen och gick stönande till duschen. Hon hade serverat drinkar sent inne på natten och hade haft ovanlig tur med ett par glada turister som gav henne en hel del dricks. Det brukade sällan hända, särskilt utan att de förväntade sig någon annan form av service på köpet. Men igår hade hon tur. Det måste nog ha varit deras första gång i Thailand, kanske första natten, eller så var de väldigt oskyldiga. Det enda hon hade behövt göra var att sitta lite i knät på vardera, skratta åt alla deras dumma vitsar och flirta milt och så slank de en sedel i hennes behå här och där mellan ölrundorna. När hon steg ut ur duschen ringde hennes telefon igen. Hon tvekade en stund men bestämde sig sedan för att svara.

– Hallå? sa hon.

– Hallå *khun* Patarin? svarade en vänlig kvinnoröst, jag ber om ursäkt om jag ringer opassligt. Jag heter Preeda och jag ringer från barnhemmet du besökte igår. Jag ville bara…

– Jag vill inte tala med er, svarade Patarin ilsket och lade på.

Hon gick till köket och slevade ris i en skål med hårda tag. Edith hade kokat ägg som stod framme på bordet och Patarin blandade ett direkt ner i sin risskål med en skvätt fisksås. Det fick duga som morgonmål. Hennes huvud bultade från allt som hände igår och hon masserade tinningarna. Huset var tyst och det enda hon hörde var det dova ljudet av trafikens sus utanför fönstret. Ingen hade bokat henne för syjobb på flera dagar och hon oroade sig för om det alls var lönsamt längre. Men hon ville inte ge upp syaffären. Den betydde mycket för henne för att det var ett av hennes sista minnen av sin mamma. Dessutom ville ingen ändå köpa den av henne, lokalen alltså. Den var på ett dåligt ställe och det var inte så många som hittade dit. Hennes kunder var mest dem hon visste från förut och som kom dit av solidaritet för att de känt hennes mamma. Patarin tog en stor sked med ris och skrapade skålen tom. Hon bestämde sig för att ge sig av till syaffären. Där kände hon sig trygg och lugn.

När Patarin låste upp syaffären ringde hennes telefon igen. Värst vad jag är populär idag, tänkte hon för sig själv. Det var samma nummer igen som tidigare, den där Preeda eller vad hon hette. Vad vill hon riktigt? Patarin väntade en stund och tänkte låta bli att svara men hon blev plötsligt nyfiken.

– Hallå? svarade hon med bestämd röst.

– Hallå! sa Preeda. *Khun* – fru Patarin? Snälla lägg inte på! Jag vill förklara för jag är också del av vad som hände.

– Berätta då.

– Jo, sa Preeda nervöst, var ska jag börja?

– Säg något vettigt annars lägger jag på, sa Patarin otåligt.

– Vänta! Ja, men du känner ju *khun* – fröken Matilda, visst? Mer än mig antar jag?

Patarin svarade inte.

– Hon är en väldigt god människa, fortsatte Preeda. Hon menade absolut inget illa med vad hon gjorde, absolut inte. Men jag håller med om att hon, eller vi, vi var för impulsiva. Jag tänkte inte heller efter men jag borde ha bett henne att vänta på att du ger ditt samtycke först innan jag välkomnande Pran.

– Pran hatar mig nu, snäste Patarin.

– Jag ber så djupt om ursäkt! utbrast Preeda. Det var inte alls meningen att orsaka problem för er! Jag tycker vi kanske alla borde sitta ner och tala och förklara för Pran...

– Jag vill inte ha något att göra med varken dig eller Matilda, sa Patarin men hon visste att hon inte menade det.

– *Khun* Patarin! Snälla! Kom till barnhemmet med Pran efter skolan så sitter vi ner och talar. Så reder vi ut alla missförstånd. *Khun* Matildas syfte var att Pran skulle må bra och känna sig trygg ifall något hände på skolan. Eftersom hon besökt barnhemmet förut kände hon att detta var ett tryggt ställe. Hon menade absolut inget annat än att det skulle vara som en slags efterskola vart Pran kunde komma vid behov. Inget mer.

Patarin lyssnade men svarade inte.

– Hursomhelst, sa Preeda, så är ni varmt välkomna på besök hit när som helst. Jag ber ännu en gång djupt om ursäkt *khun* Patarin. Vi gjorde fel i att agera utan ditt tillstånd. Ha en bra fortsättning på dagen.

Preeda väntade en stund och lade sedan på då hon inte fick något svar. Hoppas det hjälpte ens lite, tänkte hon och skickade ett meddelande åt Matilda. "Jag har ringt till *khun* Patarin och förklarat om vad som hänt men hon är fortfarande upprörd. Vi får vänta och se. Har du talat med henne?". Matilda var fastklistrad vid telefonen eftersom hon väntade på ett svar från Patarin men det var Preeda i stället. "Tack det var väldigt snällt, hon har inte svarat åt mig än" skrev Matilda. Matilda skrapade sig i huvudet och petade i maten på sin tallrik. Samma buffet som vanligt och nu var hon riktigt trött på den. Hon åt några skivor melon och hällde i sig det sista av apelsinsaften och steg upp. Hon ville inte vänta längre. Hon kunde inte. Hon skulle inte kunna sova om hon inte klarade upp saken snart. Matilda bestämde sig för att leta upp Patarin och tala med henne oavsett om hon hade lust eller ej. Först tänkte hon besöka syaffären och om hon inte var där så tänkte hon gå till lägenheten. Hon visste ju var de bodde även om hon inte varit ända upp till.

– Hej gullet! sa Kate när Patarin steg in i rummet. Hur mår du?

– Helt okej, mumlade Patarin.

– Men vad hände det riktigt igår? Löste det sig? Är Pran okej?

– Jo, svarade Patarin undvikande, inget extra.

– Men du lät väldigt upprörd. Nu berättar du åter inget för mig.

Patarin vände sig försiktigt om och tittade på Kate. Hon gav henne en sur min.

– Förlåt, sa Patarin. Det är bara lite jobbigt just nu. Komplicerat dessutom.

– Lova då att berätta sen när du kan. Det är alltid bättre att tala med någon, även om det känns svårt.

– Mm.

Kate prasslade med sina papper och skrev anteckningar medan Patarin bytte till sin städuniform. Patarin var länge tyst och bara funderade. Plötsligt bröt hon tystnaden.

– Kate, sa hon.

– Ja?

– Jag har träffat en kvinna.

Kate tittade förvånat upp ur sina papper och stirrade på Patarin med stora ögon.

– Jaha, sa hon, hurdan kvinna?

– En… trevlig kvinna. Hon är från Finland.

– Finland! utbrast Kate. Det var långt borta. Var hon här på semester?

– Jo, eller hon är ännu här. Hon skulle vara en månad sa hon.

– Det är ganska länge. Är det problem med henne då?

– Nja, jo, litet.

Patarin var tyst en lång stund och Kate väntade tålmodigt.

– Jag tror vi gillar varandra ganska bra, sa Patarin sen. Men ingenting är liksom… säkert ännu. Vi har ju inte träffats länge eller så. Och inte pratat om saken heller. Men jag gillar henne och jag tror hon gillar mig också.

– Vad är problemet då? frågade Kate. Det att hon bor så långt borta?

– Jo det, sa Patarin, det är ju ingen lätt sak och vi har inte ens pratat om det ännu. Allting är så osäkert och inget har ens… Vi har bara kysst varandra en gång och träffats ett par tre gånger. Nej, det är nog för tidigt. Hon åker hem snart. Äsch, glöm det.

– Hm, sa Kate.

Hon tittade noga på Patarin. Det var ännu något mer. De hade känt varandra tillräckligt länge för att läsa av varandras kroppsspråk och energier.

– Berätta nu allt bara, sa Kate och steg upp.

Kate gick fram till Patarin och kramade henne. Patarin ville gråta men som vanligt kom inga tårar ut. Hon hade hårdnat så mycket under åren att hon inte längre kunde visa sårbarhet. Sådär som Matilda kunde. Kate klappade Patarin på ryggen och smekte hennes huvud. Kate var en god vän. En av de få hon hade kvar. Patarin drog djupt efter andan och harklade sig.

– Jo, det hände en grej faktiskt. Eller det är nog en lång historia för då måste jag berätta om allt annat också. Mitt skift börjar snart.

– Skit i ditt skift, sa Kate. Det är inte lika viktigt som det att du får berätta ut allting nu. Vänta så ringer jag till Vanida och frågar om hon kan jobba lite längre. Hennes skift skulle ta slut just innan ditt men jag är säker på att hon ställer upp.

Vanida gick mer än gärna med på att jobba en timme längre och Kate och Patarin satte sig ner i ett hörn i omklädningsrummet med var sin kaffe. Patarin berättade om allting som hänt, allt från det att Pran stulit Matildas väska och att Matilda plötsligt stått utanför dörren till syaffären och ända till allt som hänt med Pran på skolan och på stranden. Samt om det senaste med barnhemmet. Kate satt tyst en stund och funderade innan hon öppnade munnen.

– Det är nog litet komplicerat som du sa. Det var verkligen oschyst av henne att gå till Prans skola och ta honom till barnhemmet utan ditt tillstånd. Men jag tror faktiskt inte hon menade något illa. Det verkar som att hon bryr om Pran. Sen var det ju Pran som frågade henne och jag vet att du är ledsen på grund av det. Det förstår jag och jag tror Matilda också förstår det.

– Mm, sa Patarin och petade på isbitarna med sugröret. Det är nog det jag är mest ledsen över, att han inte talade med mig om saken, och att inte Matilda heller berättade för mig om det. Jag känner mig så oduglig liksom, att en okänd kvinna ska hamna gå till skolan och försvara mitt barn för att jag inte kan ta hand om honom själv.

– Det var nog inte så hon menade tror jag, sa Kate. Vi vet att du gör ditt bästa, du är en bra mamma. Jag tror hon helt enkelt inte tänkte så långt och så blev det som det blev. Hon fick en idé och hon tyckte den var bra, litet väl impulsiv kanske och hon borde såklart ha väntat på ditt svar först. Men sist och slutligen är det bättre att Pran går dit än ner till stranden. För vi vet ändå att Pran rymmer om han vill.

– Den lilla skitungen, mumlade Patarin.

Kate fnissade och klappade henne på axeln.

– Jag tror nog allting löser sig. Kanske du ändå borde tala med Matilda om saken? Hon känner sig säkert väldigt skyldig.

– Jag funderade på att gå till Prans skola först.

– På riktigt? Men du gillar ju inte att gå dit.

– Jag vet och det är säkert därför Pran inte berättar något åt mig om skolan. Han vet att jag inte skulle våga göra något ändå.

– Det är nog en bra idé. Gå dit och kanske tala med rektorn också om det behövs? Så kan du hantera mobbningen på det sätt du själv tycker är bäst, eller hur?

När Patarins skift var slut klädde hon snabbt om sig och tog en taxi till Prans skola. Hon ville tala med läraren och kanske rektorn också. Taxin stannade en bit från porten och Patarin började gå upp för den lilla backen mot skolan. Hon hörde ljudet av barn som skrattade och lekte ute på gården. Vissa spelade fotboll och andra jagade varandra. Patarin log och tänkte på hur länge sedan det var hon själv varit ett litet oskyldigt barn som lekte med sina vänner. Det kändes nästan som att det aldrig ens hänt för hon kom knappt ihåg de goda tiderna på landet.

Hon hade förlorat en stor del av sin barndom eftersom hon hamnat växa upp så fort och ta på sig så mycket ansvar. Hon tänkte plötsligt på sin bror. Honom hade hon inte hört av på snart 15 år och hon visste inte ens om han var död eller levande. Men med tanke på hur mycket han drack och vilken jävla idiot han var så hade han säkert supit ihjäl sig för länge sen. Patarin skakade av sig tankarna om sin bror och fortsatte gå mot skolan men när hon närmade sig porten hörde hon plötsligt en bekant röst. Det var Prans vän.

– Lämna honom ifred! skrek Wendy och hoppade i mellan Pran och Pratt.

– Gå bort Wendy, fräste Pratt. Det här är mellan mig och Pran.

– Pran är min vän och du lämnar honom ifred! röt Wendy. Han har inte gjort något fel mot dig någonsin.

– Han försökte skvallra åt rektorn om läxförhöret, sa Pratt. Lilla skitunge.

– Men det var ju du som gjorde fel! skrek Wendy och sparkade honom i benet.

– Aj! skrek Pratt och knuffade Wendy. Pran är en fattig horunge och han ska göra vad jag säger!

Patarin stirrade i chock på barnen. Horunge? Herregud vad var det med dessa barn?

– Det är inte sant! skrek Wendy. Säg inte så om Pran.

– Det är det visst, sa Pratt. Hans mamma är en hora. Det har min pappa sagt. Eller så säger alla vuxna faktiskt.

Pratt flinade elakt och Pran som låg i gräset brast ut i gråt. Wendy kramade honom och försökte lyfta upp honom.

– Kom så går vi och berättar åt läraren, sa Wendy.

– Gå bara, sa Pratt. Varken läraren eller rektorn vågar göra något åt mig. Alla vet vem vår släkt är. Det är vi som bestämmer.

Patarin kände sig iskall men samtidigt brann hon av ilska. Hon öppnade fort porten och började springa mot barnen.

– Kom Pran, sa Wendy och Pran steg upp.

– Horunge! skrek Pratt och hans vänner gjorde samma.

– Håll käften era jävla snorungar! skrek Patarin så högt att det ekade mellan skolbyggnaderna.

Pratt ryggade tillbaka och stod stelt utan att röra sig. Patarin spände ögonen i Pratt och fick hålla sig för att inte klå upp honom. Det skulle minsann få henne i knipan. För det han sa var sant. Hans släktingar hade pengar och makt, något hon bara kunde drömma om.

– *Mae!* utbrast Pran och sprang fram till sin mamma.

– Varför berättade du inte åt mig? sa hon och kramade honom.

Pran bara snyftade och klamrade sig fast vid henne.

– Kom så går vi och talar med rektorn, sa Patarin och tog Pran i handen. Wendy, kommer du med?

– Såklart *khun mae* Patarin.

Patarin gick med bestämda steg mot rektorns kontor och samma sekreterare som försökt stoppa Matilda kom springande.

– *Sawatdi kha*, ropade hon och skyndade sig efter Patarin. Hur kan jag hjälpa er?

– *Sawatdi kha*, svarade Patarin med röda kinder och rynkade ögonbryn. Jag ska träffa rektorn.

Sekreteraren kikade ner på Pran och Wendy och snörpte på munnen.

– Om du inte har bokat ett möte med rektorn, sa sekreteraren men Patarin avbröt henne.

– Jag har nyss blivit kallad för hora av barnen ute på gården, sa hon, jag tror det är tillräckligt seriöst att ta upp med rektorn.

Patarin tog både Pran och Wendy i handen, gick fram till rektorns kontor och knackade bestämt på dörren.

– Kom in, sa han.

– *Sawatdi kha* herr rektor Sukapat, sa Patarin artigt och signalerade åt Pran och Wendy att göra samma. Jag har ett viktigt ärende att diskutera med er.

– Jaha, sa rektorn nonchalant, du är visst pojkens mamma?

– Jo, sa Patarin, jag är Prans mamma och jag har förstått att Matilda var här tidigare.

– Du förstår säkert att din väninnas besök var väldigt opassande?

– Jag tyckte det först, sa Patarin och sträckte sina axlar bakåt, men nu tror jag hon gjorde helt rätt.

Rektorn visade en sur min och tog av sig sina läsglasögon.

– Om du vänligen kan förklara, fru Patarin, varför ni kvinnfolk härjar på mitt kontor varannan dag?

Patarin kände sitt hjärta bulta. Hon var inte alls bra på det här. Hon avskydde att stå upp för sig själv för hon var urusel på det. Hon var feg och svag. Hennes familj hade dessutom alltid varit fattiga och maktlösa så hon var van med att mest bara få ta skit, buga och be om ursäkt för andras fel och bara tåla för att överleva. Men nu hade saker gått alldeles för långt. Hon ville inte vara svag mer. Hon ville vara som Matilda. Våga säga ifrån. Hon kramade Prans och Wendys händer och drog djupt efter andan.

– Jag har hört att Pran mobbats länge av andra barn, sa Patarin. Men det ser ut att inga åtgärder tagits för att reda ut saken.

– Det är din son som fuskat på läxförhöret, svarade rektorn avvisande. Det är han som är problemet.

– D-det är han inte a-alls, sa Patarin och darrade på rösten. Jag h-hade ingen aning… att, att han m-mobbats så här länge och…

Patarin blev torr i munnen och kunde knappt tala. Rektorn bara satt där på sin dyra läderstol bakom sitt enorma skrivbord och stirrade nedvärderande på dem. Han verkade inte alls intresserad av att lösa problemet.

– Jag föreslår att vi glömmer det här och fortsätter leva våra liv som förut, sa rektorn. Jag menar väl, fru Patarin. Du vill inte göra den här saken större än den behöver vara.

Patarin skakade av ilska och nervositet. Pran tittade ner i golvet. Men Wendy blängde på rektorn.

– Herr rektorn, sa Wendy modigt.

– Ja Wendy, sa rektorn.

– Jag kan vittna om att Pratt och hans vänner mobbat Pran i snart ett år, nästan varje dag, sa hon. Det var Pratt som tvingade Pran att skriva svaren och alla vet att Pratt inte är lika smart som Pran. Det borde ni vuxna ju veta, att Pran var tvungen att skriva sina egna svar sämre än dem han skrev åt Pratt, annars skulle han bli mobbad ännu mer.

Rektorn skrapade sig irriterat bakom örat och justerade sin kostymsrock.

– Nu föreslår jag att ni går, sa rektorn bestämt. Innan jag kastar ut er.

– Vi går ingenstans innan den här saken reds ut! röt Patarin plötsligt.

Hon hade fått nog. Hon tänkte inte tåla maktmissbruk en dag längre. Det var fel och det var orättvist. Det här var hennes pojke. Hennes kära barn. Ingen, ingen nonchalerar den mobbning han utsatts för.

– Gå nu innan jag kallar på vakterna, sa rektorn bestämt.

– Det här är maktmissbruk! skrek Patarin. Barnen på skolan går omkring och kallar mig för hora och Pran för horunge, det är mobbning och förtal! Det är personalens ansvar att se till att alla barn mår bra och…

– Men kanske det finns någon sanning i det som barnen säger, avbröt rektorn och drog på mungipan.

Patarin stod som förstelnad. Det kändes som att allt blod åkte ner i fötterna på henne och hon kände sig svimfärdig. Hur täcktes han? Vem trodde han att han var? Hur kunde han säga så?

– *Mae…* viskade Pran.

Rektorn lyfte på telefonluren och tryckte fort på några siffror. Han kallade på vakten.

– Varsågod och gå, sa rektorn bestämt utan att titta på dem.

Patarin skakade av ilska och chock och Pran och Wendy ledde ut henne just innan vakten kom emot dem i korridoren. Han följde dem ut och stängde porten efter dem. När Patarin samlat sig tittade hon på Pran och Wendy.

– Tack och förlåt Wendy, sa hon. Jag är ledsen att du också blev inblandad i det här. Du får gå tillbaka till klassen om du vill. Jag tar Pran med mig hem.

– Jag vill inte gå tillbaka idag, sa Wendy.

Patarin stod och funderade en stund. Hon visste inte vad hon skulle göra. Vart skulle hon gå? Vad kunde hon ens göra?

Eller skulle hon glömma allt? Nej, hon kunde inte göra det, inte mer. Aldrig mer.

– Pran, sa hon sedan. Visa mig vägen härifrån till barnhemmet.

Mopeder och människor susade förbi fönstret där Matilda satt med en kopp kaffe och kaka. Hon hade besökt Patarins syaffär, knackat både på dörren och försökt kika in genom fönstret, men ingen var där. Efter att ha väntat en stund hade hon bestämt sig för att ta en snabbfika på ett kafé innan hon gick till lägenheten. Matilda var inte säker på vilka tider Patarin jobbade på sjukhuset men hon antog att skiften var på förmiddagar och eftermiddagar. Matilda suckade och tog en stor tugga av sin kaka. Hennes telefon ringde. Det var mamma.

– Hej mamma, svarade hon.

– Matilda! utbrast hennes mamma förtvivlat. Du har inte ringt upp mig på över en vecka! Hur ska jag veta om du är i liv eller ej?

– Jag lever mamma, förlåt… mumlade Matilda. Mycket har hänt.

– Vadå mycket? fnös hennes mamma. Du är där ensam, hur kan du ha så mycket för dig att du inte ens hinner ringa upp mig?

Hennes mammas röst ekade och signalen var svag. Matilda fick anstränga sig för att höra vad hennes mamma sa.

– Jo, sa Matilda, jag har träffat nya vänner här och…

– Du har väl inte tänkt bli dit för gott? sa hennes mamma.

– Nej, nej, sa Matilda. Du vet ju att jag är på semester. Men kan vi inte tala utan att bråka?

– Ja, ja. Vad har du gjort där borta då? Har du sett något kul?

Matilda berätta kort om de sevärdheter hon besökt, hurdan mat hon ätit, om besöken till barnhemmen och om det fina vädret. Hennes mamma ville ofta veta varje detalj och sen gillade hon också att inflika med något negativt då och då. Som att hon minsann inte skulle äta räkor eller att gatukök är ohygieniska. Det var ett av hennes dåliga vanor, fast hon överlag var positiv och snäll. Matildas mamma hade en unik begåvning av att kunna vara både peppande, stödjande och upplyftande men samtidigt stundvis avrådande och negativ. Det kanske hade att göra med hennes egna rädslor och vilja att beskydda sitt barn, sitt 37-åriga vuxna barn. Matilda avslutade samtalet så fredligt hon kunde och lovade ringa lite oftare. Hon tog en stor klunk av sin kaffe och pustade ut. Just då kom en lång och stilig man emot henne bärandes på en bricka med en stor kaffekopp och en smörgås.

– Hej, ursäkta, sa han på engelska och log. Får jag sitta ner här?

Matilda tittade förvirrat omkring och insåg att varje bord var fyllt med människor. Det var lunchtid och kaféet var väldigt populärt bland turisterna eftersom de sålde goda smörgåsar och bra kaffe.

– Jo, såklart, svarade Matilda och gestikulerade med handen.

– Tack, svarade mannen och satt sig ner.

Matilda gjorde rum på det lilla bordet för hans bricka. Mannen hade en färggrann skjorta på sig och bakåtkammat glänsande svart hår. Han sträckte ut sina långa ben längs båda sidorna av det lilla bordet och Matilda beundrade hans bruna läderskor med rem.

– Jag heter Jake, sa han och sträckte ut handen.

– Jag heter Matilda, sa hon och skakade hand med honom.

Han verkade mycket yngre än henne, kanske i 25-årsåldern, och han såg ut att vara halv thailändare. Hans engelska var utmärkt och hans brytning var tydligen brittisk. Han var inte det minsta blyg utan började genast prata medan han högg i sin smörgås.

– Är du på semester här fröken Matilda? frågade han.

– Jo, ganska länge faktiskt.

– Mer än en vecka?

– Jo, nu har jag varit här i över 2 veckor redan och jag planerade att vara en månad faktiskt.

– Coolt! Gillar du Thailand?

– Det är min första gång här men jag gillar nog landet. Är du också på semester?

– Jag är på arbetsresa. Min mamma är thailändare och min pappa är britt, vi bor i England men jag skulle vilja idka affärsverksamhet här i Thailand.

– Jaha, hurdan då?

– Jag har funderat på det länge och kafékulturen har blivit otroligt trendig, sa han entusiastiskt och hans ögon lös upp. Jag älskar att gå på kaféer och jag vet att turister gillar det också. Thailand är perfekt för det, bra väder, vänliga människor och mycket låga kostnader.

Jake log belåtet och drack en stor klunk av sitt iskaffe.

– Det låter som en bra idé, sa Matilda och log. Hur långt är dina planer?

– Jag söker lokal för tillfället. Jag vill att stället ska vara perfekt.

– Hurdant ställe har du tänkt dig?

Jake log finurligt och lutade sig fram som för att dela en hemlighet.

– Ett ovanligt ställe, sa han. Vad jag menar med det är att jag inte vill ha det på samma gata som alla andra stora kaféer, förstår du?

Matilda nickade och fnissade. Han var söt.

– Du vet kaféer som är typ populära bland trendiga unga vuxna? fortsatte han. Dessa kaféer ligger lite skymundan liksom. De ska vara på udda ställen, i små gränder och det ska vara svårt att hitta dit. Det är charmen med dessa ställen. Jag tycker inte det finns tillräckligt många sådana här ännu.

– Du tänkte inte ha ett i Bangkok?

– Inte ännu. Jag börjar här i Chonburi och om det lyckas bra här så utvidgar jag till Bangkok och andra städer.

– Du har en bra idé.

– Tack fröken Matilda, sa Jake och log belåtet.

De talade en god stund om affärsidéer, IT-industrin, nordiska länder och kulturskillnader tills Matilda kom ihåg att titta på klockan.

– Jag ber om ursäkt Jake men jag måste nog ge mig i väg nu, det var trevligt att träffas.

– Det var riktigt trevligt att träffas, sa Jake artigt och steg upp för att säga adjö till henne. Förresten, eftersom du ännu är här några veckor till, om du råkar se någon tom lokal får du gärna tipsa mig om den.

Han räckte henne sitt visitkort och bugade vänligt.

– Du får såklart ringa mig om du vill gå på lunch eller kaffe också, sa han och log brett.

– Tack, sa Matilda och fnissade, det ska jag göra. Ha en bra dag!

Preeda rusade förvånat ut till porten när hon såg Patarin och barnen i släptåg.

– *Khun* Patarin! sa hon och öppnade porten. Välkommen! Vilken trevlig överraskning.

– *Sawatdi kha khun* Preeda, sa Patarin artigt. Jag ber om ursäkt att vi kommer så plötsligt.

– Det gör absolut ingenting! sa Preeda och log. Hej Pran, du har en vän med dig idag?

– *Sawatdi khrap* – goddag, svarade Pran.

– *Sawatdi kha,* sa Wendy. Jag heter Wendy!

– Trevligt att träffa dig Wendy, sa Preeda och log brett. Stig på så sitter vi ner med lite te och saft.

Patarin skruvade nervöst på sig i köksstolen medan Preeda hällde upp te i kopparna. Wendy och Pran slukade i sig några kex och ett glas saft var och sprang sedan i väg för att leka med barnhemmets leksaker.

– Jag vill be om ursäkt för vad som hände, sa Preeda och satte sig ner mittemot Patarin. Matilda bad mig om hjälp och jag tänkte inte riktigt efter heller, vi borde absolut ha väntat på ditt svar först.

– Nej, sa Patarin. Jag vill också be om ursäkt. Jag var väldigt oartig mot dig. Ni båda ville bara hjälpa och…

Patarin petade nervöst med skeden i tekoppen och tittade ner i bordet.

– Jag vet inte ens riktigt varför jag kom hit, sa hon sen.

– Om du ännu är okej med Matildas idé så föreslår jag att vi också bjuder Matilda hit, sa Preeda. Så förklarar vi för Pran vad som hände och vad vi kommit överens om och varför, för att Pran inte ska missförstå eller känna sig osäker.

– Jag vet inte om jag törs se henne. Jag har inte talat med henne ännu.

– Det ska nog gå bra. Hon är väldigt orolig för er och var väldigt ledsen för att ha sårat dig.

– Mm, sa Patarin och knaprade tyst på ett kex.

– Hur är situationen på skolan? Om jag får fråga?

Patarin satt länge tyst och tvekade på ifall hon skulle säga något eller inte. Skulle hon göra så som hon alltid gjorde, det vill säga hålla alla problem inom sig, eller öppna sig för någon som kanske faktiskt brydde sig?

– Ganska illa faktiskt, sa Patarin plötsligt.

Hon tystnade till och tittade åter ner i bordet. Preeda sträckte på armen och klappade Patarin på handen. Hon log vänligt.

– Du måste inte berätta, sa hon, men det kan kännas bättre efter att du gjort det. Jag vet att du inte känner mig men jag vill att du ska veta att du får berätta åt mig och jag kommer varken att tycka illa om dig eller skvallra. Jag har träffat många människor i mitt liv och bevittnat flera olika öden. Det finns ingen som är perfekt.

Det Preeda sa gjorde att Patarin kände sig lite bättre. Preeda verkade som en genuin människa, annars skulle hon väl inte jobba på ett barnhem.

– Sanningen är att jag inte är en bra mamma alls, sa Patarin sedan. Jag tror att innerst inne visste jag att något var på tok på Prans skola. Annars skulle han ju inte rymma. Det visste jag nog. Men jag beslöt mig att ignorera det. Jag tyckte väl att det finns värre saker att ta hand om först. Det är därför jag skäms så för att det krävdes att en annan människa, Matilda, en främling i princip, tog tag i saken innan jag själv insåg hur allvarligt det var.

Pran och Wendy skrattade i bakgrunden och skramlade med några leksaksbilar. Några av de yngre barnen på barnhemmet närmade sig dem nyfiket och en efter en gick de med i leken. Patarin suckade djupt och fortsatte.

– De andra barnen kallade honom för horunge, sa Patarin och harklade sig nervöst.

Preeda rätade på ryggen och tittade ängsligt mot Pran och Wendy.

– Jag… jag vet faktiskt inte riktigt vad jag skall göra, fortsatte Patarin. Kort sagt gick jag till skolan, såg när mitt eget barn mobbades, gick till rektorn för att tala… och bemöttes av försummelse. Rektorn verkade inte det minsta intresserad av att disciplinera mobbarna eller skydda Pran. I själva verket beskyllde både läraren och rektorn Pran för fusk, något han tvingats till av sin mobbare.

– Det är ju vansinnigt. Varför skulle de göra så?

– Det är ganska uppenbart egentligen, makt och pengar. Mobbarens släkting är med i stadens styrelse. Ingen vågar någonsin göra något åt dem.

Preeda lutade sig bak i stolen och tittade ut genom fönstret. Det påminde på flera sätt om hennes egna upplevelser med barnhemmet.

– Vad har du tänkt göra nu? frågade Preeda.

– Jag vet inte. Jag har ingen aning. Jag är rädd att Pran ska bli ännu mer mobbad på skolan nu. Jag är också orolig för att de ska börja mobba Wendy för att hon står upp för Pran. Det går inte att vinna, det går inte.

Preeda drack det sista av sitt te och satt tyst en stund och funderade. Hon ville berätta om sin egen erfarenhet och erbjuda hjälp men hon var samtidigt tveksam för att Patarin var i en helt annan situation än vad hon varit med barnhemmet. Patarin hade ett eget barn och de var så gott som ensamma. Att utmana makthavarna som spelade fult var en risk som inte varje människa kunde ta. Patarin var i en väldigt sårbar situation.

– Om du vill kan jag berätta om min egen historia kring barnhemmet, sa Preeda. Men bara om du själv vill. Och jag vill absolut inte ge dig råd som du inte vill ha, men ifall du vill ha min hjälp med något så gör jag det gärna.

– Berätta, sa Patarin.

Preeda berättade allt om sitt barnhem, om den förra föreståndaren som tagit donationer åt sig själv, om myndigheterna som inte brydde sig och om journalistvännen Suda och artikeln hon skrev. Patarin satt tyst och lyssnade medan barnen lekte och skrattade i bakgrunden.

– Jag berättade om mina erfarenheter eftersom din situation påminde om min egen, sa Preeda, men det betyder inte att du behöver ta mina råd eller min hjälp. Jag förstår absolut att din situation är olik min på flera sätt och det är inte nödvändigtvis en risk du vill ta. Så känn dig inte pressad, utan fundera, och om inte annat så hjälper jag er gärna på annat vis vid behov. Hit får ni alltid komma, när som helst.

– Tack. Det känns i alla fall bra att känna någon som gått igenom något liknande.

– Fundera på saken och om du vill bara tala eller tänka på andra lösningar så gör vi det tillsammans.

– Tack så mycket, du är väldigt snäll.

Preeda log och Patarin log tillbaka. Det kändes som att hon faktiskt lyckats få en ny vän. Det var nog inte alls en dålig idé att satsa mer på vänner och kontakter. Det var något hennes mamma ofta sagt, att om man har vänner så klarar man sig igenom vad som helst. Det var väl tack vare hennes vänskap med Edith som hon också klarat sig igenom svåra tider. Patarin tänkte på Matilda och suckade. Hon måste nog ringa upp henne förr eller senare. Även om de aldrig skulle ses igen så kändes det hemskt att låta henne åka i väg utan att reda upp grälet först.

– *Mae, mae*, ropade Pran och sprang fram till henne. Titta! Vi hittade en ödla!

– Oj så fin, sa Patarin och ruggade smått tillbaka.

– Den är söt, fnissade Preeda. Men var försiktig med den och för den tillbaka där du hittade den. Ödlor mår bättre av att få vara ifred.

– Det ska jag göra! sa Pran och sprang i väg.

– Vi måste nog ge oss i väg, sa Patarin.

– Javisst, sa Preeda och steg upp. Ska vi förklara för Pran kort om varför han får komma hit ibland, så det inte blir missförstånd? Du får gärna själv berätta så vet han att du gått med på saken och menar väl.

– Ja, det ska vi nog göra, sa Patarin.

– Nu fick vi inte Matilda med men kanske du kan tala med henne senare? Och se till att hon också får tala med Pran så han inte tycker illa om henne utan orsak.

– Ja, det låter vettigt.

Patarin betalade för glassarna och satt sig ner på bänken bredvid Pran och Wendy. De högg fort i glassarna och skrattade.

– Jag följer dig hem Wendy, sa Patarin. Jag ska förklara åt dina föräldrar att du kom med oss och be om ursäkt.

– Okej, sa Wendy och log. Men jag ville ju komma med.

– Pran, viskade hon, jag vill gärna tala med dig senare.

Pran tittade ängsligt på sin mamma.

– Jag lovar att jag inte blir arg, sa hon, jag vill bara... förstå dig. Vi måste tala mer.

Efter att de ätit glassarna promenerade de lugnt mot Wendys hus. Wendys familj var inte rika men de hade ärvt ett litet hus med en liten gård. Det var gammalt och slitet men det var ändå på flera sätt bättre än att bo i en sunkig lägenhet. Det fanns flera små blomkrukor placerade runt trappan och längs med husväggen. Patarin stannade upp framför dörren och tvekade en stund. Hon visste att de skulle bli arga på henne. De plingade på och snart kom Wendys mamma till dörren.

– Hej mamma, sa Wendy.

– Var har du varit? sa hon upprört. Läraren ringde från skolan och sa att du plötsligt försvunnit!

– Jag följde med Pran och hans mamma, sa Wendy obekymrat. De andra barnen var dumma och mobbade Pran!

Wendys mamma granskade missnöjt Pran och Patarin.

– Jag har inte gått med på att Wendy får lämna skolområdet hur som helst, sa hon och korsade armarna över bröstet.

– Nej, sa Patarin och tittade ner i marken, jag ber djupt om ursäkt. Det bara hände så. Vi talade med rektorn och...

– Jag vill inte att Wendy dras med i något strunt som hon inte har något att göra med, sa Wendys mamma. Lämna henne ifred.

– Jag ber djupt om ursäkt, försökte Patarin. Det var inte meningen och hon ska absolut inte behöva dras med i våra problem.

– Wendy, sa hennes mamma strängt, du får inte leka med Pran längre.

– Men mamma! sa Wendy besviket. Jag gillar Pran! Han är min vän.

– Nu är ni inte vänner mer, sa hennes mamma strängt, adjö.

– Pran! sa Wendy och sträckte ut handen mot honom samtidigt som hennes mamma drog in henne.

Pran sträckte också på handen men Wendy drogs redan in i huset och dörren smällde bakom dem.

– Äsch, sa Patarin, hon blev riktigt arg. Jag borde inte ha tagit med henne sådär bara, fan vad dum jag är. Vad tänkte jag riktigt på?

– Jag vill inte sluta vara vän med Wendy! sa Pran och tittade sorgset på sin mamma.

– Jag vet, jag vill inte heller att det ska bli så. Kanske hennes mamma inte är arg så länge mer. Och på skolan kan ni ändå leka, visst? Det kan hon inte bestämma om.

– Mm, sa Pran och suckade.

De började tyst promenera hemåt. Både och försjunkna i tankar.

– Förlåt Pran, sa Patarin plötsligt. Det är mitt fel att Wendys mamma är arg.

Pran svarade inte. Patarin tog Prans hand och kramade den.

– Allt ska nog bli bra, sa hon.

Matilda stod utanför trappan till Patarins och Prans lägenhet
och funderade. Hon vågade inte gå upp för hon visste inte ex-
akt var deras lägenhet var även om hon visste hur deras bal-
kong såg ut. Hon tvekade. Var det en bra eller en dålig idé?
Hon ville tala med Patarin men om hon faktiskt inte hade lust?
Var det fult att trycka sig på så här?

– Söker du någon? sa plötsligt en vänlig röst på engelska.

Matilda vände sig snabbt om och till hennes förvåning stod
en liten söt tant framför henne som definitivt inte var thailän-
dare.

– Hej! sa Matilda. Jo, faktiskt, jag söker efter en kvinna som
heter Patarin.

– Patarin! utbrast tanten. Har hon ställt till med problem?

– Nja, sa Matilda. Hon är arg på mig och jag vill tala med
henne.

Tanten tittade förvånat på Matilda. Tanten var iklädd en
blommig blus, en färggrann svepkjol och en elegant solhatt.
Hon bar på ett par påsar med grönsaker.

– Vad heter du unga dam? frågade tanten plötsligt.

– Jag heter Matilda, svarade Matilda och log brett.

– Du kan kalla mig Edith, sa tanten och gick mot trappan.
Följ mig.

Så det här var Edith som Patarin talat om? tänkte Matilda.
När de väl kommit upp ett par våningar stannade Edith vid en
dörr.

– Här bor jag och här mittemot bor Patarin, sa hon, men hon
är inte hemma ännu. Du får gärna slå dig ner hos mig med en
kopp te.

– Tack, sa Matilda. Vad snällt! Gärna, om det inte är till be-
svär för er?

– Inte alls, sa Edith. Det är roligt med lite gäster ibland.

De gick in i Ediths lägenhet och Edith gick till köket och satt på tevatten på pannan. Matilda hjälpte till att ställa undan grönsakerna och beundrande lägenheten. Edith hade inrett både brittiskt och thailändskt. Det fanns någon elefant- och buddhastaty här och där, samt flera korsstygnsarbeten på väggarna med blommotiv. Soffdynorna var färggrant blommiga och sofforna var tydligen lokalt producerade med ett trämaterial hon inte kände igen. På hyllan fanns det fotografier av diverse släktingar och familjemedlemmar. I köket hade hon en vacker porslinssamling på väggen. Edith ställde fram tekopparna och ett fat med kex på en bricka och hämtade den till vardagsrumsbordet.

– Tack Edith för att du bjöd in mig. Jag vet att vi nyss träffats och att du inte känner mig, så det var verkligen snällt av dig.

– Du ser ut som en snäll flicka, sa Edith och klappade henne vänligt på axeln. Sätt dig ner varsågod.

Matilda satte sig ner i soffan och beundrade tekopparna. De var tunna och blåblommiga med guldkant.

– Hur känner du Patarin? frågade Edith.

– Det är nog en lång historia, men av slumpen kan man säga. Jag är här på semester och för några veckor sedan när jag låg på stranden så var det någon som stal min väska. Det var Pran.

Edith kikade upp bakom sina glasögon.

– Men det är ingen fara längre. En lång historia kort så träffade jag Patarin på polisstationen när hon plockade upp Pran. Och efter det så råkade jag se henne igen vid hennes syaffär för jag ville fixa en klänning. Jag hade ingen aning att hon jobbade där men vi talade en stund och efter det blev vi vänner.

– Jaha, sa Edith och sörplade på téet. Det var faktiskt ett spännande sätt att träffas.

– Hur känner ni varandra, om jag får fråga? sa Matilda.

– Vi har känt varandra länge, sa Edith eftertänksamt. Jag var god vän med Patarins mamma och man kan säga att jag sett efter henne ända sedan hennes mamma gick bort.

– Jag förstår, sa Matilda. Hon har nämnt dig ofta. Att hon inte skulle ha klarat sig utan din hjälp.

Edith log och satt ner koppen på bordet.

– Jag har nog inte sagt det åt henne, sa Edith, men sanningen är att jag kanske inte skulle ha klarat mig utan henne och Pran. Jag kände mig väldigt ledsen och ensam då min man plötsligt gick bort. Jag hjälpte till med att sköta om Pran och visst var det tungt, men det gav mig en orsak att leva.

Matilda nickade och tog en stor tugga av ett kex.

– Varför är Patarin arg på dig? frågade Edith.

– Det är nog också en ganska lång historia, sa Matilda och tittade ner i bordet. Men jag ville hjälpa Pran. Han berättade åt mig att han blir mobbad på skolan så jag erbjöd mig att åka till hans skola och tala med rektorn. Dessutom hade jag en ljus idé att han skulle få gå till ett barnhem i stället för stranden om han absolut kände att han ville rymma från skolan då han blev mobbad. Jag känner alltså föreståndaren på barnhemmet och hon är mycket snäll och trevlig, men Patarin blev nog väldigt sårad för att jag inte väntade på att hon hade gått med på saken. Det var fel och jag skäms verkligen.

Edith drog ett djupt andetag och tog av sig glasögonen.

– Hmm, sa hon. Det var nog ganska obetänksamt att göra så. Och det är nog inte den enda orsaken hon blev upprörd.

– Vad menar du?

– Hon skäms. Hon har skuldkänslor för att hon flera gånger övervägt att lämna Pran på ett barnhem. Det är därför hon tog det så hårt.

Matildas ögon spärrades upp och hon kände sig illa till mods.

– Oj, oj, sa hon och skrapade sig i huvudet. Då tabbade jag mig verkligen.

– Oroa dig inte. Det ordnar sig nog. Du menade ändå inget illa så hon kan inte vara arg på dig i all evighet. Det har hon ingen rätt i.

– Hurså?

– Hon är nog mest arg på sig själv. Hon borde ha tagit i problemen på skolan för länge sedan men hon har låtsas som att de inte fanns. Du gjorde bra som visade åt henne hur saker ska göras.

Matilda tittade försiktigt på Edith. Hon talade om Patarin som om hon var hennes eget barn. Sträng kärlek. Matilda tvekade en stund men tog sedan mod till sig.

– Det finns en sak jag undrar över. Jag har förstått att Patarin har ett lån, för syaffären, och att hon kämpar med att betala bort det. Men jag är faktiskt lite orolig för henne för det ser ut att hon är inblandad i något mer än det. Råkar du veta vad?

Edith suckade och satt på sig glasögonen igen. Hon steg upp och gick fram till balkongfönstret.

– Det är nog också en lång historia, sa hon sen, och det är något hon får berätta åt dig själv om hon känner för det. Men det jag kan säga är att snälla flickor som du gör bättre att hålla dig långt ifrån flickor som Patarin.

Matilda stirrade förvirrat på Edith.

– V-varför då?

– Jag älskar Patarin som min egen dotter, men hon är en bråkmakare. Det hon är inblandad i är svårt att komma ur, och hon väljer inte de bästa vägarna heller. Det är ett elände som är svårt att se på då man väl inser att det pågår. Det är bäst att hålla sig borta. Då besparar man sig en hel del tårar och sömnlösa nätter.

– Men, kan vi inte hjälpa henne på något vis?

– Det är svårt att hjälpa någon som inte vill ha hjälp. Patarin är envis och stolt. Det enda jag kan ge henne är det jag redan ger henne nu, en familj och omvårdnad för Pran.

– Det är ju redan mycket. Det är väldigt värdefullt. Det har hon själv sagt.

Edith fnös genant.

– Den lilla rackaren, sa hon och smålog. Bra att hon ens förstår att vara tacksam.

De var tysta en stund, båda försjunka i tankar.

– Jag ska försöka ringa henne, sa Edith.

Edith ringde upp Patarin men hon svarade inte.

– Jag har ingen aning var hon är och när hon kommer hem, sa Edith. Jag trodde Pran skulle vara hemma från skolan redan men han har inte heller synts till. Du förstår, det är det här jag får stå ut med varje dag. Att inte veta var de är och varför de inte kommer hem.

Matilda skruvade på sig i soffan. Hon ville tala med Patarin men hon kunde inte vänta hur länge som helst. Hon hade redan suttit hos Edith längre än hon tänkt och hon ville inte vara oartig.

– Kanske det är bäst att jag tar mig tillbaka till hotellet då, sa Matilda. Men kanske du kan berätta för Patarin att jag var här och försöka övertyga henne att ringa upp mig?

– Absolut, sa Edith och log milt. Tack för ditt trevliga sällskap och jag hoppas vi ses igen. Så får du berätta mer om dig själv.

– Ja gärna! sa Matilda och skrattade.

Pran kröp upp i soffan och Patarin satt sig ner bredvid honom. Hon tittade på hans smala, bruna ben utsträckta bredvid hennes. Hans bruna, mjuka hår hade växt fort och det borde klippas igen innan det hängde i ögonen på honom. Hon funderade på vad hon skulle säga. Hon var dålig på att tala men hon visste att hon måste. Hon kunde inte fortsätta som hon hade gjort förut. Att skrika och bli arg utan att någonsin förklara något gjorde att de bara växte ifrån varandra och att Pran inte vågade berätta något för henne.

– Pran, sa hon sedan. Jag vill att vi börjar göra saker på ett annat sätt nu.

– Hur då *mae*?

– Vi ska tala mer, du och jag.

Pran nickade och tittade på sina händer.

– Jag vet att du talar med Edith och känner dig mer bekväm med henne, fortsatte Patarin, men jag vill att du också talar med mig. Jag vill veta vad du gjort i skolan och vad som händer där. Jag vill höra hur det gick på läxförhöret och ifall någon varit elak mot dig.

– Mm. Men du brukar ju inte fråga…

– Jag vet, förlåt. Jag ska försöka ändra på det.

– Och du är alltid på jobbet.

– Det är sant, förlåt.

Det var inte ofta som *mae* sa förlåt. Det kändes konstigt. Pran höll tillbaka tårarna men klumpen i halsen var för stor och till slut kunde inte hålla sig. Han brast ut i gråt.

– Min lilla pojke, sa Patarin och kramade honom. Allt blir nog bra. *Mae* lovar. Jag ska försöka. På något sätt ska vi reda ut allting, lånet, syaffären…

– Jag v-vill i-inte att du g-går till b-baren, snyftade Pran och klamrade sig fast vid sin mamma.

– Jag vill inte heller gå dit. Jag vill sluta jobba där. Jag ska reda ut allting, jag lovar.

– Mm. Men jag vill inte gå till skolan mer. Jag är rädd.

– Jag förstår.

– Alla är så dumma där. Alla förutom Wendy, och nu får hon inte leka med mig mer!

– Förlåt Pran. Förlåt.

– Och jag tycker inte om det när de andra barnen säger fula saker om dig, snyftade Pran.

Patarin suckade. Hon ville inte det heller. Hon ville inte bli kallad hora, som att det hon gjorde var fel och smutsigt. Som att det var hon som var problemet, den onde, när det hon gjorde aldrig skulle ske om det inte fanns ett begär för det. Det var orättvist att hon kallades för hora och att folk såg ner på henne medan alla de män som köpte sex av henne gick opåverkade omkring och tyckte bra om sig själva. Det var ingen som ropade "sexköpare!" efter dem eller kallade deras barn för "sexköparunge". Det var ingen som brydde om vad dessa män gjorde. Det var fel. Patarin smekte Prans huvud och lyssnade på hans snyftande andetag. Han hade somnat. Så trött han måste ha varit efter allting som hänt idag. Hon bar honom till sin säng och bäddade in honom. Där låg hennes lilla oskyldiga barn, det viktigaste hon hade i sitt liv.

– Jag skall skydda dig, viskade hon och gick sedan ut på balkongen.

Solen hade redan gått ner och himlen var svart. Stadens ljus glimmade och blänkte i olika färger och mopeder tutade fortfarande här och där. Patarin lyfte på hakan, stängde ögonen och drog in ett djupt andetag. Sedan tog hon fram sin telefon och bläddrade upp Preedas telefonnummer.

– Den här horan biter tillbaka, mumlade hon tyst för sig själv och tryckte på ring.

KAOS

Matilda vaknade med en kramp i högra foten. Hon svor och sträckte foten rakt upp i luften och skakade den. När foten äntligen slutat krampa drog hon sig motvilligt upp ur sängen och gick raka vägen i duschen. Hon hade fortfarande inte hört något av Patarin och började ärligt talat ge upp. Nu hade hon knappt en vecka semester kvar och ifall Patarin var så här ovillig att bli sams med henne kunde hon väl lika bra låta henne vara. Kanske hon kunde ringa upp Jake eller be Kade köra henne till något vackert ställe hon inte ännu besökt.

När Matilda kom ner till morgonmålet var det redan fullt i borden. Hon var ovanligt sen idag och så var tydligen alla andra hotellgäster också. Hon plockade åt sig litet bacon, ost och melon samt en skål med yoghurt och flingor. Kaffe behövde hon såklart också. Sen tog hon sin bricka och började gå mellan de långa raderna av bord i jakt på en ledig plats. Det fanns någon plats ledig här och där med det kändes obekvämt att bara sätta sig ner med folk hon inte kände. Plötsligt var det någon som klappade henne på ryggen.

– Hej! sa en ung kvinna på engelska. Du kan sitta ner med oss om du vill.

– Oj, tack! svarade Matilda. Det var vänligt av er.

Hon slog sig ner i ett litet bord var de två unga kvinnorna satt och pratade. De var solbrända och starkt sminkade och båda hade långt vågigt hår. De hade investerat mycket längre tid på sitt utseende än Matilda. Hon tittade ner på sin skrynkliga klänning och harklade sig generat. Kvinnorna var genast nyfikna och började fråga Matilda tusen frågor.

– Vad heter du? frågade den ena. Jag heter Jane.

Jane sträckte fram handen och Matilda skakade den.

– Matilda heter jag.

– Jag heter Sam, eller Samantha heter jag men kallas för Sam, sa den andra.

Sam sträckte också ut handen och Matilda skakade den.

– Trevligt att träffas, sa Matilda.

Jane och Sam log brett och bekymmerslöst. De talade en lång stund och Matilda fick bland annat veta att de också var på en lång semester, att de ursprungligen var från USA och att de båda var i tidiga 20-årsåldern. De hade varit en vecka i Indonesien, en vecka i Vietnam och nu skulle de vara en vecka här i Thailand. De var kanske inte helt den typen som Matilda vanligtvis blev vän med men de var inget fel på dem heller. De var båda energiska och glada och väldigt entusiastiska för att bekanta sig med den lokala kulturen. De hade bland annat som plan att besöka en mer avlägsen thailändsk by där en grupp av Thailands etniska minoriteter bodde. Sedan skulle de rida elefanter och det lät faktiskt väldigt spännande så Matilda frågade ifall hon kunde följa med. Det tyckte de var en utmärkt idé och så var det inte länge innan de utbytt telefonnummer.

– Pran stannar hemma från skolan idag, sa Patarin när Edith öppnade dörren.

– Jaha, är han sjuk?

– Nja, det är komplicerat. En lång historia kort så är det nog bäst om han stannar hemma ett par dagar. Hinner du se efter honom?

– Absolut. Pran kommer visst med mig och handla?

– *Khrap!* svarade Pran artigt och log brett.

Det var inte ofta han fick stanna hemma från skolan med mammas tillstånd så det kändes extra mysigt.

– Tack Edith, sa Patarin och skyndade sig i väg till sjukhuset.

Hon hade fått en hel del nya skift på sjukhuset tack vare Kate och det var hon tacksam för. Men det räckte ju inte alls. Dessutom oroade hon sig för hur det skulle gå nu när artikeln publicerades. Skulle hon alls kunna sätta Pran på skolan? Och vad om hon inte kunde få honom på någon annan skola? Eller om rektorn spridde strunt runt stan och ingen skola ens accepterade honom längre? Patarin skrapade sig i huvudet och suckade. Vuxna kunde vara jävligt lömska, speciellt rika, det visste hon. De gav inte lätt upp och de tålde verkligen inte att bli utskämda av fattiga lusar som henne. Kate rusade plötsligt emot henne i korridoren.

– Är det här Pran det gäller? sa hon och viftade med tidningen i handen.

Tidningen hade redan publicerats. Preedas vän var väldigt snabb. Det måste ha varit den saftigaste berättelsen hon skrivit på en tid. Patarin svarade inte utan gick in i omklädningsrummet.

– Patarin! sa Kate. Nu berättar du åter inget för mig! Vad är det som pågår?

Kate stod mer armarna i kors och ett veck mellan sina vackra ögonbryn.

– Grimasera inte sådär.

– Men berätta då! sa Kate otåligt.

Kate stampade med foten i golvet medan Patarin tyst klädde på sig städuniformen.

– Det är Pran, sa hon tyst.

– Men herregud! Hur kan det här ens hända? Varför berättade du inte genast åt mig? Jag kunde ha kommit med som stöd!

– Jag visste inte heller, att det var så här illa.

Patarin sneglade på tidningen och artikelns namn. "Korruption och diskriminering på skolan: Rektor ignorerar mobbning och kallar elevs mor för hora". Det var en stark rubrik. Det väckte säkert känslor hos många.

– Men hur gick allt det här till? frågade Kate. Hur kom det i tidningen?

– Det är en lång historia. Men jag lovar att jag ska berätta åt dig.

– När då? frågade Kate surt.

– Efter mitt skift, sa Patarin och tog Kates hand i sin. Tack för att du bryr.

– Såklart din fåntratt! sa Kate och kramade Patarin.

Edith stod framför ställningen med tidningar och harklade sig nervöst. Det kunde inte vara någon annan än Pran och Patarin. Hon läste rubriken om och om igen tills Pran ryckte henne i kjolen.

– Ska vi inte handla då? frågade han.

– Jo det ska vi, sa Edith och tog hans hand.

De plockade åt sig diverse grönsaker och frukt samt en säck med ris.

– Orkar du bära den? frågade Edith.

–Såklart! sa Pran stolt och visade sina pyttesmå armmuskler.

– Bra! sa Edith och skrattade. Då går vi hem.

Hon stannade åter framför tidningarna och funderade.

– Jag tar ännu en tidning, sa hon snabbt, vänta ett ögonblick.

Väl hemma satt hon sig vid köksbordet med tidningen medan Pran låg på vardagsrumsgolvet och ritade. Hon bläddrade direkt till artikeln om rektorn och skolan. Hon behövde inte läsa mer än tre rader innan hon var helt övertygad om att det handlade om Pran och Patarin. Hon suckade högt och skummade igenom artikeln. När hon läst klart vek hon ihop den och tittade ut genom fönstret.

– Tänk att hon vågade, sa hon högt för sig själv.

För det kunde väl ändå inte vara den där Matilda som gjort det här? I artikeln var det tydligt att det var mamman till barnet som intervjuats. Artikeln nämnde inte namnet på varken mamman eller barnet men nog på rektorn och skolan. Edith var orolig för dem. Hon visste precis hur giriga och lömska folk kunde vara här. Korruption var vanligt och lätt att komma undan med. Det gick lätt att muta både politiker och poliser om man hade tillräckligt med pengar och makt. Plötsligt plingade det på dörren. Pran sprang och öppnade.

– Hej Pran! sa Matilda förvånat. Är du inte på skolan?

– Nej, svarade Pran och tittade ner i golvet.

– Är det du Matilda? sa Edith och kom fram till dörren.

– Hej, sa Matilda, förlåt att jag är här igen….

– Det gör inget, sa Edith, stig på bara. Men Patarin är inte här, hon är på sjukhuset och städar.

Edith och Matilda satt ner vid bordet med en kopp te var. Pran fick ett glas saft och några kex.

– Jag tänker nog ge upp nu, sa Matilda plötsligt.

– Hur menar du? frågade Edith.

– Patarin har fortfarande inte svarat på mina meddelanden eller ringt upp mig, så jag tror det är bäst att låta henne vara nu. Jag tänkte att jag kommer hit en sista gång och ringer på, hon var inte hemma så jag ringde på hos er i stället. Men det var bra så fick jag chansen att se Pran också.

Matilda log mot Pran och Pran tittade blygt ner i bordet.

– Är du arg på mig? frågade Matilda.

– Nej, sa Pran tyst.

– Jag borde ha väntat på din mamma först innan vi gick till barnhemmet, förlåt Pran. Jag menade absolut inget illa. Jag ville bara att du skulle ha en säker plats att gå till om det var jobbigt på skolan. Inte något annat.

Pran nickade tyst och sparkade nervöst med benen.

– Det var inte ditt fel, sa Pran sedan. *Khun* Preeda förklarade för mig. Jag missförstod också. Jag vet att du är snäll fröken Matilda.

Matilda fick plötsligt tårar i ögonen och kunde inte hålla sig. Hon skrattade lättat och torkade sina tårar.

– Får jag krama dig Pran? frågade hon.

Pran nickade och hoppade ner från stolen. Matilda gick ner på knä framför Pran och kramade honom länge. Pran slappnade av och lät tyngden av sin kropp stödjas av Matildas armar. Han snusade på hennes hår. Hon doftade till Matilda. Matilda smekte honom över ryggen och släppte sedan taget efter en lång stund. Hon rufsade honom i håret och han sprang till vardagsrummet och fortsatte rita.

– Jag är glad att du fick tala med Pran, sa Edith och log.

– Jag med, sa Matilda och pustade ut av lättnad.

– Var det du som gav Patarin idéen att skriva om mobbningen i tidningen?

– Ursäkta? Vad menar du?

Edith kastade fram tidningen med artikeln om skolan och rektorn. Det var på thailändska så Matilda kunde inte läsa vad där stod.

– Jag förstår inte.

– Det kom ut en artikel i morse om mobbningen på skolan. Det är helt tydligen Pran det handlar om.

– Oj, förlåt… jag vet inte… kan det ha varit mitt fel?

– Det är inte dåligt, sa Edith och tog en klunk av teet. Det var på tiden att Patarin gjorde något åt saken. Jag tänkte att det kanske var du som satt fart på henne.

– Det vet jag inte, sa Matilda och petade nervöst på sitt halsband. Men kan det vara samma journalist som Preeda talade om?

– Vem är det?

– Föreståndaren på barnhemmet. Dit jag gick med Pran. Hon hade haft en liknande situation med korruption på barnhemmet innan hon blev föreståndare där och hon hade en journalistvän som skrev om saken i tidningen. Kanske Patarin fick idéen av henne?

– Hm, sa Edith eftertänksamt. Det är ju möjligt.

De satt en stund tysta, försjunkna i tankar. Edith granskade Matilda noggrant och log sedan finurligt.

– Jag tror det var bra att Patarin träffade dig, sa hon. Jag hade aldrig kunnat tänka mig att hon skulle ta tag i saker som hon gjort nu. Det har nog inte kommit från ingenstans.

– Jag vet inte, sa Matilda blygt och petade på sitt hår. Hon hatar ju mig.

– Det gör hon knappast, sa Edith och bet i ett kex. Hon törs bara inte tala med dig. Hon skäms, det sa jag ju.

Matilda tog också ett kex och tittade ut genom fönstret. Hon ville tala med Patarin men hon kunde inte tvinga henne heller. Om det här faktiskt var slutet av deras vänskap så skulle hon säkert aldrig mer få se varken Patarin eller Pran. Matilda brast plötsligt ut i gråt.

– Vad är det gullet? frågade Edith milt och klappade henne ömt på handen.

– Jag k-kommer a-aldrig mer f-få se P-pran och P-patarin, snyftade Matilda högt.

Edith satte sig ner bredvid Matilda och tröstade henne. Det fanns inte riktigt något hon kunde säga heller för det Matilda sa var tyvärr väldigt sannolikt.

Efter en lång diskussion med Kate var Patarin äntligen på väg hem. Det var skönt att få tala ut allting med henne, även om hon inte ville besvära henne. Patarin gick sin vanliga rutt med genvägar mellan små gränder, försjunken i tankar om allt som hänt när hon plötsligt fick ett samtal av ett okänt nummer. Hon tvekade. Skulle hon svara eller inte? Hon svarade.

– Du din slyna! sa en manlig röst. Ta tillbaka artikeln och allt som sägs i den, annars dör både du och din son! Vi vet alla vad du håller på med på natten! Hora!

Mannen la genast på innan Patarin ens hunnit reagera. Hon stod och gapade förvirrat. Vad i all sin dar? Hennes hand darrade och hon kunde inte ens ta ett steg framåt. En kall rysning gick upp längs hennes ryggrad och ända upp i nacken. Hon borde aldrig ha gjort det här. Aldrig. Ingen vinner mot de rika och mäktiga. Patarin lutade sig mot en vägg och försökte andas lugnt. Hon var inte säker längre. Pran var inte säker längre. Hon måste göra något och fort.

Elefanten gungade från höger till vänster där den promenerade genom stigen i skogen. Matilda hade strax efter sitt besök hos Edith fått ett samtal av Jane och Sam som hade bestämt sig att spontant gå och rida elefanter genast efter lunch och ville veta om Matilda ville följa med. Det ville hon såklart och det tog inte länge så var hon i en taxi med Jane och Sam på väg att träffa elefanterna. De var underbara djur tyckte Matilda. De var stora men snälla. Det var nästan som att hon blev mer lugn i deras närvaro fast hon först trodde att hon skulle vara rädd.

Matilda höll hårt i kanten på den lilla bänken som var fastknuten runt elefantens rygg. Hela elefanten gungade stort medan den gick och den stannade ibland upp för att titta sig omkring eller stoppa något i munnen. Sam och Jane hade valt ett slags elefanternas fristad där man försökte så etiskt som möjligt att ta hand om elefanterna. Flickorna berättade att de undersökt länge om saken för de var båda väldigt passionerade om djurs rättigheter och de var båda veganer. De ville absolut inte besöka elefanter som misshandlades av skötarna.

När ridturen var över fick de försiktigt ta sig ner från elefanterna med hjälp av skötarna och mata och klappa elefanterna. Matilda kunde ha varit där hur länge som helst men även elefanterna behövde vila. Alla tre trängde sig in i en taxi och åkte tillbaka mot staden.

– Vill du följa med oss ut och festa ikväll? frågade Jane.

– Festa? frågade Matilda.

– Ja, sa Sam, vi tänkte ta en barrunda eller kanske gå på en dansklubb om vi hittar något bra ställe.

– Jag vet inte, sa Matilda och tvekade.

– Kom igen! sa Jane. Det blir kul, jag lovar!

Matilda tittade ut genom bilfönstret och funderade en stund. Hon saknade både Patarin och Pran. Kanske lite dans inte skulle vara så illa egentligen. Det skulle få henne att tänka på andra saker än allting jobbigt.

– Okej då, sa Matilda och log.

– Kul! utbrast Sam och viftade med armarna som att hon redan var ute och dansade.

Matilda sminkade sig mer än vanligt för hon ville passa in i Sams och Janes sällskap. Hon tog fram en blå kort klänning som framhävde hennes kurvor. Men vad gällde skor valde hon ändå ett par bekväma vita sandaler. Om de skulle dansa så ville hon ha något bekvämt på fötterna, hon var för gammal för att dansa i högklackat. Hon stoppade ett läppstift i sin lilla svarta handväska och poserade framför den långa spegeln i hallen. Inte så illa för en 37-åring, tänkte hon för sig själv och rufsade om sitt hår. Sedan gick hon ner till receptionen där hon skulle träffa Sam och Jane.

– Godkväll fröken Matilda, sa Arthit, så förtjusande vacker du är!

– Oj, tack, sa Matilda generat och petade på sina örhängen. Det var snällt sagt.

– Det är sant, sa Arthit och log brett. Ska du på fest?

– Tja, man kan väl säga det. Jag blev vän med två unga damer som också bor på hotellet här så vi tänkte gå ut en sväng.

– Det låter kul, sa Arthit och tittade sig plötsligt omkring.

Han böjde sig framåt som för att viska något.

– Men kom ihåg att alltid hålla ett öga på era drinkar, viskade han. Också när bartendern häller upp drinken.

Arthit stirrade seriöst Matilda i ögonen.

– Tack Arthit, jag ser att vissa saker är likadana vart än i världen man åker. Alltid får man vara på sin vakt om man är en kvinna.

– Det är sant, och synd. Kanske det också ändras en vacker dag i framtiden.

– Vi får hoppas det.

I samma ögonblick kom Jane och Sam högljutt skrattande ner för trapporna med klackarna högt klickande mot golvet.

– Godkväll damer, sa Arthit och log. Jag hörde att ni ska ut på fest.

– Ja det ska vi, sa Sam och viftade mer armarna.

Sam och Jane hade tydligen tagit några drinkar i förhand på hotellrummet.

– Arthit, sa Jane, du är en cool kille. Vill du också följa med?

Arthit skrattade hjärtligt.

– Jag är djupt tagen av ert erbjudande, sa han, men jag måste tyvärr jobba nattskift ikväll så det får bli en annan gång.

– Oj vad synd, sa Sam och klappade honom på axel.

– Men ni ska ha en underbar kväll och kom ihåg att vara försiktiga. Det sa jag redan här åt Matilda men håll alltid koll på era drinkar!

– Tack Arthit, sa Jane och började gå mot dörren, du är bäst!

Arthit skrattade och vinkade då de alla tre tog sig ut ur hotellet och ner mot barerna.

När Pran hade somnat hos Edith smög sig Patarin ut. Det här skulle bli sista gången, tänkte hon.

– Jag ska knulla varje *farang*-jävel jag ser och suga dem torr på pengar, sa hon tyst för sig själv medan hon gick ner för trapporna.

Hon ringde genast upp Vivian.

– Älskliiiiing! sa hon med gäll röst när hon svarade. Du har inte ringt mig på en evighet!

– Jag vet, sa Patarin, förlåt.

– Det är okej, sa Vivian, desto mindre du hamnar jobba på gatan desto gladare är jag för din skull. Hur är det med Pran?

– Det är… okej.

– Är något på tok?

– Jag kan berätta mer när vi ses. Vill du samarbeta ikväll?

– Såklart! Ska vi ses på vår vanliga mötesplats?

– Passar! Vi ses strax.

Vivian stod vid hörnet av gatuköken i en kort kjol i regnbågsränder och paljetter. Hon bar en vit kort topp och en fluffig rosa väst samt stora gula platåsandaler.

– Hej gullet! sa hon när hon fick syn på Patarin.

– Hej! sa Patarin och kramade Vivian länge.

– Saknade du mig så här mycket? sa Vivian och log nöjt.

– Såklart, du är en av mina bästa vänner.

– Vad har hänt? frågade Vivian och blinkade med sina tunga lösögonfransar. Du ser väldigt bekymrad ut.

Patarin förklarade kort om händelserna med Pran på skolan och om hotet hon fick på telefon.

– Oj jösses, sa Vivian. Det var illa. Vilka svin det finns! Att hota mor och barn!

– Jag vet, det är sjukt. Men jag är rädd.

– Gullet, sa Vivian och kramade om Patarin. Vad tänker du göra? Ska vi gå till polisen?

– Jag tror inte polisen kommer göra något åt saken, sa Patarin snopet. De är lika korrupta som alla andra. Det vet vi ju.

– Men vi måste väl i alla fall försöka?

– Vi kan göra det imorgon. Jag vill i alla fall ha en plan B, och det är pengar. Jag tänker samla så mycket pengar jag kan ikväll och sen tar jag Pran med mig någon annanstans.

– Ska du ge dig i väg? utbrast Vivian förtvivlat.

– Jag tror det. Jag vill inte vara här längre. Jag hatar allting här, förutom de få vänner jag har kvar.

Vivian tittade ledsamt ner i marken och sparkade en sten med sin enorma gula platåsandal. Patarin tittade upp på henne och smekte henne på armen.

– Förlåt. Om du vill så får du följa med. Jag vill att vi båda lämnar det här skitstället bakom oss.

– Får jag? sa Vivian och hennes ansikte lyste upp. Jag har ingen annan här.

– Absolut! sa Patarin och log.

Bartendern hällde upp trions drinkar i vackra glas medan Matilda intensivt granskade hela processen. Hon hade sist och slutligen ganska mycket av sin mammas försiktighet och rädsla i sig. Det var hennes sista vecka i detta soliga varma land och hon tänkte verkligen inte bli drogad, lurad och våldtagen på vad antagligen var hennes sista ordentliga tjejkväll på en god tid. Hon behövde antagligen inte oroa sig för Jane och Sam för de hade tömt glasen snabbare än vad någon lömsk filur skulle ha hunnit pricka knockoutdroppar i dem. Matilda tömde sitt glas hon med.

Sam och Jane tog Matilda i varsin hand och drog ut henne på dansgolvet. Hon glömde allting och bara släppte loss. Sam och Jane var roliga att hänga med. De var sociala och lätta att komma överens med. De skrattade och dansade vilt och hittade på lustiga dansrörelser som de utmanade andra festare att efterapa, både män och kvinnor.

Efter nästan tre timmar av non-stop dansande och bekymmerslöst flirtande var de färdiga att lugna ner sig litet. De var trötta och hungriga så de promenerade långsamt till en gata med flera gatukök. Det var bara att välja och fylla magen med varmt, eldigt eller sött. De avslutade sin nattfika med en glass var och Sam demonstrerade avsugning på sin glass varpå Jane skrattade så mycket att hon nästan föll av den lilla blåa plaststolen. Matilda fnissade och insåg åter att det nog var en liten åldersskillnad mellan dem, men det gjorde inget. Det var uppfriskande att hänga med unga damer som dem.

Matilda blickade ut över vimlet av folk. Hon hade inte en enda gång under sin resa stannat ut såhär länge, förutom den ena gången med Patarin, och nattlivet var definitivt vildare än livet på dagen. Det var en massa fulla glada, och mindre glada, turister som dinglade från bar till bar eller som fyllde magen med något att äta så som hon själv. Hon kunde inte heller undgå att lägga märke till att mer suspekta aktiviteter ökade på natten. Det var fler kvinnor som vågade sig ut på gatorna en bit från massageställena och försökte locka med sig män. Det fanns också en hel del unga vackra kvinnor kring barerna, särskilt intill turisterna, som flirtade kraftigt och rörde förföriskt vid männen. Det hade hon sett på dansklubben också. Matilda tyckte inte illa om dem, men hon tänkte på hur lyckligt lottad hon själv var att bo i Finland. Det var ju inte så att det inte alls hände i Finland, men det var definitivt enormt mer sällsynt än här. Det fanns ändå flera andra lösningar och utvägar att ta i Finland, så länge man var finsk medborgare. Det var ju annat om man inte var det och av någon anledning föll mellan systemet och hamnat i knipan. Och det var en helt annan grej.

Plötsligt såg hon ett bekant ansikte i folkvimlet. Hon kisade med ögonen och försökte få syn på det hon just sett. Var det Patarin?! Matilda stod upp på tå för att se bättre över folkmassan. Det var Patarin! Hon hade en tight röd klänning på sig och hade sminkat sig starkt, men det var definitivt hon.

– Förlåt tjejer, sa Matilda snabbt åt Sam och Jane, men jag såg just någon jag måste tala med. Vänta inte på mig!

– Matilda! utbrast Jane. Vänta!

Men Matilda hann redan springa ut i folkvimlet och försvann.

– Borde vi följa efter henne? frågade Sam.

– Nja, sa Jane. Nu ser vi inte henne ens mer. Men vi ringer henne när vi kommer till hotellet.

Matilda navigerade sig mellan turister och vackra thailändska kvinnor så fort det gick utan att ta blicken från Patarin. Hon var med någon annan kvinna och de försvann bakom ett hörn vid en rad med gatukök. När Matilda kom bakom hörnet hade de försvunnit.

– Jävlar! svor Matilda högt för sig själv.

Hon tänkte inte ge upp. Det var definitivt Patarin och nu ville Matilda verkligen veta vad som pågick. Misstankarna växte och Matilda visste inte vad hon skulle tänka. Det enda hon visste var att hon ville tala med Patarin, nu. Hon följde gränden till slut och sket i om hon tappade bort sig. Det stod ett par manliga turister vid en lyktstolpe och drack öl och Matilda frågade ifall de nyss sett en kvinna i röd klänning samt en annan i regnbågskjol. Det hade de och de pekade åt vilket håll kvinnorna gick. Matilda ökade farten och hennes hjärna gick på övervarv. När hon var så trött att hon nästan tänkte ge upp hörde hon plötsligt en bekant röst.

– Släpp henne! skrek Patarin på engelska.

Matilda rusade mot rösterna och bakom åter ett hörn, i en mörk gränd, stod Patarin med sin handväska i högsta hugg över en vit, eller närmare sagt rosa solbränd, man som i sin tur låg på knä över en kvinna i regnbågskjol.

– Vad fan håller ni på med? skrek Matilda förtvivlat.

Patarin frös och stirrade med uppspärrade ögon på Matilda.

– Ring polisen! skrek mannen. De här jävla hororna försöker stjäla mina pengar!

I samma ögonblick slog mannen den andra kvinnan i ansiktet och hon skrek till av smärta. Blod rann ner från hennes näsa, över hennes läppar och ner på hennes vita topp. I det ögonblicket kunde Matilda inte tänka klart. Hon brydde inte vad Patarin och den andra kvinnan hade gjort, om de stulit hans pengar eller inte, det enda hon brydde om var att en kvinna just fått sin näsa slagen blodig och att Patarin stod med tårar och skräck i ögonen och försökte försvara sin vän. Matilda rusade fram till mannen, spände sin högra knytnäve så hårt hon kunde och slog den rakt i hans haka. Mannen ramlade baklänges av stöten och tittade förvirrat på Matilda.

– Så ni är ett gäng?! skrek han. Nu förstår jag! Kriminella slampapor!

Patarin tog Matilda i handen.

– Vi måste springa, sa hon, nu!

– Nej! sa Matilda. Vi reder ut det här omedelbart! Vad håller ni på med?

– Jag berättar senare, sa Patarin desperat, kom nu, vi måste gå innan polisen kommer!

– Jag väntar gärna på polisen, sa Matilda och satte händerna i kors.

– Du förstår inte Matilda! skrek Patarin förtvivlat. Det är jag som kommer få böter, inte han!

I det ögonblicket insåg Matilda vad det handlade om. Hon hade misstänkt det men inte velat tro att det kunde vara sant. Plötsligt steg mannen upp och tog Matilda hårt i armen.

– Det är bäst att du gör som jag säger, hotade mannen, och hjälper mig att sätta dessa två slynor i fängelset, eller så åker du också härifrån med en blodig näsa.

Matilda kokade inombords. Hennes hjärta slog hårt. Hur täcks han hota mig också? tänkte hon.

– Släpp mig, sa Matilda upprört, jag ska se till att polisen vet hur våldsamt du betett dig mot oss. Du är full dessutom.

Mannen knuffade upp Matilda mot väggen och tog ett stryptag på henne.

– Ni är alla horor, röt han.

Plötsligt kom kvinnan i regnbågskjolen bakom mannen med en stor tegelbricka och slog den rakt i hans huvud. Hans ögon rullade bakåt och han föll ner på marken.

– Herregud! tjöt Matilda förskräckt. Tänk om han dör?!

– Det gör han knappast, sa kvinnan i regnbågskjolen och plockade fram hans telefon.

Hon slog upp nödnumret och talade fort på thailändska med överdriven panik, la sedan lugnt på och stoppade telefonen i sin handväska. Sedan grävde hon fram hans plånbok och satt den också i sin handväska.

– Nu drar vi! sa hon bestämt och signalerade åt Matilda och Patarin att följa henne.

Matilda var totalt chockad men Patarin tog henne i handen och de sprang genom oändliga gränder och gator tills de kom till ett mörkt höghusområde. Kvinnan i regnbågskjolen låste upp en liten dörr till ett rum som i Matildas ögon såg mer ut som ett skjul än en bostad, men den var möblerad med en madrass, en hylla, en stol, ett minikylskåp och ett litet bord. Dessutom hade lägenheten en pytteliten toalett samt ett smutsigt litet kök i ena hörnet. Kvinnan låste efter sig och gestikulerade Matilda och Patarin att slå sig ner. Patarin tog en dyna från stolen och gav den åt Matilda att sitta på. De slog sig ner runt det lilla bordet.

– Jag heter Vivian, sa kvinnan och räckte fram handen till Matilda.

– Jag heter Matilda, sa Matilda tyst och tittade noggrant på Vivian.

I lampans ljus kunde hon se att kvinnan nog var mitt i mellan kvinna och man. Men det var ju inget fel på det. Hon var väldigt vacker. Vivian torkade sin näsa med en näsduk och böjde på den för att se att den ännu var hel. Hon rullade ihop en bit av näsduken och stoppade den i sin ena näsborre. Hon klädde av sig sin fluffiga rosa väst och granskade snopet sin blodiga vita topp. Sedan sträckte hon sig efter sin handväska.

– Först tar jag hand om den här, sa Vivian och tog fram mannens telefon.

Hon stängde av den och petade ut SIM-kortet som hon tog till toaletten och spolade ner. Sedan satt hon telefonen i en bordslåda. Till följande tog hon fram plånboken och drog ut varje sedel och mynt hon hittade. Matilda tittade på Patarin och hon såg väldigt generad ut. Hon skämdes, det var tydligt.

– Här är din del, sa Vivian och sträckte en bunt med sedlar åt Patarin.

Patarin tog dem och stoppade dem i sin väska utan ett ord. De satt tysta en stund tills Vivian steg upp och petade ut papperet ur näsan.

– Jag lämnar er ensam en stund så får ni prata, sa hon och tog sin handväska, låste upp och gick ut.

De hörde hur Vivian plötsligt hostade kraftigt utanför dörren och snart avtog ljudet av hostningarna när hon tagit sig längre ifrån huset.

– Är det okej att hon går ut? frågade Matilda. Är hon inte rädd att bli fast av polisen?

– Hon är sällan rädd, sa Patarin.

Matilda skruvade på sig på dynan på golvet och visste inte riktigt vad hon skulle säga eller ens tänka. Var skulle hon börja?

– Förlåt, sa Patarin plötsligt.

Matilda stirrade på Patarin.

– Förlåt för allting, fortsatte hon.

– För vad då?

– Att jag överreagerade och ignorerade dig. För att jag inte berättat något.

Hon var tyst en stund.

– För att vi träffades, fortsatte hon. Förlåt att du råkade ut för mig.

Matilda brast ut i gråt.

– Jag förstår ingenting, snyftade hon.

– Kanske vi börjar med det vi borde ha talat om först, sa Patarin. Tack för att du bryr dig om mig och Pran. Jag blev onödigt arg och jag vet att du menade väl. Jag blev arg för att jag skämdes och för att det kändes som att du inte litade på att jag kan ta hand om Pran och våra problem själv. Men jag insåg att det är sant. Det är jag som inte litar på mig själv, på att jag kan. Jag borde ha varit den som tog tag i mobbningen men jag gjorde ingenting förrän du gjorde något.

– Men vad är grejen med artikeln? Talade du faktiskt med Preeda?

– Det gjorde jag, sa Patarin och log. Lång historia kort så blev jag behandlad som skit av rektorn och han försökte sopa allting om mobbningen under mattan. Det var dags att jag gjorde något åt saken. Men sen…

Patarin tystnade och tittade ner i golvet. Matilda kröp närmare henne och kramade henne länge. Patarin lät sin tyngd falla mot Matilda och för första gången på flera år grät hon, på riktigt. Hon kom inte ihåg när hon senast hade gråtit. Så många år av elände hade gjort henne hård. Hon hade bestämt sig att aldrig gråta mer och det löftet hade hon hållit. Tills nu. Hon grät och skakade och det kändes som att tio år av tillbakahållna tårar forsade ut, allt på en gång. Matilda kramade henne hårdare och Patarin snyftade så att hela kroppen skakade. Efter en lång stund tystnade Patarin och gick efter toapapper att snyta sig med. Hon satt ner igen bredvid Matilda och suckade.

– Det är så mycket att berätta att jag inte vet var jag ska börja, sa hon.

– Det är okej, sa Matilda. Jag lyssnar fast hela natten om det behövs.

Patarin tittade Matilda djupt i ögonen och bara andades. Där satt de, Patarin i sin röda klänning och svarta hår och Matilda i sin blåa klänning och ljusa lockar, varandras motsatser, och bara tittade på varandra. Allting var både absurt och härligt samtidigt. Patarin hade saknat Matilda så otroligt men samtidigt var den här situationen inte den hon föreställt sig för deras återseende. Men det var hennes eget fel, hon borde ha ringt upp henne tidigare. Efter en stund drog hon ett djupt andetag och fortsatte.

– Jo, alltså jag… fick ett telefonsamtal. Ett hot.

– Ett hot? utbrast Matilda förskräckt.

– Ja, på grund av artikeln. De hotade mitt och Prans liv. Jag är säker att de har med rektorn eller Pratts föräldrar att göra. Det var därför jag inte vågat göra något tills nu. Jag är maktlös mot dem.

– Vilka dem? Du har visst makt!

– Nej, de rika vinner alltid. Har du pengar eller status kan du göra vad du vill här i Thailand. Så det var därför jag…

Det knöt sig i magen på Matilda. Hon skulle få höra det nu.

– Jag säljer mig själv, sa Patarin. Jag säljer min kropp.

Matilda svalde hårt och visste inte vad hon skulle säga.

– Jag har gjort det länge nu. Inte ständigt men då och då, när det varit riktigt ont om pengar. Det är snabba pengar.

– Men det är ju så farligt, sa Matilda och petade nervöst på ändan av sin klänning.

– Jag vet.

Patarin tittade tveksamt på Matilda.

– Vill du faktiskt veta allting? frågade Patarin.

– Ja, sa Matilda. Berätta allt.

Patarin berättade långsamt om allting, utan att ljuga eller lämna bort någon väsentlig detalj. Hon berättade om syaffären och sin mamma, om lånet och hur en av skurkarna våldtagit henne, och om all den misär som efterföljde. Hon berättade om hur kämpigt det var med Pran och hur hon gick ut varje natt för att sälja sig själv och drack sig full. Hon berättade om hur Edith var den enda som brydde sig och som i princip räddat henne flera gånger. Och att när hon äntligen bestämt sig för att sluta med nattlivet och bli en bra mamma så var det nästintill omöjligt på grund av lånet och låneskurkarnas hot.

– Det blev en ond cirkel, sa Matilda fundersamt. Det måste ha varit så jobbigt. Men tänk på hur länge du har klarat dig och

lyckats ta hand om Pran! Du är stark fast du kanske inte inser
det själv.

– Det är snällt sagt av dig, men jag är ingen bra mamma.
Dessutom har vi ständigt levt med huvuden nätt och jämnt
ovanför ytan. Det är inget bra liv.

– Varför kom du ut ikväll då?

– Jag tänkte göra det en sista gång, riktigt ordentligt. Jag
ville förtjäna så mycket pengar jag kunde, ta Pran och Vivian
med mig och fly.

– På grund av hotet? Varför gick du inte till polisen?

– Polisen hjälper inte kvinnor som mig.

Plötsligt ringde Matildas telefon. Det var Jane.

– Hej Jane, svarade Matilda.

– Är du okej? Är du tillbaka på hotellet redan?

– Jag är inte på hotellet men jag är okej. Jag träffade en vän.

– Okej men sätt ett meddelande när du är tillbaka på hotellet
så behöver vi inte oroa oss.

– Tack Jane, det ska jag göra. Godnatt!

Matilda satt telefon i väskan och suckade högt.

– Vi slog en man, sa hon sedan. Vi borde gå till polisen.

– Nej. Det slutar aldrig bra.

– Men han slog ju oss alla, det var självförsvar.

– Ja, men jag och Vivian sålde sex.

– Men han försökte köpa sex av er? utbrast Matilda. Är det
inte olagligt?

– Inte egentligen, sa Patarin och suckade. Det är olagligt att
sälja sex, inte att köpa sex.

Det var något Matilda inte tänkt på. I Finland var sexarbete
lagligt, men man fick inte direkt göra reklam för sina sexuella
tjänster. Dessutom var koppleri olagligt för att förhindra sex-
köp av offer för människohandel. Prostitution var mer överva-
kat i Finland, dock långt ifrån ideala förhållanden.

– Så du och Vivian skulle ha fått böter eller fängelse men inte mannen? frågade Matilda.

– Ja. Dessutom försökte vi stjäla hans pengar så det skulle ha blivit ännu ett brott ovanpå den andra. Enda alternativet då är att muta polisen, och det har jag inte råd med.

Matilda begravde ansiktet i sina händer. Hon var förtvivlad. Vilket trassel.

– Men tänk om polisen kommer efter er? sa Matilda. Han vet ju hur ni ser ut.

– Det brukar sällan hända. Sånt händer så ofta här att polisen inte bryr sig. Det är inte värt deras tid och energi att försöka snoka fram en eller två fattiga prostituerade som stulit några hundralappar av en idiotisk turist. Dessutom ser vi ju alla likadana ut för turisterna. Hur kan dom hitta just oss?

Patarin fnissade.

– Det är inte roligt, sa Matilda och blängde på henne.

– Jag vet. Förlåt.

De satt tysta en stund försjunka i tankar. Musiken från barerna ekade i gränden och ljudet av mopeder och människor susade i bakgrunden.

– Jag hjälper dig, sa Matilda. Men du måste lova mig att du slutar med det här, det är för farligt. Det måste finnas en annan utväg.

– Jag vill inte ha din hjälp. Jag kan inte dra dig djupare i mitt elände än vad du redan är.

– Du kan inte heller bara tro att jag kan glömma allting och åka tillbaka till Finland som att inget hänt, sa Matilda surt.

– Det är sant, mumlade Patarin och justerade sin röda klänning.

Matilda funderade på allting som hänt, även hela röran med Pran på skolan, och sträckte sedan sin hand mot Patarin.

– Allting ordnar sig nog, sa hon. Jag vet att du inte behöver eller vill ha min hjälp och jag vill inte framstå som någon räddare. Jag vet att du klarar dig själv för det har du ju gjort hittills också. Men ibland är det helt okej att tillåta sig själv stöd och hjälp, även om man vet att man klarar sig själv. Det är inget fel med att ta emot hjälp, det betyder inte att du är svag, inte alls.

– Jag vet…

Patarin tittade på Matildas hand. Hennes naglar var målade i gult och hennes hand var elegant och smal. Det kändes plötsligt som att om hon inte tog Matildas hand nu så skulle hon aldrig mer få chansen igen. Hon tittade Matilda djupt i ögonen och andades långsamt in och ut. Hon ville inte besvära Matilda men det var redan för sent. De var redan här, mitt i eländet, och Matilda visste nu allt. Ändå räckte hon henne handen.

– Tack Matilda, sa Patarin och kramade Matildas hand.

HASHTAGGA ÄR OCKSÅ MAKT

Matilda vaknade när solen smög sig in genom de tunna ljusblåa gardinerna. Hon skrapade sig i huvudet och det tog en stund innan hon kom ihåg var hon var. Patarin och Matilda hade gått hem till Patarin och sovit i varandras famn och bara njutit av den tröst och värme en annan människokropp kan ge. Matilda steg långsamt upp och gick ut i vardagsrummet. Det var helt tyst och hon ropade på Patarin. Hon gick sedan in i köket och såg att Patarin dukat fram en liten frukost med ris, frukt och någon slags grönsaksrätt som doftade starkt av kryddor. Patarin hade gått till sjukhuset för att städa. Matilda satt sig ner och åt tacksamt av frukosten. Det var trevligt annorlunda från hennes vanliga morgonmål på hotellet. Sedan steg Matilda upp och bekantade sig med lägenheten.

Det var mörkt då de kom hem på natten och de var så trötta att de bara hade kastat sig i sängen omedelbart. Nu hade Matilda chansen att se sig omkring. De hade några foton på en hylla i vardagsrummet och en gammal television med en liten blomkruka ovanpå den. Möbleringen var enkel och billig, det kunde till och med Matilda se även om hon inte var familjär med thailändsk inredning. Det fanns en enkel brun soffa med slitet tyg och ett litet kaffebord mellan soffan och televisionen.

Det hängde långa ljusgula gardiner i vardagsrumsfönstret och bakom dessa fanns balkongen med en hel del krukor och växter samt några små plaststolar. Pran hade ett eget rum men det var litet och där fanns bara sängen och ett klädskåp och en liten låda med leksaker. Allting var litet och enkelt men mysigt. Man behöver inte ha en massa saker för att vara lycklig. Trygghet var nog en av de viktigaste sakerna i livet. Men det var just det som saknades från Patarins och Prans liv just nu, det var därför de var så olyckliga. Matilda bestämde sig plötsligt för att ringa Preeda.

– Hej Preeda! sa hon när Preeda svarade.

– Godmorgon *khun* Matilda, sa Preeda, vad roligt att höra av dig!

– Jag har några saker att tala om med dig, är det okej om jag kommer på besök?

– Absolut!

Matilda satte sig ner vid bordet och plockade fram ett kexpaket hon nyss köpt medan Preeda serverade te i vackra koppar.

– Inte skulle du ha behövt hämta något, sa Preeda.

– Jag ville inte komma tomhänt, sa Matilda och log.

– Vad står på? frågade Preeda och satt sig ner.

– Vi är sams med Patarin igen, sa Matilda och log lyckligt.

– Vad trevligt att höra!

– Men det är tyvärr lite komplicerat, sa Matilda och hennes leende försvann. Jag kan inte berätta allting men jag tror jag måste dela med mig åtminstone en sak.

– Vad har hänt? frågade Preeda.

– Jo, sa Matilda, artikeln… Det var visst med din hjälp Patarin fick den publicerad?

– Ja. Hon fick kontakt med Suda genom mig, hon som skrev artikeln alltså.

– Hon fick ett hot.

– Ett hot? utbrast Preeda. Jösses!

– Hon vet inte av vem men hon har misstankar om att det kan vara rektorn eller Pratts föräldrar eller någon annan vars heder lidit av artikeln.

– Vilka skurkar, sa Preeda och rynkade på ögonbrynen. Det hade jag inte förväntat mig.

– Hon är rädd såklart. De hotade både henne och Pran, det är hemskt.

– Jag förstår, sa Preeda och funderade länge. Säg åt Patarin att hon absolut ska tala om det här för polisen. Och att hon bandar in samtalen om det kommer fler.

– Hon sa att hon inte vill tala med polisen. Det är komplicerat. Kort sagt kan det bli mycket värre för henne om hon tar kontakt med polisen och skurkarna drar upp en massa skit om hennes privatliv. Då kanske undersökningen går åt ett annat håll, och inte i fördel för henne.

Preeda kisade med ögonen och tittade fundersamt på Matilda. Hon petade med skeden i tekoppen och satt den sedan ner på servetten på bordet.

– Hur skulle det vara med ett skyddshem då? frågade Preeda.

– Ett hurdant då?

– Det finns ju en del frivilligorganisationer som erbjuder stöd och hjälp för… sa Preeda men slutade mitt i meningen.

Hon ville inte låta som att hon redan gissat sig till vad allting handlade om. Matilda skruvade obekvämt på sig.

– Jag tror inte hon vill, sa Matilda sen, hon är hemskt dålig på att ta emot hjälp.

– Jag förstår. Men be henne ändå banda in samtalen om det kommer fler och att hålla i minnet alla hot och fula saker som sägs åt henne. Det kan vara bra att ha dessa uppskrivna ifall det behövs bevisas vid något skede.

– Tack Preeda, du är väldigt snäll som bryr dig om fast du inte behöver.

– Det är mitt livs största glädje att kunna hjälpa andra, sa Preeda och log varmt.

Suda knöt sitt axellånga svarta hår i en hårsvans och drog kepsen långt ner över sina ögon. Hon drog på sig sin olivgröna bomberjacka, kastade ryggsäcken över axeln och låste sitt skåp på kontoret och gav sig i väg. Efter att hon skrivit artikeln om skolan och rektorn hade kommentarsfältet på tidningens hemsida exploderat med både dem som stödde mamman och barnet och dem som skällde ut dem.

Artikeln hade flitigt delats i social media och saken diskuterades vilt överallt. Det fanns dem som delade sina egna erfarenheter med rektorn och skolan och hur de blivit orättvist behandlade, men också dem som smutskastade mamman och barnet. Det talades om prostitution och fattigdom. Inte för att det var något att skämmas för alls, tyckte Suda. Hon grimaserade surt bara hon tänkte på det.

Det var därför hon blivit journalist. Hon hade bestämt sig från ung ålder att hon skulle avslöja varje skurk i detta land som hon fick reda på. Hon ville hjälpa dem som inte kunde ensamma stå emot folk som stod i höga maktpositioner. Hennes pappa hade dött i en arbetsolycka när hon var 11 år gammal men chefen på jobbet hade vägrat att se olyckan som arbetsolycka och lämnat hela familjen utan ersättningar och stöd. Olyckan var tydligen orsakad av bristfällig säkerhet på fabriken men det hade chefen struntat i, tystat varje mun han kunde med pengar, våld och hot, och allt hade till slut sopats under mattan. Hennes familj fick klara sig ensamma. De hade aldrig mycket pengar från att börjas med och när deras pappa dog blev det ännu värre. Sudas mamma hade tre hungriga munnar att mata och hon slet sig själv sönder varje dag utan att få ens en dag för att ordentligt sörja sin man.

Kort efter pappas begravning hade Suda gråtit på skolan i klassen efter att alla gått hem då en lärare såg henne och tröstade henne. Suda hade berättat allt som hänt och hur orättvist det var. Läraren hade suttit tyst och lyssnat tills han till slut sa "kunskap är också makt, och det kan ingen någonsin ta ifrån dig". Det var då Suda hade lovat sig själv att studera så flitigt hon kunde, få ett stipendium, åka till universitet och till slut bli journalist. Hennes dröm hade varit att bli en hjälte som avslöjade sanningar, men verkligheten var inte lika glamorös. Hon fick oftast mest bara skriva om vädret och om vilken toppstjärna dejtade vilken skådespelare. Ibland fick hon dessutom utskällningar för att hon skrivit för provokativt, för även nyhetsbyråerna var rädda för människor med status och pengar.

Som tur var hennes nuvarande arbetsgivare lika entusiastisk med sanningar som hon var. Det var en liten nyhetsbyrå och ännu mindre tidning men den var populär bland folket. Den hade fått rykte som den verkliga sanningen, en tidning där man aldrig kunde muta sig till en egen sanning och som var på de svagas sida, och det var därför folk uppskattade den. När Suda hade berättat om mamman och pojkens situation på skolan hade hennes chef omedelbart hoppat i stolen och gnidit sina händer. Desto saftigare skandal desto bättre för tidningen, hade hon sagt. Och det hade det varit.

Nu var Suda på väg att träffa Patarin. De hade fått ett hot på nyhetsbyrån och Suda kände på sig att hon inte var den enda som fått ett. Patarin hade inte svarat i telefonen men med lite detektivjobb hade Suda fått veta var Patarin jobbar och gav sig i väg. Om hon också fått ett hot då ville Suda absolut dokumentera allting. Dessa skitstövlar skulle fan inte tro att de kunde komma undan så här lätt, tänkte Suda och skyndade sig mot sjukhuset.

Patarin avslutade sitt skift på sjukhuset, klädde om sig och gick raka vägen till marknaden. Hon köpte en påse full med frukt och grönsaker och tog den vanliga vägen hem genom gränderna och smågatorna. Vart skulle de flytta? funderade hon för sig själv. Även om Matilda erbjöd sig att hjälpa till så kunde hon inte hjälpa med allting. Hon ville ta Pran, och Vivian om hon hade lust, med sig någonstans längre bort där det var tryggt. Edith ville knappast flytta och det var kanske bättre att hon fick stanna här var hon var van med omgivningen. Edith skulle ändå förbli trygg så länge hon och Pran inte var där och orsakade problem. Det var redan skymning och himlen färgades i rött och gult. Patarins rosa sandaler klickade under hälarna på henne och det ekade i gränden.

Plötsligt hörde hon steg bakom sig. Hon tänkte först inte på saken men sedan reste sig håren i nacken på henne. Hon ökade takten och spände knytnäven kring påsen och sin handväska. Personen bakom henne ökade också takten. Hon var ensam i gränden och den vinglade mellan och bakom flera hus. Gränden blev mörkare och trängre. Jag borde ha tagit den längre vägen, tänkte Patarin. Skulle hon hinna ringa efter hjälp om hon faktiskt blev attackerad?

Hon bestämde sig för att försöka så hon placerade handväskan på sin andra arm och grävde fram telefonen. Just då ökade personen bakom henne takten. Hon hörde springande steg och hon vände sig om fort. En man i svarta kläder kastade sig över henne och hon slängde påsen med frukt och grönsaker i hans ansikte så fort och hårt hon kunde. Han ryggade tillbaka och svor på thailändska. Påsen gick sönder och frukterna och grönsakerna föll på marken. Hon tog sin handväska och började springa. Mannen satte fart efter henne medan ett par mandariner rullade ner längs med gränden. Patarin andades hårt och hennes hjärta bultade. Var fanns närmaste polisstation? Var kunde hon ropa efter hjälp? Hennes hjärna låste sig och hon kunde plötsligt inte tänka klart. Mannen hade redan hunnit ikapp henne och tog kraftigt tag i hennes axlar. Hon föll bakåt och mannen satte sig ovanpå henne. Han tog ett stryptag på henne och Patarin flaxade med armarna. Hon slog honom i ansiktet allt vad det gick och han slog henne tillbaka. Hon kände hur ansiktet började bulta och hur blodet sökte sig upp till näsborrarna. Dödar han mig? tänkte hon samtidigt som hon kände hur de sista krafterna rann ur henne. Vad händer med Pran om jag dör? Hon slöt ögonen. Hon orkade inte längre kämpa emot.

I samma ögonblick revs mannen bakåt. En kvinna i hårsvans och keps sparkade honom rakt i magen så han flög mot väggen. Han hostade till och föll ner. Kvinnan rusade fram till mannen, tog honom i ett stadigt armlås, kastade sina ben runt honom och rev av honom hans hatt och scarf.

– Vem är du? skrek kvinnan på thailändska och spände sin arm runt hans hals.

– Släpp mig! skrek mannen och hostade desperat.

Patarin var chockad men arg. Hon stirrade på kvinnan och mannen medan hon hämtade andan. Sedan störtade adrenalinet genom hennes kropp. Hon sprang fram till mannen och stirrade honom rakt i ögonen.

– Du ditt jävla svin, sa hon. Vem är du och varför är du efter mig?

– Käft hora! skrek mannen och försökte sprattla sig loss.

Han kom nästan loss men Patarin satte sig tvärs över hans ben och höll ner honom.

– Det är bäst du säger vem du är för du kommer inte undan, sa kvinnan i kepsen. Jag jobbar för polisen, de är snart på väg hit och jag har dessutom bandat in allting du gjort.

Hon pekade mot en lyktstolpe. En telefon låg lutad mot stolpen med kameran vänt mot dem. Vilken listig kvinna, tänkte Patarin. Mannen såg plötsligt väldigt stressad ut och försökte ännu komma loss men kvinnan i kepsen var förvånansvärt stark. Hon spände sina ben omkring honom som en orm och han skrek till.

– Aaaajj! O-okej, okej, sa mannen till slut. Jag berättar om ni släpper mig.

– Ska du tro, sa kvinnan argt. Vi släpper dig sen när du berättat allting.

– J-jag, sa mannen, jag vill inte berätta vem jag är men jag kan berätta vem som anställt mig.

– Säg det då, sa kvinnan.

– Det var *khun* Sukapat! skrek mannen. Han gav mig order att skrämma dig och slå dig!

Patarins spärrade upp ögonen stort. Rektorn.

– Säg det igen högt och tydligt för kameran, sa kvinnan och spände armen om mannen igen.

– Det var *khun* Sukapat som anställde mig att hota, skrämma och misshandla dig *khun* Patarin! skrek mannen högt och förtvivlat. Jag svär att det är sanningen! Släpp mig snälla, jag måste rymma! Om polisen kommer får jag fängelsestraff och om Sukapat får mig fast efter det att jag avslöjat honom så vet jag inte vad han gör åt mig!

– Det är inte mitt problem! röt kvinnan. Det var du som bestämde dig för att leva som en skurk.

Men denna gång var mannen starkare och han ålade sig loss, knuffade både Patarin och kvinnan ner på marken och försvann bakom hörnet av gränden.

– Jävlar! skrek kvinnan och sprang fram till änden av gränden men mannen hade redan försvunnit ur sikte.

Hon gick tillbaka mot Patarin och räckte henne en näsduk. Sedan gick hon och plockade upp sin kamera vid lyktstolpen.

– Vem är du? frågade Patarin förvirrat medan hon torkade blodet runt sin näsa.

Kvinnan vände sig om mot Patarin och log finurligt.

– Vi talade en gång på telefon. Trevligt att träffas ansikte mot ansikte, jag heter Suda.

Hon sträckte fram handen och Patarin skakade den.

– Oj, sa Patarin, jag visste inte... Hur... alltså är du polis?

Suda skrattade hjärtligt.

– Nej, sa hon, men min lillebror är polis och han har visat mig en hel del självförsvarstekniker. Tyvärr hann jag inte ringa upp polisen men jag filmade allt ända från det att mannen började följa efter dig vid gränderna.

– Alltså hur visste du att någon följde efter mig? frågade Patarin förvirrat.

– Jag visste det inte från början, men vi fick ett anonymt hot på nyhetsbyrån så jag ville träffa dig personligen och se om du också fått några hot. Ser ut att jag anade rätt. Jag väntade på dig en bit från sjukhuset, vid bänkarna där utanför, och jag skulle just komma fram till dig och hälsa på dig...

– Hur visste du hur jag såg ut? frågade Patarin misstänksamt. Och var jag jobbade?

– Jag frågade Preeda, sa Suda och fnissade. Och min bror. Det är inte så svårt att gräva fram information man behöver, inte heller för skurkarna ser jag, så var försiktig.

Patarin skrapade sig fundersamt i huvudet.

– Jag ber om ursäkt för det, sa Suda, det är lite av en yrkesskada att gräva fram information om folk. Men jag skulle alltså just gå fram till dig när jag såg den där mannen. Han började följa efter dig så jag följde efter er båda.

Frukterna och grönsakerna låg utspridda och nedtrampade på marken och Patarin suckade högt.

– Jag kan komma med dig och köpa nya frukter och grönsaker om du vill, sa Suda vänligt.

– Nej, sa Patarin, det är okej. Jag har ingen lust att gå tillbaka till marknaden.

– Jag följer dig hem i alla fall. I själva verket skulle jag gärna komma hem till dig och fort överföra filerna till min nätlagring. Jag vill absolut att all data jag filmat är säkert. Skulle inte alls undra om Sukapat skickar någon för att råna mig på filerna om han får veta om saken.

När Patarin öppnade dörren möttes hon av både Matilda, Pran och Edith. De hade tydligen fått dagen att gå fort i varandras sällskap.

– Välkommen hem *mae*, sa Pran och visade en liten leksakselefant som Matilda köpt åt honom på marknaden.

Matilda kramade Patarin och log varmt.

– Vi har handlat och lagat mat, sa Edith. Men vem är den här unga damen då?

Suda log brett och introducerade sig själv oblygt.

– *Sawatdi kha*, sa Suda hurtigt och slog ihop handflatorna över bröstkorgen. Jag heter Suda och jag är Patarins vän.

– Vän? utbrast Patarin förvånat och tittade på Suda.

– Om man tillsammans har brottat ner en man så är man vänner, sa Suda och skrattade hjärtligt.

– Har ni varit i slagsmål? utbrast Edith. Patarin! Varför är ditt ansikte så uppsvullet? Har någon slagit dig?

Patarin gick raka vägen till toaletten och stängde in sig en stund. Hon ville samla tankarna och badda ansiktet med kallt vatten först.

– Slå dig ner, sa Matilda.

– Tack, sa Suda och slog sig ner vid det lilla vardagsrumsbordet. Är det okej om jag gör ett par grejer på min dator först?

– Jovisst, sa Edith. Vi dukar bordet under tiden.

Matilda satte sig ner bredvid Suda. Suda drog fram sin bärbara dator ur väskan och kopplade den i väggen.

– Jag heter Matilda.

– Är du Patarins flickvän? frågade Suda direkt.

Matilda rodnade och visste inte vad hon skulle svara. Det var inte något de ens talat om. Suda flinade brett och kopplade sin telefon till datorn. Hon jobbade vant med filerna och flyttade dem till en mapp på datorn och laddade dem sedan upp till en datalagringstjänst.

– Jag har något helt otroligt på video, sa Suda och öppnade filen för att visa Matilda. Men se till att pojken inte ser det.

Suda vände sin bärbara dator så att skärmen inte syntes mot köket och sänkte ljudvolymen. Matilda spärrade upp ögonen. Suda hade filmat hur en man följde efter Patarin i gränden, attackerat henne och sedan hur de båda brottade ner mannen.

– Vad säger han? frågade Matilda. Jag förstår inte thailändska tillräckligt bra.

– Han avslöjar vem som anställt honom att skada Patarin. Det var rektorn på skolan.

– Herregud! utbrast Matilda förskräckt.

Visst hade han varit otrevlig och stolt, men hon hade aldrig kunnat tänka att en rektor på en skola skulle ta till sådana lömska åtgärder. Hon var alldeles chockad.

– M-men, varför filmade du det?

– Hon är journalisten som skrev artikeln åt mig, sa Patarin som nyss kommit ut ur toaletten. Eller du kanske inte vet om den.

– Jag vet om den, sa Matilda, Edith berättade om det.

– Vet Edith också om det? utbrast Patarin och tittade ängsligt mot köket.

Pran och Edith pysslade i köket med mat och bestick.

– Det blev riktigt bra kvalitet på videon, sa Suda belåtet.

– Jag förstår inte riktigt vad som händer, sa Matilda förvirrat.

– Jag fick ett hot på grund av att jag skrivit artikeln, sa Suda, och jag gissade att Patarin också fått det. Så jag tog reda på var jag kunde hitta henne, väntade på henne vid sjukhuset och det var då jag fick syn på mannen som följde efter henne.

– Det var tur att du var där Suda, sa Matilda och kramade tröstande om Patarin.

– Det var det verkligen, sa Suda, de här jävla skurkarna skall inte tro att de kommer undan med det här.

– Vad tänker du göra nu? frågade Matilda.

Suda log finurligt.

– Det finns något som är mycket mäktigare än pengar och status i dagens värld, något som skurkar som Sukapat inte har någon makt över.

Solen sken in genom persiennerna i fönstret och sekreteraren hade nyss vattnat plantorna i rummet. Deras blad sträckte sig mot solen i fönstret och fukten glimmade på de gröna bladen. Sukapat satte sig ner i sin stora läderstol och slog på datorn. Han kollade snabbt igenom dagens schema och sekreterarens anteckningar om saker som behövde göras. Plötsligt ringde telefonen.

– Rektor Sukapat, svarade han.

– Godmorgon herr Sukapat, sa en kvinnoröst, jag skulle vilja höra dina kommentarer kring fallet där du beordrat en annan man att skada modern till en elev som går på er skola.

Sukapat stelnade till och en rysning gick igenom ryggraden på honom. Han la genast på.

– Vad i helvete? sa han för sig själv.

Telefonen ringde igen, denna gång från ett annat telefonnummer.

– Sukapat, svarade han.

– Ditt usla svin! skrek en mansröst. Jag ser att du fortfarande håller på med skumma saker! Jag lyckades aldrig bevisa det för polisen men här har vi äntligen…

Sukapat lade på och stängde av telefonen. Han öppnade sin e-post på datorn och den var fylld av meddelanden från olika nyhetsbyråer och överlag arga människor, före detta elevers bittra föräldrar och nuvarande elevers upprörda föräldrar. Han stönade högt och skrapade sig i huvudet. Det talades om en video. Det var inte svårt att hitta den på nätet. En liten nyhetsbyrå, en sådan som skulle ha reda på allt och gick till alla längder för att få svar, en sådan han avskydde mest, hade publicerat den på sina hemsidor.

- Suda… muttrade han och bet ihop tänderna.

Videon hade publicerats igår på kvällen men den hade redan delats otaliga gånger på olika sociala medier med hashtaggar som #våld, #maktmissbruk, #mobbning, #diskriminering, #sexism och #korruption. Den föregående artikeln hade redan dragit mycket negativ uppmärksamhet till skolan och hans roll som rektorn hade ifrågasatts, men det här var på en helt annan nivå. Den förra artikelns strunt var lätt att förklara bort med att skylla på mamman och skitungen, eftersom det var deras ord mot hans och de inte kunde bevisa något. Men videon…

Dessa nollor är ingenting, hur täcks de göra det här? De vet inte vem de leker med! tänkte Sukapat och kokade inombords. Han tänkte inte förlora allting med tanke på hur mycket arbete han gjort för att nå den position han hade idag. Så mycket skit han hamnat tåla, så många snorungar han varit tvungen att låta göra vad de ville bara för att deras föräldrar hade pengar och trodde de var kungar. Det var han som var kung här! Han hade pengar och makt! Sukapat stirrade på videon där den man han anställt att hota Patarin hoppade på henne bara för att en stund senare få sig på käften av en kvinna i hästsvans och keps. Vilken förlorare! tänkte Sukapat. Jag borde inte ha litat på honom att få jobbet gjort! Just i den stunden öppnades dörren till hans rum och där stod hon, kvinnan med hästsvans och keps, med ett överlägset leende.

– Jag ser att du också följer med toppnyheterna, sa Suda och slog sig ner i en av läderfåtöljerna och bredde ut sig.

– Är det du som gjort det här? röt Sukapat. Jag sa ju att du skulle hålla dig borta!

Suda skrattade hjärtligt.

– Ja, sa hon, det är lilla jag som orsakat denna skitstorm. Det hade du inte gissat vad?

– Jag varnar dig, sa Sukapat och bet ihop tänderna, ta ner den här videon, annars…

– Jag är inte rädd för dig, sa Suda och stirrade honom rakt i ögonen. Jag kanske var det då, men inte längre.

– Du vet inte vad jag kan göra åt dig.

– Jo, det vet jag faktiskt. Jag vet precis hurdan skitstövel du är och jag vet precis till vilka längder du kan gå för att rädda dig själv och för att få det du vill ha.

– Vad talar du om? Din far?

Sukapat skrattade hånfullt.

– Din far var en fattig förlorare, fortsatte Sukapat. Det är ingen som bryr sig att han dog. Du och din fattiga familj av lusar försökte få företaget att ta ansvar för hans död. Ni ville ha företagets pengar och att smutskasta företaget. Det är ni som är giriga!

– Du såg nog verkligen till att vi inte fick något, det var ju tydligt. Du har ingen aning hur svårt det var att leva efter att pappa dog och ni snåla skurkar fortsatte som vanligt. Ni hade ingen aning om hur svårt det var för min mamma att ta hand om oss alla, utan pengar och utan stöd.

Suda kände hur tårarna vällde upp och försökte hårt att inte visa sina känslor. Hon tänkte inte visa sig sårbar framför den här hjärtlösa idioten.

– Min far dog på grund av bristfällig säkerhet på arbetsplatsen, fortsatte Suda, och det såg ni till att ingen fick veta. Vilka jävla vinnare ni är. Synd att det bara är du som är kvar i liv att bestraffas.

Företaget hade sedan dess sålts vidare och Sukapat, den dåvarande verkställande direktören på företaget hade avgått med en stor och saftig summa i bakfickan. Likaså chefen. Dessa två skurkar var de som hade planerat och samverkat i smyg för att gömma allt smuts som angick företaget och lurat både arbetare, deras familjer och klienter hos företaget. Det hade varit orättvisa löner, långa arbetsdagar, inga semestrar eller ersättningar och definitivt inga olycksfallsersättningar. Dessutom hade de fifflat en stor del av företagets pengar i egna hemliga sparfonder. Chefen hade gått i pension, rik som ett svin, och dött tidigt i en hjärtinfarkt. Karma. Dock fick hans familj avnjuta all den orättvisa rikedom han fifflat till sig.

– Det var ju synd att du aldrig kommer kunna bevisa något, sa Sukapat och log elakt. Ingenting. Det är helt onödigt att du försöker ta din hämnd på mig genom denna betydelselösa mamma och hennes barn. De är lika obetydliga som din far. Som du vet så har jag pengar, makt och kontakter. Jag kommer alltid att kunna ta mig ur klistret. Och då kommer jag efter dig. Så akta dig lilla flicka.

Suda stod långsamt upp och gick till fönstret. Det hade plötsligt börjat regna. Det hade inte regnat på flera veckor och det var verkligen på tiden. De små lätta regndropparna smattrade mjukt mot fönstret och rullade ner till fönsterkarmen där de försvann vidare mot marken. När hennes pappa dog hade hon varit alldeles för ung för att göra motstånd, det fanns inget hon kunde göra då men nu var hon i en helt annan position. Hon var fortfarande varken rik eller av hög status, men hon hade en annan form av makt, ord och kunskap. Sukapat hade tydligen inte ändrat sig ett dugg sedan dess. Hon var förvånad över hur listig han var. Tänk att så lätt bli rektor på en skola, utan att vara desto värre kvalificerad för rollen. Han hade tydligen bara fortsatt att lura folk och använda folk till godo, precis som tidigare.

– Du är verkligen helt efterbliven, sa Suda sedan. Det är synd att du inte valt att betala för dina synder eller växa som människa. Du vet inte ens hur dagens värld fungerar. Du är alldeles för mallig och självsäker för ditt eget bästa.

Suda vände sig försiktigt bort från Sukapat och grävde i sin rockficka. Hon kollade att bandspelaren ännu var i gång. Det var den.

– Det är du som är efterbliven, sa Sukapat. Ge dig i väg innan jag ringer efter polisen.

– Ring bara, sa Suda och log. Jag skulle gärna vilja tala med dem också.

Sukapat rörde inte en min när han öppnade telefonen, ringde polisen och lade på.

– Ska vi tala om familjen Kettapun också? frågade Suda. Medan vi väntar.

Sukapat skrattade högt och bredde ut sig ytterligare där han satt i sin läderstol.

– Du vet om dem också? sa Sukapat och tände en cigarett. Du är bra på att gräva fram information men du kan aldrig bevisa något, det lovar jag.

– Hmm, sa Suda och slog sig ner igen, det kan nog vara sant. Du är väldigt bra på att gömma dina spår, det måste jag säga.

Sukapat log belåtet. Suda rullade med ögonen. Vilken idiot. Han var mycket äldre nu och tydligen hade hans självsäkerhet bara växt med åren i takt med att han aldrig blivit fast för något.

– Hur mycket pengar har du fått av dem? frågade Suda. Av familjen Kettapun menar jag.

– Som att jag skulle avslöja det för dig, sa Sukapat och blossade med cigaretten.

– Men nu avslöjade du just att du tagit emot pengar av dem.

Sukapat skruvade osäkert på sig i sin stol och släckte sin cigarett i en askkopp.

– Det är på grund av dem du inte kunde bestraffa Pratt eller hur? sa Suda. Fast han mobbar alla och spatserar omkring som skolans kung. Det irriterar dig också, visst?

– Den där snorungen Pratt är lika mallig och dum som sina föräldrar, sa Sukapat och fnös. Men snart har de gett mig så mycket pengar i mutor att jag kan pensionera mig tidigt och dra till en paradisö och aldrig behöva se eller höra av dem mer.

– Det låter ju mysigt.

Plötsligt knackade det på den halvöppna dörren. Det stod två poliser vid dörren och tittade in genom springan.

– Stig på, ropade Sukapat självsäkert och steg upp. Jag vill att ni för bort den här kvinnan. Hon har rusat in på mitt kontor utan tillstånd och både hotat och stört vårt arbete här. Hon är en farlig, lömsk reporter.

Poliserna stirrade förvirrat på rektorn och sedan på varandra. Den ena polisen steg försiktigt fram.

– *Khun* rektor Sukapat, sa polisen, jag ber om ursäkt men det ser ut att det är dig vi hamnar ta in på förhör. Du nämnde något om… mutor? Av familjen Kettapun?

Suda brast ut i ett stort skrattanfall. Hon både grät och skrattade samtidigt. Alla stod förvirrade och tittade på henne och Sukapats ansikte blev vitt som ett spöke.

– Ursäkta mig, sa Suda och torkade sina tårar. Det är bara det att jag väntat hela mitt vuxna liv på den här dagen. Det blev litet för mycket. Jag följer med, jag har bandat in något intressant som ni poliser säkert gärna tar och lyssnar på.

Hon plockade fram bandspelaren ur fickan och viftade med den i luften.

– Du din slyna! röt Sukapat och kastade sig aggressivt mot Suda.

Som tur var poliserna snabbt framme vid honom, brottade ner honom på golvet och vips var han fast i handbojor. Sedan ledde de honom ut från rektorsrummet, genom korridorerna, ut på skolgården och in i polisbilen, alltmedan alla lärare och elever stirrade förvirrat på hela scenen.

RÄTTVISOR

Patarin skulle just börja äta sin lunch på sjukhuset när hennes telefon ringde. Det var ett okänt nummer så hon tvekade en stund innan hon bestämde sig för att svara.

– Hallå? sa hon.

– *Sawatdi khrap* – goddag, sa en man, jag ringer från polisstationen. Är det *khun* Patarin jag talar med?

– Herregud! Ja, det är jag. Vad har hänt? Varför ringer ni mig?

– Det har kommit till vår kännedom att du utsatts för diskriminering och hot av rektorn på ditt barns skola. Vi ber er komma ner till polisstationen för att bevittna emot honom.

Patarin satt tyst en stund och försökte processa vad hon just hört. Vad betyder det? Var rektorn på polisstationen? Varför?

– *Khun* Patarin? frågade polismannen. Är du där? Hallå?

– Jo, ursäkta mig. Det var väldigt oförväntat.

– Jag tror alla som är inblandade är ganska förvånade. Kom gärna så fort som möjligt.

– Jag kommer efter mitt arbetsskift är slut, vid klockan 16.

– Det passar. Då ses vi senare.

– Vänta, är han där?

– *Khun* Sukapat? Javisst, han sitter i förhör.

– Jag… Har han sagt något om mig?

– Han har sagt en hel del om alla. Men oroa er inte, det är inte något vi kommer att behandla just nu. Det här gäller bara honom, hoten, mobbningen på skolan och mutor han tagit emot.

– M-mutor? stammade Patarin.

Hon var helt förvirrad. Hon hade ingen aning om mutor men det hon visste var att Sukapat var en elak man. Och nu hade hon chansen att sätta dit honom, och bevisa alla att hon inte tänkte ta någon skit längre.

– Får jag ta en vän med mig? frågade Patarin. Som stöd?

– Det är emot reglerna, sa polismannen. Hon kan komma med hit men hon får inte vara med på förhöret.

– Men hon har också träffat Sukapat.

– Jaha, då får hon gärna komma in hon med, men vi talar med er skilt, det förstår ni säkert?

– Ja, tack, sa Patarin och la på.

Luften var fuktig och svalare än vanligt. Det hade regnat, första gången på flera veckor, och Matilda drog in den friska luften djupt i lungorna. Pran gjorde likadant. Matilda fnissade och Edith kom sakta gående bakom dem med en liten kärra. De var på väg till marknaden för att handla och Matilda passade på att lära Pran litet matematik medan de var i farten. Han var duktig på det men det var ju svårare på engelska. Han hade inte gått till skolan den här veckan alls, men Matilda skulle nog inte heller skicka sitt barn till en skola där han mobbades dagligen och ingen bryr sig.

De hade talat föregående kväll med Patarin om att flytta honom till en annan skola men hon var såklart orolig för att hon inte hade råd. Matilda suckade och tittade omkring på vimlet av folk. De for hit och dit och alla hade något att göra. Folk som gjorde sitt bästa dagligen för att förtjäna sitt levebröd. Hon kände sig lyckligt lottad. Hon hade aldrig behövt anstränga sig värst mycket, även om hon ju också haft både goda och dåliga stunder i livet. Edith stannade utanför ståndet med tidningar och läste huvudrubrikerna koncentrerat.

– Är det något intressant? frågade Matilda.

Edith stod tyst och funderade. Sedan vände hon sig mot Matilda.

– Vad var det riktigt för en flicka den där Suda? frågade hon.

– Hurså?

– Patarin och hon förklarade knappt alls vad som hänt, sa Edith. Vet du vad som hänt?

– J-jag, stammade Matilda.

Hon hade lovat att inte berätta något för Edith eftersom Patarin var orolig för henne. Hon skämdes för allting som hänt och ville inte att Edith skulle behöva tänka på tråkiga saker, särskilt sådant hon orsakade. "Det var ju inte ditt fel" hade Matilda försökt påpeka men Patarin var envis. Hon tyckte allting var hennes fel.

– Jag blir riktigt arg nu, sa Edith och rynkade ögonbrynen.

Hon stod med armarna vid sidan och blängde på Matilda. Matilda ryggade tillbaka och visste inte riktigt vad hon skulle säga.

– Vad är det här med någon video de talar om i tidningen? frågade Edith.

– Varför är du arg? frågade Pran som tittat på leksaker inne i butiken.

– Jag är inte arg, sa Edith, jag är besviken.

– Förlåt, sa Matilda, Patarin bad mig att inte berätta något. Men kanske jag måste?

– Du får berätta när vi kommer hem, sa Edith och plockade en tidning under armen.

Väl hemma fick Matilda berätta vad hon visste, om hoten som Patarin hade fått, om mannen som förföljt henne och attackerat henne, samt Suda som både hjälpt Patarin och filmat allting. Edith var inte alls nöjd.

– Det är hemskt hur ingenting är hemligt i dagens samhälle, sa hon. Allt ska synas för alla på det där… nätet.

Hon var inte så värst skicklig med datorer eller annan modern teknik så det var förståeligt att det skrämde henne.

– Men det kan också vara en bra sak, förklarade Matilda. Det avslöjade för alla hurdan skurk den där rektorn är.

Edith skrapade med fingret i sin hårknut och granskade artikeln i tidningen.

– Det är bra skrivet i alla fall, sa hon. Är det den där Suda som skrivit det här?

– Jag tror det, sa Matilda. Hon publicerade videon också.

– Är allt okej? frågade Pran plötsligt.

Han kom med en flitigt ifylld matematikbok och klättrade upp i Matildas famn där hon satt vid köksbordet.

– Jo, sa Edith, allt kommer nog bli bra. Oroa dig inte, barn ska inte oroa sig för sådant som vuxna trasslat sig in i.

Pran förstod inte riktigt vad Edith talade om och fortsatte skriva och räkna i sin bok i stället.

– Vad duktig du är, sa Matilda. Du har lyckats lösa de riktigt svåraste frågorna också!

Pran log belåtet och blygt och Matilda klappade honom på huvudet. Matilda hade bara tre dagar kvar här i Thailand, sedan skulle hon åka hem. Hon hade inte ännu talat om saken med Patarin för att så mycket annat hade hänt och hon oroade sig för vad som skulle ske. Tyckte Patarin lika mycket om henne som hon tyckte om Patarin? Patarin hade ett barn och ett liv här, och mycket saker att reda ut. Hon kanske inte hade tid för en relation, eller ens en vänskap. Om det faktiskt blev adjö för alltid då skulle Matilda sakna dem otroligt mycket. Hon snusade på Prans hår och knep ihop ögonen för hon kände att tårarna vällde upp. Prans varma lilla barnkropp vinglade i hennes famn medan han koncentrerat skrev i sin matematikbok. Det var något hon drömt om i flera år.

Alla ville inte ha barn och det var helt okej. Men för henne hade det varit klart sedan flera år tillbaka att hon ville ha ett barn, eller två. Efter att ha träffat Patarin och Pran var det ännu mer klart för henne att hon ville ha en familj. Men en familj i Thailand… kunde det ens fungera när hon bodde i Finland? Nej, det var så komplicerat att hon inte ens orkade tänka på saken. Hon blev ledsen för det kändes omöjligt.

Plötsligt ringde Matildas telefon. Det var Patarin. Hon plockade upp telefonen och svarade.

– Hallå? sa hon.

– Hej Matilda, sa Patarin, något viktigt har hänt.

– Vad då?

– Kan du komma ner till sjukhuset kl.16? Vi måste gå till polisstationen tillsammans.

– Polisstationen! utbrast Matilda.

– Polis? frågade Pran.

– Sch! Säg inget åt Edith och Pran! sa Patarin.

– Förlåt, sa Matilda. Jag tror de vet redan.

– Matilda! Men säg att det inte är något att oroa sig över och så ses vi här kl.16.

– Okej! sa Matilda och la på.

Edith tittade misstänksamt på Matilda. Pran såg frågande ut.

– Jag tror inte det är något farligt, sa Matilda. Hon sa att inte oroa er.

– Det tror jag när jag ser att allting löst sig, sa Edith och steg upp. Nu lagar vi lunch.

När Matilda äntligen såg Patarin utanför sjukhuset sprang hon fram till henne och kramade henne länge.

– Vad är det? frågade Patarin.

– Jag vet inte, sa Matilda, kanske jag bara saknade dig.

Patarin kramade Matildas hand.

– Kom, sa hon, så går vi.

På polisstationen förklarade Patarin på thailändska vem hon var och varför hon var där och de leddes till en annan del av byggnaden. Sedan fick Matilda bli och vänta vid ett par soffor medan Patarin gick och talade med en polis. Efter en lång stund var det Matildas tur och Patarin blev att vänta vid sofforna. Polisen hade en tolk med sig så att alla skulle förstå varandra utan problem. Tolken var snyggt klädd i kostym, kammat hår och höll i en mapp med papper. Han introducerade sig själv och polismannen, förklarade kort situationen på engelska och vad som förväntades av henne och hur förhöret skulle gå till. Sedan fick hon berätta i detalj vem hon var och hur hon kände både Patarin, Pran och rektorn Sukapat, och vad hon gjort på skolan den där dagen då hon försökte hjälpa Pran. Matilda berättade lugnt om hur allting gick till och tillade att något liknande aldrig skulle hända i Finland. Polismannen skruvade generat på sig i stolen och harklade sig.

– Finland och Thailand är väldigt olika land, sa polismannen och kisade mot Matilda. Det finns säkert många saker som aldrig skulle ske här men som ses mellan fingrarna i Finland.

– Det kan nog vara sant, sa Matilda och påminde tyst sig själv om att inte döma andra kulturer eller länder då hon visste mer än väl att inte hennes egna hemland heller var felfritt. Vad händer med rektorn nu? tillade hon sen.

– Det är väldigt många som vittnat om hans diskriminerande beteende och om mutorna, samt några gamla brott, sa polismannen, så det ser ut att det blir fängelsetid för honom.

– Han kommer inte kunna muta sig ur bestraffning? frågade Matilda och blängde misstänksamt på polismannen.

– Nej, sa polismannen och rodnade lätt, det här är så pass allvarligt att det inte går att ignorera.

– Vad händer med Pratt, frågade Matilda, eleven som mobbade Pran? Och Pratts familj?

– Det är svårt att säga, sa polismannen. Vad gäller eleverna i skolan är det skolstyrelsens uppgift att bestämma om huruvida någon ska byta klass eller bli utvisad. Men vad gäller släkten Kettapun så har de ju tydligen haft ett eller flera fingrar med i spelet och de får också stå till svars hos polisen. Sukapat har definitivt sett till att han inte går under ensam.

– Jag gissar att han hängt ut familjen Kettapun ordentligt, sa Matilda.

– Javisst, sa polisen. Han besparade inga detaljer om vem som betalat honom, hur mycket och när. Det var ju till hans fördel också att avslöja så mycket som möjligt om andra för att själv undvika högre straff eller ta all skuld på sig själv.

– Jag förstår, sa Matilda. Tack för er insats. Och tack till tolken.

Tolken nickade vänligt och log.

– Tack själv, sa polismannen och skakade hand med Matilda. Desto fler vittnen desto bättre. Korruption är ett stort problem i vårt land med det är inte något vi strävar till.

Utanför väntade Patarin och Matilda gick med lätta steg fram till henne.

– Gick allt bra? frågade Patarin.

– Jo, polismannen och tolken var väldigt trevliga. Ser ut att allting löser sig.

Patarin tittade på polismannen som kom ut ur rummet, slog ihop handflatorna över bröstet och böjde sig i en liten bugning. Polismannen log, tog av sig mössan och nickade tacksamt mot deras håll och fortsatte ner längs med korridoren och försvann. Patarin stod tyst en stund och bara funderade. Så mycket hade hänt på en kort tid och hon hade svårt att få grepp om allting. Det var som att hon inte riktigt hängde med.

– Är du okej? frågade Matilda. Ska vi gå till något kafé och bara sitta ner en stund?

– Ja, kanske vi gör så.

De satte sig ner vid ett litet bord i ett hörn på det närmaste kaféet med var sitt iskaffe. Matilda sjönk ner i den mjuka hörnsoffan och Patarin satte sig ner på en stol mittemot. Hennes långa svarta hår föll ner längs med hennes axlar och ansikte. Hon tryckte sina lätt rosamålade läppar mot sugröret och sörplade på det kalla kaffet och njöt av hur svalkande det kändes. Hon vek upp sin blåa kjol smått vid knäna så hon kunde korsa ena benet över det andra.

– Hur känns det nu? frågade Matilda.

– Litet bättre, sa Patarin och petade med sugröret på isbitarna i glaset. Jag är trött.

– Jag förstår, mycket har hänt. Hur har du tänkt göra med Pran? Får han gå tillbaka till skolan?

– Jag tror det. I alla fall tills vidare. Men jag har nog helt tappat smaken för den skolan nu. Helst skulle jag vilja flytta honom till en bättre skola.

– Men det kostar mer, visst?

– Ja, sa Patarin och suckade. Det är ännu så många saker som är fel även om många saker löste sig.

– Du menar lånet och det?

– Ja, precis.

De satt tysta en stund och funderade båda två. Matilda satt och vippade med sin vita sandal och tittade ut genom fönstret. Patarin beundrade åter Matildas ljusa vågiga hår och blåa ögon. Hon var en skönhet. Idag hade Matilda på sig ett par beigefärgade shorts och en luftig skjorta i olika färgers grön.

Hennes långa ben såg ännu längre ut i shortsen och de vita sandalerna avslöjade en liten solbränna efter så många veckor i den starka solen. Matilda vände sin blick mot Patarin och log varmt. Patarin log tillbaka. Hon kände åter en värme och glädje skölja över henne och hon kände sig trygg och lugn.

– Har du funderat på vad du vill göra med syaffären? frågade Matilda plötsligt.

– Syaffären? Jag vet inte…

– Jag tror det är en viktig sak att tänka på. Är den enormt viktig för dig och vill du absolut ha den kvar och sy, eller skulle det vara okej att sälja den?

– Ingen vill köpa den, sa Patarin och kastade sitt hår bakåt.

– Men om någon skulle vilja köpa den, tänk om? Vad skulle du göra då?

Patarin korsade armarna och stirrade på isbitarna som flöt i glaset. Hon hade aldrig tänkt så långt, inte i alla fall så ordentligt, för hon hade alltid förmodat att ingen skulle vilja köpa stället. Det var andra i samma gränd som försökt sälja sina lokaler och det hade aldrig riktigt gått bra. Antingen hade de hamnat sälja riktigt billigt eller så hade köparen ångrat i sista minuten då de insett hur död gatan var. Vissa hade valt att inte ens sälja för det var mer lönsamt att hålla den kvar än att sälja för en fjuttig summa. Men om, som Matilda sa, om någon skulle köpa hennes lokal, vad skulle hon göra? Det hade varit hennes mammas dröm och hon hade flera vackra minnen där, men sist och slutligen var det ett ställe hon ville släppa taget om. Under de senaste åren hade de goda minnena ersatts av dåliga minnen. Minnen om det obetalda lånet, om låneskurkarna, och all den misär som uppstått tack vare lånet och att syaffären aldrig blev lönsam. Nej, det skulle rentav vara en lättnad att äntligen lämna det kapitlet bakom sig.

– Jag skulle sälja det, sa Patarin sedan.

188

Matilda lös upp och log finurligt.

– Det finns en chans, sa hon.

Jake stod utanför syaffären och granskade den ingående. Han stod med armarna i kors och skrapade sin haka. Han tittade åt vänster och åt höger. Han var stiligt klädd som vanligt, i en färggrann skjorta och svarta läderskor samt matchande bälte.

– Vill du komma in? frågade Patarin.

– Javisst! sa Jake entusiastiskt och Patarin låste upp.

– Det ser lite trångt ut nu eftersom jag har så mycket saker här, men den är betydligt mer rymlig än vad den ser ut.

Solen lös in genom fönstret och Jake vandrade omkring i det trånga utrymmet. Han granskade varje hörn och kant och gick mot bakdelen av utrymmet.

– Det finns en toalett här också! ropade han.

– Ja, sa Patarin.

– Finns det fler ställen att koppla vattnet än här? frågade Jake och pekade mot toaletten.

– Hmm, sa Patarin, jag vill minnas att här…

Hon flyttade på sybordet och ett par lådor med tyger.

– Här har varit ett kök före min mamma köpte lokalen.

– Jaha! sa Jake intresserat. Det låter bra.

– Jag vill minnas att det fanns en diskbänk här innan den revs ut.

– Faktiskt, sa Jake och gick ner på huk för att granska väggen närmare. Är det okej om jag anställer en inspektör som kollar i hur bra skick allting är här?

– Javisst, det passar nog.

– Vad tycker du Jake? sa Matilda förväntansfullt.

Jake steg upp och slog ut armarna mot Matilda.

– Jag gillar det! sa han och kramade henne.

Han kramade Patarin också och hon kunde inte tro att han faktiskt var intresserad av detta skitställe. Men kanske han såg något hon inte såg. En annan framtid för stället.

– Det var tur att vi träffades, sa Jake. Jag är så glad att du tänkte på mig och kom ihåg vad jag talade om.

Matilda fnissade.

– Om du verkligen köper stället så tror jag nog det är vi som har mest tur, sa Matilda och nickade mot Patarin.

Patarin spände ihop knytnävarna av nervositet och hennes hjärta bankade plötsligt väldigt hårt. Om det faktiskt blev av så skulle allting kunna lösa sig. Även om hon inte fick ett så bra pris för stället så var det redan en stor hjälp till att betala bort lånet. Det skulle inte kännas lika omöjligt längre.

Matilda och Patarin promenerade långsamt mellan gränderna. Patarin var försjunken i tankar. Solen hade redan gått ner och det var bara stadens ljus som lyste upp gatorna. Runtom hördes de vanliga ljuden av mopeder och prat. En varm vind blåste upp runt deras ben där de gick.

– Vad tänker du på? frågade Matilda.

– På allting. Tror du faktiskt Jake kommer att köpa min lokal?

– Jag tror det, han verkade nog väldigt intresserad.

– Men varför vill han ha ett sådant skitställe? Är det inte skumt?

Matilda skrattade varmt.

– Jag tror inte han ser det som ett skitställe. Om jag förstått honom rätt så är det just ett sådant ställe han sökt efter. Ett litet avsides, urbant och undangömt ställe, det är väl mysigt för honom?

– Jaha… sa Patarin och rynkade ögonbrynen.

De gick tysta en stund till tills Matilda kände att hon måste säga något.

– Jo, sa hon, hördu.

– Vadå?

– Jag ska åka hem snart. Jag har bara några dagar kvar.

Patarin stannade tvärt och stirrade på Matilda. Det hade hon helt glömt. Det hade hänt så mycket att hon inte alls tänkt på det. Stämningen blev plötsligt besvärlig. Patarin visste inte vad hon skulle säga.

– Jag, sa Matilda, jag tror vi måste tala om saken. Om vad vi vill.

– Om vad vi vill? frågade Patarin utan att riktigt kunna tänka klart.

– Jo. Alltså… om vi, känner likadant för varandra och…

Det blev åter tyst och besvärligt. Patarin var urusel på att uttrycka sina känslor och hon stod stelt och bara stirrade i marken. Hon ville så mycket och samtidigt visste hon inte alls vad hon ville göra. Det hade hänt alldeles för mycket på en gång. Hennes tankar var huller om buller.

– Men vet du vad, sa Matilda. Vi måste inte tänka på det här nu. Jag har ännu några dagar kvar, och oavsett, så åker jag hem. Allting måste inte bestämmas nu och kanske vi båda rentav behöver lite tid isär att fundera på saker.

Patarin förstod inte hur Matilda gjorde det men hon visste alltid vad hon skulle säga. Det var som att hon kunde ana vad andra tänkte och kände. Patarin tittade upp på Matilda och mötte hennes blåa varma ögon. Hon kastade sig mot Matilda och kramade henne så hårt det gick. Hon kände att tårarna vällde upp men som vanligt kom de inte riktigt ända ut.

– Matilda, sa hon med skakande röst. Det finns så mycket jag vill göra men jag vet inte hur det ska gå till.

– Det ordnar sig nog, sa Matilda och smekte Patarin om ryggen och drog sina fingrar genom hennes långa hår. En dag i sänder.

Den natten återvände Matilda till hotellet. Arthit hälsade artigt vid receptionen som vanligt och undrade var hon hållit hus.

– Jag har varit på ett litet äventyr med en lokal vän, sa Matilda finurligt när Arthit frågade.

– Det låter trevligt fröken Matilda, sa Arthit och log brett. Det kommer att kännas tomt här efter att du åkt hem.

– Ja, jag kommer definitivt att sakna allting här, dig med.

Arthit log varmt och slog handflatorna ihop över bröstkorgen.

– Tack för era vänliga ord, fröken Matilda. Meddela mig om ni ännu behöver hjälp med något, till exempel skjuts till flygplatsen på avfärdsdagen.

– Tack, det kunde vara riktigt bra faktiskt. Jag meddelar dig vid behov, godnatt!

– Godnatt fröken Matilda, sa Arthit och nickade på huvudet.

Matilda gick långsamt uppför trapporna, låste upp sitt rum, sparkade av sig sandalerna och kastade sig på rygg på sängen. Hon drog ett djupt andetag och suckade högt. Hon stirrade upp i det vita taket och på en pytteliten spricka. Sedan brast hon ut i gråt. Hon grät länge och rullade ihop till en liten boll och drog täcket ända upp till öronen.

Hon var kär.

Nästa morgon hasade sig Matilda ner till hotellmorgonmålet för nästsista gången. Flyget skulle gå imorgon kväll. Hennes ögon var uppsvällda av allt gråtande och håret stod på ända. Efter några dagars paus hade hon lust med buffén på hotellet igen. Hon plockade åter åt sig det ena och det andra. Ett par bekanta röster ropade på henne.

– Matilda! ropade Jane och vinkade åt henne. Här är vi! Kom hit!

Jane och Sam gestikulerade vilt där de satt vid ett litet bord vid ett fönster. Matilda tog sin bricka och slog sig ner bredvid dem.

– Vad trevligt att se dig igen! sa Sam och klappade Matilda på armen.

– Tack detsamma, sa Matilda och log. Jag ska faktiskt åka hem om några dagar så det är kul att jag hinner se er före det.

– Oj vad synd att du ska åka, sa Jane, men det blir säkert skönt att åka hem. Du var ju här ganska länge, visst?

– Jo, sa Matilda, en månad. Ska ni åka hem snart eller fortsätta vidare någonstans?

– Vi ska faktiskt fortsätta vidare om tre dagar, sa Sam. Vi ska åka till Japan!

– Coolt! sa Matilda. Japan är också på min reselista. Kanske jag åker dit nästa gång jag tar en längre semester. Hur länge ska ni vara där?

– En vecka, sa Jane. Sedan åker vi nog hem. Men det har varit så intressant och roligt att resa och se världen!

– Verkligen! sa Sam. Och så många coola människor vi träffat, som du Matilda.

Matilda skrattade generat och torkade sig om munnen med en servett.

– Jag är glad att ni är så imponerade av mig, sa Matilda.

– Du är jättebra på att dansa, sa Jane och hennes ögon glittrade av glädje. Vi hade jättekul med dig. Gick allt bra förresten den kvällen?

– Jo, sa Matilda. Jag såg en vän som jag hamnade tala med men allting är okej nu.

– Vad kul att höra, sa Sam. Vill du hänga med oss ut på stranden? Vi kan ta ett avskedsdopp och några drinkar.

– Tack gärna, sa Matilda. Det låter som en riktigt bra idé.

Patarin packade ner några saker i sin handväska, slank fötterna in i ett par ljusgröna plastsandaler och drog en borste genom håret.

– Pran! ropade hon. Skynda dig!

Hon tänkte låta Pran fortsätta gå till skolan men hon ville följa med honom för att se att allt gick rätt till. Sedan skulle hon gå till sjukhuset. Pran rusade ut i tamburen med sin ryggsäck och drog på sig sina vita skor. Pran hade slarvigt dragit på sig ett par gröna shorts och en skrynklig vit t-skjorta med lila prickar på. Patarin drog fort borsten genom hans hår och hans lilla huvud nickade hit och dit av hennes kraftiga tag. Sedan gav de sig i väg. Väl vid skolan gick de hand i hand raka vägen till lärarrummet. Hon såg att i ändan av korridoren var dörren till rektorns rum öppet och rummet var tomt. Patarin knackade på till lärarrummet och steg in.

– *Khun* Patarin! utbrast Prans lärare och steg artigt upp. V-välkommen.

Några andra lärare steg också upp och tittade nervöst mot deras håll. Attityden mot henne hade tydligen ändrats drastiskt efter allt skit hon ställt till med. Ingen ville bli en huvudrubrik i tidningen verkade det som. Men det var bra. Hon hade tagit alldeles tillräckligt skit till dags dato och nu var det på tiden att folk respekterade henne.

– Som ni vet har Pran varit borta från skolan ett tag, sa Patarin, på grund av mobbningen och problemet med *khun* Sukapat.

Prans lärare tittade generat ner i bordet och nickade.

– Nu tänkte jag att det kanske är tillräckligt säkert för Pran att fortsätta gå här, sa Patarin, åtminstone en tid framåt.

– Javisst, sa läraren och slog handflatorna ihop över bröstkorgen. Oroa er inte *khun* Patarin, Pratt har blivit utvisad ur skolan och vi tror att alla barn kommer att komma bättre överens nu.

– Det hoppas jag verkligen, och ring upp mig omedelbart om det blir problem med något. Jag litar på att ni ser till att Pran hänger med i det han missat.

– Såklart *khun* Patarin, sa läraren och nickade.

– Tack för er tid, jag följer Pran till klassen.

Patarin kramade Prans lilla hand i sin och gick med bestämda steg mot hans klassrum. Utanför stannade Pran. Han kramade händerna hårt om remmarna på sin ryggsäck.

– Vad är det Pran? frågade Patarin. Är du rädd?

– L-lite, sa Pran.

– Det ska nog bli bra. Kom ihåg att du alltid får berätta åt mig om någon är elak mot dig eller om vad som helst annat. Jag vill veta om din dag och jag lovar att jag ska skydda dig. Jag har förresten funderat på att flytta dig till en annan skola, men det kan ta en tid att planera och utföra.

– *Mae*, viskade Pran och höll tillbaka tårarna.

– Det är okej gubben, sa Patarin och kramade om Pran. Jag älskar dig.

Pran grät tyst emot sin mammas bröst medan hon smekte honom på ryggen. Efter en god stund släppte Pran taget och Patarin torkade hans tårar med ändan av sin skjorta.

– Är du redo då? frågade hon.

– *Khrap*! svarade Pran hurtigt och log.

– Gå in då. Ha en bra dag!

Pran öppnade dörren och inne i klassen satt redan flera elever färdiga att börja skoldagen. Wendy vinkade ivrigt åt Pran och Pran rusade fram till henne. Patarin tittade en stund på klassen och den såg fridfull ut, kanske allting faktiskt skulle lösa sig nu. Sedan stängde hon dörren, plockade fram telefonen och ringde upp baren där hon jobbade ibland. Hon sa upp sig med omedelbar verkan. Det kändes så otroligt bra.

Befriande. Det hade inte varit helt illa att jobba på baren men det var ändå väldigt nära kopplat till allting annat som var eländigt i hennes liv. Det var ju där hon ofta hade plockat upp kunder. Och det var det hon ville glömma helt, att sälja sig själv. Hon ville absolut aldrig mer göra det. Aldrig. Plötsligt ringde hennes telefon. Det var Suda.

– Hej! sa Suda. Hur går det?

– Tack, svarade Patarin. Jag vet faktiskt inte riktigt, men bättre än förut antar jag?

Suda skrattade hjärtligt sådär som hon brukade.

– Det är trevligt att höra, sa hon. Skulle du ha tid att ses? Jag skulle gärna ännu tala med dig, om inte annat så gärna som vänner, vad sägs?

Patarin tittade på klockan. Hon hade ungefär en timme tills hennes skift på sjukhuset började.

– Om du hinner till sjukhuset på en kvart så hinner jag nog tala en stund. Mitt skift börjar om en timme.

– Absolut! Ses på kaféet i sjukhusets aula.

Suda beställde två stora koppar iskaffe åt dem båda och satte sig raskt ner på en av pallarna vid ett avlångt högt bord vid fönstret. Hon var iklädd långa svarta fladdrande byxor och en vit t-skjorta som hon stoppat in i byxorna och låtit hänga löst över kanten. Håret var tillbakadraget i en hårsvans som vanligt och hon såg ovanligt elegant ut. Suda vände blicken mot Patarin och smålog.

– Tack för allting, sa Patarin och slog handflatorna över bröstet. Jag hade nog inte orkat göra något utan din hjälp. Jag borde ha tackat dig tidigare faktiskt, förlåt att jag inte ringt upp dig.

– Det gör inget, sa Suda och log brett. Uppdrag som dessa är min kallelse. Dessutom får jag tacka dig också.

– Hurså?

– Sukapat är min långvariga fiende. Tack vare dig fick jag äntligen fast honom. Du vet inte hur många år han kommit undan med att lura folk.

– Vad handlar det riktigt om?

– Det kommer du kunna läsa om i vår tidning imorgon, sa Suda och log finurligt.

Patarin skrattade plötsligt högt. Vare sig det var av lättnad eller trötthet kunde hon inte riktigt säga, men det gjorde gott att skratta.

– Jag hörde förresten att hela familjen Kettapun, kusiner, småkusiner och farbröder, har rymt till någon annan stad, sa Suda.

– Är det sant?

– Jo, en del av dem lär ju ska få fängelsestraff eller minst böter för alla mutor, hot och missbruk av makt de hållit på med, så resten av släkten har flytt i skam. Det är visst inte så coolt att vara en Kettapun längre.

– Oj… sa Patarin och tittade ner i glaset.

– Det är inte något du ska oroa dig för, det är deras eget fel. Hela släkten är dessutom listiga och snåla så de klarar sig var som helst.

– Det är bara synd att det blev såhär.

– Ja. Bättre skulle det ju vara om alla var snälla med varandra. Men jag är nog glad att alla skurkar får det de förtjänar. Sukapat kommer att få en lång fängelsedom förresten.

– Jag förstår inte hur det gick till?

– Det kommer du också kunna läsa om i tidningen. Men kort sagt kan jag säga att diskriminering av elever är ett av de mindre sakerna han gjort. Det finns en hel del annat skräp han hållit på med och jag fick honom att bekänna allt när han minst anade det.

– Vad modig du är, sa Patarin beundrande.

Suda skrattade åter hjärtligt och kastade huvudet bakåt så att hennes hårsvans viftade hit och dit.

– Om du ännu orkar, sa Suda, kan det löna sig att gå till polisstationen och fråga om skadestånd för det Sukapat gjorde åt er. Det kanske inte är mycket, eller ens går igenom, men det är värt att försöka.

– Jaha, sa Patarin, det visste jag inte om.

– Jag kan hjälpa dig om du vill, jag vet ganska mycket om sånt. Har skrivit en hel del om skadestånd och rättstvister.

– Men du har ju redan gjort så mycket för mig.

– Vad gör man inte för en vän? sa Suda och flinade brett.

Vän, tänkte Patarin. Suda sa det så lätt men hon verkade faktiskt mena det. Kanske det inte var en dålig idé att låta folk bli vän med henne. Suda var ju någon hon kunde lita på, det var ett som var säkert. Patarin rätade på ryggen och tittade Suda i ögonen. Sedan log hon blygt.

– Är vi faktiskt vänner nu?

– Självklart! sa Suda och sträckte ut handen. Det skakar vi hand på!

Patarin tog Sudas hand i sin och kände att det här kunde nog bli en vänskap för resten av livet.

Jane, Sam och Matilda paxade tre solstolar i rad på stranden och slog sig ner. Matilda tog fram en bok medan Sam och Jane smörjde in varandra med solkräm och planerade vilka ställen i Japan de skulle besöka. De fnissade högt och Matilda log åt deras entusiasm över livet. Visst var det annorlunda hur man såg på livet när man var 25 år än när man var 37, och ingendera var det något fel på.

Som 25-åring hade man mer energi, entusiasm och hunger för att uppleva världen och livet, och inget kunde stoppa en. Som 37-åring hade man antagligen sett tillräckligt av världen för att uppskatta ett lugnt och stabilt liv, och man hade ofta mer ansvar, vare sig det var jobb eller familj. Det betyder ju inte att man inte som 37-åring får eller kan vara lika entusiastisk som Sam och Jane, men med 10 års extra livserfarenhet upplever man saker på ett annat sätt. Man är mer självständig, självsäker och bekväm i sig själv, och man vet hur man tycker och känner om saker och vågar dessutom uttrycka dessa åsikter. Man slutar bry sig om vad andra tänker, ytliga vänner faller bort och riktiga vänskaper blir viktigare. Och det är just alla äventyr, motgångar och höjdpunkter i 20-årsåldern som ligger som grund för detta. Efter alla dessa upplevelser börjar man äntligen känna sig själv. Det är då man vet vad man verkligen vill.

Matilda tittade en stund på Jane och Sam och vände sedan blicken mot havet och horisonten. Vattnet glimmade i solen och stranden var fylld av turister. Några större barn lekte i vattnet och skrattade då vågorna slog omkull dem. Nu hade det gått en hel månad sedan hon kom hit. Hennes mamma hade tyckt att hon var tokig för att slösa en hel månad av semester i ett land så lång borta. Men det var just det som Matilda hade velat, att komma bort, långt bort. Hon hade nästan helt lyckats glömma allting med jobbet och livet i Finland. Inte för att det var något dåligt liv hon hade där. Det var kanske bara det att hon inte var helt nöjd. Hon hade tagit den lätta vägen med allting, särskilt vad gällde jobbet och karriär. Det hade bara blivit så och även om IT fortfarande var något som intresserade henne så fanns det nu andra saker som intresserade henne mer. Som barn och att hjälpa andra. Matilda kände att hon ville göra något mer betydelsefullt än designa en spelapplikation eller en applikation för en matbutiks bonusprogram. Men hur och vad hon skulle göra i stället visste hon inte. Matilda suckade högt och slöt ögonen.

I huvudet snurrade tankar om Patarin, Pran, Edith och allting som hänt. Vad hon skulle sakna alla. Men glada slut där allting ordnade sig perfekt fanns inte i verkliga livet, det visste hon ju. Hon gillade Patarin massor, likaså Pran, men hon visste inte vad de tyckte om henne. Och än sen då? Vad sen? Om de alla gillade varandra mycket, skulle de bo ihop? Hur? Var? Det var omöjligt.

Matildas tankar avbröts av ett pling på telefonen. Det var Kristina. "Jag har sammandragningar. HJÄLP!" skrev hon. "Jösses! Inte kommer han väl NU?!" svarade Matilda. "Jag vet inte, det får vi se, men sammandragningarna har i alla fall börjat" svarade Kristina. "Ska vi Skypa? Jag är ute på stranden men jag är tillbaka på hotellet om 15 minuter" svarade Matilda. "Visst!" svarade Kristina. Matilda började plocka ihop sina saker och drog klänningen över sitt huvud.

– Ska du gå redan? frågade Sam förvirrat.

– Jo, förlåt tjejer, sa Matilda. Min väninna i Finland har sammandragningar! Alltså hon ska föda snart! Eller det har liksom börjat, herregud, jag vet inte riktigt vad jag säger. Men jag ska tillbaka till hotellet så jag kan Skypa henne.

– Oj, men grattis! sa Jane. Vad kul med bebisar!

– Roligt! Grattis! sa Sam. Men vänta vi måste ju utbyta kontaktuppgifter, visst? Ifall vi inte hinner ses innan du åker imorgon?

– Såklart! sa Matilda och drog fram telefonen igen. Är Facebook lättast?

– Ja! sa Jane och hoppade upp. Du måste höra av dig till oss i alla fall nu och då!

– Javisst, ni med! sa Matilda och log brett.

Efter att de utbytt kontaktuppgifter steg också Sam upp och bredde ut armarna.

– Gruppkram! ropade hon högt.

Matilda skrattade med tårarna i ögonen och sedan kramades de alla tre länge. De hade inte hunnit göra så värst mycket tillsammans men Jane och Sam var trevliga tjejer och hon önskade dem lycka till i framtiden. Hon var säker på att de skulle göra fina saker med tanke på hur medvetna och klyftiga de var. Matilda tog sin tygpåse i handen, kastade handväskan över axeln och började springa mot hotellet samtidigt som hon vinkade åt Sam och Jane. När hon väl kommit in på sitt rum slog hon genast upp sin bärbara dator och ringde upp Kristina.

– Hej! Hur mår du?!

– Inte så bra, knystade Kristina.

– Var är Mattias?

– Jag ringde honom nyss och han är på väg hem från jobbet. Håll ut med mig tills dess i alla fall.

– Såklart! Åh vad spännande!

– Aj, aj, aj! skrek Kristina och hon grimaserade kraftigt. Fan!

– Kom ihåg att andas.

– Lätt för dig att säga, muttrade Kristina.

– Förlåt, skrattade Matilda. Men du är väldigt bussig, det ska du veta!

– Tack, sa Kristina och pustade ut. Jag tror den här sammandragningen var över.

– Har du räknat minuterna mellan dem?

– Jo, fortfarande mest mellan 7 och 8 minuter bara.

– Vad är gränsen för att åka till sjukhuset?

– Under 5 minuters mellanrum.

– Men det är ju redan ganska nära. Det ser ju ut att han kommer födas innan jag hunnit hem! Men då kommer jag raka vägen till sjukhuset från flygplatsen! Eller vänta, kan jag göra det? Är det farligt om jag hämtar främmande bakterier eller virus med mig från Thailand?

– Det vet jag inget om, du får göra hur du vill. Jag skulle gärna se dig nog.

– Men då ser vi hur situationen är när jag landat imorgon. Man vet ju aldrig hur en födsel sist och slutligen går till.

– Säg inte så, du skrämmer mig.

– Det var inte meningen! Det kommer definitivt att gå bra!

Just då rusade Mattias in genom dörren och hans stora ansikte uppenbarade sig i skärmen bakom Kristina.

– Vad ska vi göra!? vrålade han i panik och sprang runt i lägenheten. Sjukhusväskan! Var är sjukhusväskan? Och var är bilstolen?

Matilda och Kristina skrattade så att de nästan storknade och det igen satt igång en till sammandragning åt Kristina.

– Aj, aj, fan! skrek Kristina strax efter det stora skrattanfallet.

– Kommer han ut nu? ropade Mattias förtvivlat från köket. Jag ringer en taxi!

Sedan brast de ut i skratt igen.

– Jag älskar dig Kristina, sa Matilda. Lycka till med förlossningen. Jag tror jag låter er fokusera på sammandragningarna tillsammans nu.

– Tack. Jag älskar dig med. Sköt om dig och kontakta mig när du landat i Finland. Sedan får du berätta för mig om allt bus du haft för dig där borta.

– Förlåt att jag inte berättat något mer på senaste tiden. Jag ville inte stressa dig för mycket med mina problem.

– Det är okej. Vi talar mer när du är här igen. Vi ses, hejdå!

– Hejdå gullet! sa Matilda och la på.

Matildas mamma hade också lämnat ett meddelande. Det var väl bäst att ringa upp henne också.

– Nu ringer du?! fnös hennes mamma när hon svarade. Vet du hur orolig jag har varit?

– Förlåt mamma, det har varit så mycket.

– Hur kan du ha så mycket för dig där borta? frågade hennes mamma. Det är ju här i Finland du bor, inte i Thailand.

– Jag vet. Det bara blev så.

– Om du håller på med något lustigt där borta så slutar du omedelbart.

– Mamma, jag är inget barn!

– Du är visst mitt barn! Du hämtar inte sedan någon thailändsk kavaljer med dig!

– Men mamma!

– Det accepterat jag inte! sa hennes mamma bestämt. Finska män är riktigt dugliga och det borde du veta. Utländska män är lurendrejare.

– Vad talar du om? sa Matilda och himlade med ögonen.

Det var typiskt hennes mamma. Det här var den negativa sidan som ibland kom fram. Den delen av hennes mamma som var rädd för allting okänt och som förväntade sig det värsta i situationer. Hennes mamma hade svårt att förstå att Matilda kanske tycker eller känner olika i saker. Att det som hennes mamma inte gillade eller var rädd för kanske var något som Matilda faktiskt gillade eller tyckte var spännande. Som att åka på ett flyg och att resa till Thailand. Matilda suckade.

– Ska vi faktiskt gräla om det här nu? Jag flyger hem imorgon ju.

– Ja, ja. Meddela mig när du landat och kom på besök sen när du vilat dig. Så får jag se ditt ansikte igen.

– Det ska jag göra mamma.

De var tysta en stund och de båda ångrade att de grälat.

– Mamma, sa Matilda.

– Mm, vad då gullegrynet?

– Jag älskar dig.

– Jag älskar dig med gullet, förlåt att jag blev arg.

– Det gör inget, jag förstår. Men vi talar mer sen när jag kommit hem. Oroa dig inte, allt är bra.

– Vi ses. Var försiktig.

Matilda la på och brast ut i gråt. Det var ibland svårt att kommunicera med hennes mamma men hon älskade ju henne oavsett. Det skulle ändå bli skönt att se henne igen, efter en så lång tid. Likaså Kristina och Mattias, bebisen, och jobbet. Ja, bara själva Finland. Nu längtade hon nog hem. Hon saknade dessutom rågbröd. Och ost.

ADJÖ

Kate ryckte Patarin i skjortan och gjorde en sur min. Hon stod
och viftade med tidningen.

– Förlåt chefen, sa Patarin medan hon öppnade sitt skåp.

– För vad då? frågade Kate. Och kalla mig inte för chefen!

– Det du är arg för. Att jag inte talat med dig igen.

– Bra att du vet! sa Kate och stod med armarna i kors.

– Men den här gången är jag helt oskyldig, sa Patarin och
knöt fast ett förkläde över kjolen. Jag visste inte heller allt det
där om Sukapat. Jag fick nyss veta det själv. Jag har inte ens
läst tidningen ännu.

Kate prasslade med tidningen. Hon vek sitt svarta polkahår
bakom örat så som hon ofta brukade göra och ett par gula ör-
hängen dinglade lätt i örat. Sedan tittade hon upp på Patarin.

– Jag läste allt. Det är ganska illa. Alltså vad den där Sukapat
gjort. Han blev fast för något annat också som han gjort tidi-
gare.

– Ser ut att vi får ta en lång diskussion efter mitt skift igen,
sa Patarin och nöp Kate i näsan.

– Aj! Du din skit! Men se till att du väntar här på mig sen.
Försök inte rymma utan att tala!

– Javisst chefen, sa Patarin och försvann ut ur omklädnings-
rummet.

När Patarins skift var över väntade Kate i omklädnings-rummet. Hon hade hämtat ett par latten med stora isbitar i.

– Jag tänkte att vi kan stanna här och tala, sa Kate.

– Det passar, sa Patarin och slog sig ner i hörnet med Kate.

– Vill du läsa tidningen?

– Ja gärna, sa Patarin och slog upp tidningen. Jag hörde litet om saken av Suda, hon som skrev artikeln, men inte allting.

Kate satt tyst och sörplade på sitt kaffe medan Patarin läste artikeln. När hon var klar satt hon ner den på golvet och suck-ade högt. Nu föll alla pusselbitar på plats.

– Vilken röra, sa hon.

– Verkligen! Jag förstår inte hur han blev fast efter så många år.

– Det var Suda som gjorde det. Jag talade med henne nyss och hon är skicklig på det hon gör. Hon hade en orsak också.

– På riktigt!? utbrast Kate. Berätta!

– Kort sagt hade hon historia med honom. Det nämns kort i tidningen om arbetarna på hans förra företag, Sudas pappa var en av dem som råkade illa ut efter en arbetsolycka. Deras familj fick inget skadestånd och de fick klara sig själva. Då var hon själv ännu så ung att hon inte kunde göra något men ser ut att hon väntat flera år på att sätta dit honom för det han gjorde.

– Vad cool hon är! Jag vill träffa henne!

– Kanske vi alla tre kan gå på lunch eller kaffe någon dag. Hon är faktiskt väldigt trevlig.

– Absolut! sa Kate och slog ut med armarna. Är Pran på sko-lan igen?

– Jo, för tillfället. Men jag vet nog inte om jag vill att han går där länge mer. Nu har jag inget val.

– Men han är väl säker nu?

– Jag tror det. Jag har bara tappat smaken för skolan helt. Jag vill börja på nytt någon annanstans. Och lämna allting bakom mig.

– Du gör väl inte mer… det där?

– Nej, sa Patarin bestämt, jag lovar. Jag har slutat med det nu, jag kommer aldrig mer göra det.

– Bra, sa Kate och kramade om Patarin. Du är så envis så jag visste att du slutar sen när du själv bestämt dig.

– Jag ville nog göra det tidigare men det kändes ofta hopplöst.

– Men du vet ju att du kan låna pengar av mig!

– Jag vet. Tack, men jag vill inte låna av dig. Det känns hemskt.

– Det är inga problem för mig ju, sa Kate och putade med läppen.

– Tack och förlåt, sa Patarin och klappade Kate på huvudet. De satt tysta en stund tills Kate åter öppnade munnen.

– Hur är det med den där kvinnan då? Som du gillar.

Patarin sörplade långsamt på sitt kaffe och bytte ställning.

– Jag vet inte vad jag ska göra.

– Hurså?

– Hon åker hem imorgon kväll. Hon ville tala om oss före det men eftersom jag frös till helt så sa hon att det inte är bråttom. Men hon åker ju imorgon!

– Jag förstår, sa Kate och rynkade ögonbrynen medan hon funderade. Hon bor ju så långt borta.

– Kate. Jag vet ingenting, vad ska jag göra? Jag vet inte ens riktigt vad jag känner. Jag är rädd också.

– Om ni faktiskt gillar varandra så mycket att ni vill bo tillsammans så kommer det ju att betyda att ni har stora beslut som måste tas.

– Det är just det jag är rädd för.

– Men kanske det faktiskt inte är så bråttom. Precis som hon sa, vad hette hon nu igen?

– Matilda.

– Ja, som Matilda sa så kanske det inte är bråttom. Jag tycker hon verkar väldigt intelligent och vuxen av sig. Kanske inte allting måste bestämmas nu. Vi lever ju ändå i en så global värld att det inte är så hemskt även om hon åker hem till ett land på andra sidan jordklotet. Om ni helt enkelt tar lite extra tid på er ännu, funderar på hur det känns när ni är fysiskt ifrån varandra, och sen kan ni ju Skypa, eller hur?

– Det är sant, sa Patarin och petade med sugröret på de sista isbitarna som inte ännu smultit.

– Fundera på det. Jag tror allting löser sig med tiden. Ibland om man har för bråttom att ta beslut så kan det gå fel, medan om man väntar ett tag så kommer lösningarna nästan i famnen på dig.

– Tack Kate, sa Patarin och lutade sitt huvud på hennes axel. Du är bäst.

– Det är inga problem gullet, sa Kate och smekte Patarin på axeln. Allt blir nog bra, på ett eller annat vis.

Arthit stod i receptionen och gick igenom kvittenser när Matilda kom ner från rummet.

– Godkväll fröken Matilda! sa Arthit. Har du några planer för sista kvällen här?

– Jo. Jag skulle vilja åka till Preedas barnhem en sista gång. Du får gärna ringa upp Kade medan jag hämtar litet kaffe från restaurangen.

– Javisst! Sitt i lugn och ro bara så hämtar jag dig när han är här!

– Tack Arthit, sa Matilda och gick in i restaurangen.

Till kvällen ändrade de alltid ljuset till ett dovare ljussken med hjälp av olika lampor och de serverade både drinkar, kaffe och efterrätter. Ett litet liveband hade börjat spela lugna romantiska toner på en liten scen i hörnet av restaurangen. Matilda vände blicken mot disken och en liten chokladkaka fick hennes uppmärksamhet så hon pekade på den och en servitör placerade en bit på en bricka åt henne. Sedan tog hon en kopp kaffe, tackade och satte sig ner. Hon vickade litet med foten i takt med musiken och njöt av den söta kakan och det varma kaffet. Hon kände sig verkligen väldigt lycklig just nu.

Oavsett vad som skulle ske nu så ångrade hon inget. Allting hon upplevt här skulle hon minnas för livet och hon var otroligt tacksam för alla fina människor hon träffat. En hel månad här var nog ett av de bästa besluten hon gjort på länge. Hon skulle aldrig glömma Arthits breda leende och Kades långa hår, eller hur mycket hon dansat och skrattat med Sam och Jane. Likaså Preedas änglalika personlighet, Ediths gästfrihet och vänlighet, Prans stora ljusbruna ögon och oskyldighet, och Patarins vackra långa hår och blyga leende. Hon skulle nog aldrig glömma Vivian, Jake och Suda heller. Hennes tankar avbröts av Arthit som småsprang in i restaurangen och vinkade åt henne. Matilda tog några sista klunkar av kaffet och steg upp.

Väl vid Preedas barnhem välkomnades Matilda med värme och glädje som vanligt.

– Vad roligt att se dig igen! sa Preeda. Jag var orolig att du åkt hem redan utan att säga adjö.

– Jag åker imorgon kväll, sa Matilda och log. Det är därför jag är här.

– Kom in, kom in! Kade är också här, vad roligt!

De gick in och satte sig ner vid köksbordet medan Preeda skar upp frukter och kokade te. Barnen rusade omkring inne i huset och skrattade högt.

– Vad livliga de är idag, sa Matilda och skrattade.

– Vi fick en stor donation idag och de fick alla två glasstrutar var, sa Preeda och fnissade. De är väl höga på socker nu.

– Jag vill också ha glass, retades Kade.

– Hördu du din unge, sa Preeda och nöp honom lekfullt i armen. Köp din egen glass!

De skrattade och Matilda hjälpte till att hälla upp vatten i muggarna medan Kade dukade fram frukten, tallrikar och bestick.

– Vad roligt att du kom på besök, sa Preeda när hon satt sig ner.

– Jag ville verkligen komma hit ännu en gång innan jag åker, sa Matilda. Och jag lovar att jag kommer på besök igen nästa gång jag kommer till Thailand.

– Ska du komma igen!? utbrast Preeda förvånat.

– Absolut! Efter en månad här känns Thailand som ett andra hem på sätt och vis. Jag tror inte jag har lust att resa någon annanstans längre.

– Vad trevligt att höra, sa Preeda och log varmt. Du är alltid välkommen hit. Du får gärna sova över här också vid behov.

– Tack! Det är vänligt av dig.

– Det är ingenting, sa Preeda och plockade frukt åt sig.

De talade en lång stund om allting mellan himmel och jord och skrattade tills solen började gå ner.

– Oj, sa Matilda. Nu tror jag nog att jag ska börja ta mig i väg.

– Visst, sa Preeda. Tiden går så fort när man har roligt!

– Verkligen! sa Matilda. Tack igen för allting. För din vänlighet, för att du tar hand om barnen och för att du hjälpte Patarin.

– Tack själv. För det stöd du gett oss och för din vänskap.

Matilda log brett och torkade några tårar. Sedan kramades de länge tills några barn kom inspringande tillsammans med Kade som jagade dem.

– Nu måste jag nog gå, sa Matilda och suckade.

– Det är inte adjö, sa Preeda och log. Vi ses ju igen, inte sant?

– Sant, sa Matilda och log hon med. Vi ses igen!

Sedan sa hon farväl åt barnen och hoppade bak på Kades moped. Vid hotellet tackade hon Kade för hans samarbete och önskade honom lycka till i framtiden.

– Kanske vi också ses igen fröken Matilda! ropade Kade innan han brummade i väg med det långa håret flaxande.

– Kanske det, sa Matilda tyst för sig själv och log.

Just då ringde hennes telefon. Det var Patarin.

– Hej! sa Matilda. Hur är det?

– Det är okej, tror jag. Jag… ja, vill du ses?

– Nu?

– Ja. Om det inte är besvärligt för dig?

– Nej. Jag vill så gärna se dig. Pran och Edith också!

– Vill du komma hit då? Ta en taxi nu när det är så sent. Vänta, jag skickar adressen så är det lättare. Visa den åt chauffören.

– Okej. Ses snart!

Taxin rullade upp för backen och stannade utanför Patarins trappuppgång. Matilda betalade och steg ut. Hon undrade ifall det här var sista gången hon stod här utanför Patarins lägenhet. Det var inga lyxiga lägenheter, men de var mysiga på sitt eget sätt. Något smutsiga och slitna, med litet skräp längs med gatuhörnen och folk hade oftast kläder eller krukväxter hängande från sina balkonger. Men det var ändå helt dugliga hem. Matilda gick långsamt uppför trapporna och plingade sedan osäkert på Patarins dörr. Hon hörde springande steg innan Pran öppnade dörren.

– Fröken Matilda! utbrast han och lutade sig mot henne.

– Vad roligt att se dig Pran, sa Matilda och rufsade om hans hår och klappade honom på ryggen. Du har visst varit i skolan idag? Hur gick det?

– Bra, sa Pran och hans ljusbruna ögon glittrade. Pratt är inte på skolan mer och de andra som var dumma med mig har inte sagt något åt mig heller. Jag har lekt med Wendy också.

– Vad bra att höra, sa Matilda medan hon tog av sig sina sandaler.

Patarin kom ut ur köket och log nervöst. Hon såg vacker ut som vanligt, med sitt långa svarta hår och mörkbruna ögon. Hon var iklädd en röd svepklänning med små gula blommor vilket framhävde hennes vackra hudton. Matilda bredde ut sina armar mot henne och Patarin kom omedelbart i hennes famn. De kramades länge under tystnad och bara njöt av varandras värme och närhet. Patarin lyssnade på Matildas lugna andetag och kände sig trygg. Hon hade inte låtit sig själv varken lita på eller luta sig mot någon annan människa på flera år. Av allt hon upplevt i livet var det mer självklart för henne att klara sig själv och inte lita på någon. Den enda hon hade litat på var Edith. Men nu kände hon att hon var redo att lita på andra igen. Det var värt risken för den kärlek och vänskap man kunde vinna om man tog en chans. Det hade hon insett efter att ha träffat Matilda.

– Ska vi sätta oss ner? frågade Matilda.

– Javisst, sa Patarin.

Pran lekte med ett par leksaksdjur på golvet bakom soffan medan Patarin och Matilda satt med ett par tekoppar och myste i soffan. De satt tysta en stund och funderade på vad de skulle säga.

– Vi kanske inte ska dröja det här samtalet längre, sa Matilda.

– Nej, det är sant. Nu måste vi nog tala om det.

– Jag kan börja, sa Matilda. Jag gillar dig, massor. Och jag skulle gärna vilja försöka ha en relation med dig. Romantiskt.

Patarin kände sig nervös och petade på tekoppen.

– J-jag gillar dig med. Men jag vet inte… jag vet fortfarande inte hur…

Patarin tystnade igen. Hon visste inte hur hon skulle formulera sina tankar när alla hennes tankar var huller om buller i huvudet.

– Det är okej. Vi behöver inte veta hur eller vad vi ska göra. Allting måste inte ha en lösning nu.

– Tycker du det? sa Patarin och sneglade upp på Matilda.

– Ja, vi tar en liten bit i taget. Vi bestämmer att ta ett litet steg för en viss tidsperiod framåt och sedan ser vi hur vi gör efter det. Vi ger oss själva tid att tänka, känna och fundera. Då känns allting mindre överrumplande, inte sant?

– Det låter faktiskt bra. Men hur ska vi göra nu då?

– Jag tänkte så här. Jag åker hem till Finland nu och så fortsätter vi att vara i regelbunden kontakt, vi kan ju Skypa och så. Om vi säger… tre månader framåt? Under den tiden får vi båda tid att fokusera på våra liv ifrån varandra men samtidigt känna efter om vad vi känner för varandra är mer än vänskap, vilket det inte heller är något fel på. Jag kommer alltid vara din vän förresten.

– Tack, sa Patarin, och log blygt. Jag vill gärna också vara din vän för alltid.

Matilda tog Patarins hand i sin och tittade henne djupt i ögonen.

– Oroa dig inte. Jag blir varken arg eller besviken om du efter en tid känner att du bara vill vara vänner. Det viktigaste är ju att vi båda vet hur vi känner och mår bra av de beslut vi tar. Oavsett är vi vänner och jag kommer och besöker dig och Pran igen nästa gång jag tar semester. Om du vill alltså?

– Såklart jag vill det! sa Patarin.

Patarin visste att hon var dålig på att uttrycka sig själv och hon ville inte att Matilda skulle tro att hon inte ville se henne. För det ville hon absolut.

– Bra, sa Matilda och log varmt. Då gör vi så, och sedan beroende på hur vi tycker och känner om tre månader så kan vi tillsammans bestämma oss för en ny etapp, vare sig det är i form av en vänskap eller en parrelation.

– Det passar, sa Patarin och pustade ut. Ursäkta, jag var så nervös för det här.

Matilda skrattade hjärtligt.

– Jag var det också.

– Man ser det aldrig på dig. Du ser alltid så modig och självsäker ut.

– Det är jag inte varje gång, sa Matilda och log. Du är också modig ska du veta.

– Det känns inte så.

– Men du har ju klarat av så mycket på egen hand här i livet. Du har jobbat och tagit hand om Pran, slagits mot en rektorskurk och annat spännande.

Patarin fnissade och ryckte på axlarna.

– Du ska vara stolt över dig själv, sa Matilda och satt sin hand på Patarins axel.

Pran hoppade plötsligt upp i soffan och ville leka med djuren tillsammans. De lekte en stund att de var på safari och att soffan var en båt som åkte i en flod var det fanns en massa krokodiler omkring. När det blev för sent var det dags för Matilda att åka tillbaka till hotellet.

– Tror du att Edith ännu är vaken? frågade Matilda. Jag säger gärna adjö till henne innan jag åker.

– Jag tror det, sa Patarin. Vi kan gå och plinga på.

Edith blev förvånad då hon öppnade dörren och såg dem alla tre stå där utanför.

– Vad gör ni alla här den här tiden? frågade hon.

– Jag tänkte säga hejdå till dig, sa Matilda. Jag åker hem till Finland imorgon.

– Oj! utbrast Edith. Det är redan dags! Vad vi kommer att sakna dig.

Hon kramade Matilda och klappade henne på ryggen.

– Det var väldigt trevligt att lära känna er, sa Matilda artigt.

– Det samma, sa Edith och log varmt. Du är en snäll ung dam.

– Jag hoppas vi kan ses nästa gång jag kommer till Thailand.

– Du tänkte komma tillbaka? Vad roligt!

– Ja, sa Matilda och småskrattade. Jag vill verkligen komma tillbaka och se er alla om bara möjligt.

– Absolut! Hör av dig, du är alltid välkommen hit på te och kaka.

– Tack, sa Matilda och höll tillbaka sina tårar.

– Jag ska följa ner Matilda till en taxi, sa Patarin. Får Pran stanna hos dig en stund?

– Såklart, sa Edith.

– Ska du gå nu? frågade Pran och såg ledsen ut.

Matilda gick ner på huk och kramade Pran länge och Pran lutade sitt lilla varma huvud mot hennes axel. Hon smekte honom om ryggen och klappade honom på rumpan.

– Ja, sa hon tyst, nu skall jag åka hem till Finland. Men jag kommer på besök igen så fort jag kan, det lovar jag.

– Mm, sa Pran och snusade på Matildas hår. Jag gillar dig fröken Matilda.

– Jag gillar dig med, sa Matilda och hon kunde inte den här gången stoppa tårarna. Vi ses igen Pran. Sköt om dig!

– Hejdå, sa Pran och vinkade medan Matilda och Patarin gick ner för trapporna.

Väl nere brast Matilda ut i gråt och Patarin kramade henne länge. När hon hämtat sig harklade hon sig och torkade sina tårar med handen.

– Förlåt, sa Matilda. Jag måste bara få ut allting.

– Det är okej, sa Patarin och snyftade litet. Det känns bättre efter att man gråtit.

Taxin som Patarin beställt åt Matilda rullade upp för backen och stannade bredvid dem.

– Nu är det dags, sa Matilda.

– Borde jag ta ledigt imorgon och komma till flygplatsen med dig? frågade Patarin.

– Nej tack, sa Matilda, jag vill undvika det. Då känns det mer som ett "adjö för alltid" än ett "vi ses senare". Och jag vill inte storgråta på flygplatsen.

– Okej då, sa Patarin och kramade Matildas hand. Då ses vi senare.

– Vi ses, sa Matilda och kramade Patarin ännu en gång till. Sköt om dig och vi hörs när jag är tillbaka i Finland.

– Vi gör det. Hejdå!

Matilda satte sig in i taxin och stängde dörren. Sedan var hon borta. Patarin kände sig helt tom och förvirrad. Det värkte och knep i bröstet. Det gjorde så ont att hon brast ut i gråt, mitt där på gatan. Hon rörde inte en fena utan storgrät i hela 15 minuter, på samma ställe. Det var inte adjö för alltid, så varför gjorde det så ont? Hon visste inte varför, men det bara kändes så. Hon var rädd och osäker om vad som skulle ske i framtiden.

MOD OCH VÄNSKAP

Det lilla knyttet lågt lugnt i Matildas famn och hans små fötter sparkade mjukt i luften. Hans ögon var halvt öppna och såg ut att han nästan höll på att somna. Han var så otroligt söt och underbar att Matilda inte kunde hålla tillbaka tårarna.

– Han är helt fantastisk, sa Matilda och snyftade.

– Tack, sa Kristina och pustade ut när hon satte sig ner bredvid Matilda i soffan.

Kristina hade sitt hår upp i en slarvig hårknut som vanligt men nu hade hennes stora vackra bruna ögon ett par djupa mörka ringar under som bevis på dålig sömn.

– Visst är han underbar? sa Mattias som kom in med två koppar kaffe.

Hans blonda hår stod på ända och han hade också djupa mörka ringar under sina ljusblåa ögon. Han ställde ner var sin kopp framför Kristina och Matilda och gick efter en tredje kopp åt sig själv.

– Hur har ni orkat? frågade Matilda. Jag kan inte alls föreställa mig hur det känns.

– Det känns som alla känslor på en och samma gång, sa Kristina. Vi är helt utmattade men det lär man ska få vara en god tid framåt ännu. Kan inte riktigt förstå att jag är en mamma nu.

– Men du mår bra?

– Nja. Jag vet ärligt inte. Jag känner mig litet konstig, för samtidigt som jag älskar det här barnet så känns det också att jag inte vet vem han är, litet främmande liksom och att jag vill ha en paus från honom.

Matilda skrattade och barnet började gråta.

– Oj, förlåt lilla du, sa Matilda.

– Mattias! ropade Kristina.

Mattias rusade in och lyfte genast upp barnet och vaggade honom ömt.

– Mattias har fäst sig vid barnet mycket lättare än jag, sa Kristina och suckade.

– Ta ingen stress över det hördu. Jag har hört att det också är helt normalt. Det tar tid att bli van med ett nytt litet liv, som dessutom är helt hjälplöst och beroende av dig. Det är en enorm förändring som tar tid att vänja sig vid.

– Mm. Jag bara känner mig osäker och misslyckad.

– Strunt! Du gör riktigt bra av dig. Och jag ställer genast upp när du behöver litet tid för dig själv.

Matilda satte sig närmare Kristina och kramade henne. Kristina lutade sitt huvud mot Matildas axel och några bruna hårslingor föll ner över hennes ansikte.

– Jag blöder ständigt också, sa Kristina. Det varnade ingen om. Jag har enorma tantunderbyxor med extra stora nattbindor. Jag har aldrig behövt sådana under min menstruation, någonsin!

Det var inte artigt att skratta men Matilda kunde inte låta bli. Snart skrattade Kristina också och där satt de en god stund och bara skrattade så att tårarna rann.

– Nej nu får vi sluta, sa Kristina mellan skratten. Känns att jag kissar på mig. Jag är så svag i underlivet ännu.

– Tur att du har bindor på dig då, sa Matilda och skrattade ännu mer.

– Nej sluuutaa! skrattade Kristina och sprang till toaletten.

Hon skrattade ännu länge på toaletten också. Matilda lugnade ser sig och sörplade på kaffet och log för sig själv. Hon funderade på om hon någonsin skulle få ett eget barn, ett biologiskt alltså. Det var ju något hon alltid velat men det började bli litet sent nu. Samtidigt var hon alltmer öppen för adoption också. Det började kännas mer och mer som en möjlighet för henne. Matilda suckade och drack de sista dropparna av kaffet. Nåja, tänkte hon, det får bli att se. Allting brukar ju lösa sig på ett eller annat vis förr eller senare, speciellt om man verkligen önskar sig något. Hon steg upp och smög in till sovrummet där Mattias stod och vaggade barnet.

– Sover han? viskade Matilda.

– Jag tror det, viskade Mattias och vände sig mot Matilda.

Matilda beundrade det sovande lilla barnet och bara njöt av den glädje hon fick av att se på honom. Mattias ställde honom försiktigt ner i den lilla sängen och sedan smög de tillsammans ut ur rummet.

– Sover han? frågade Kristina som nu satt i soffan.

Mattias nickade och log varmt. Sedan satte han sig ner bredvid henne i soffan och kramade henne. Han var en bra person och Matilda visste att han skulle ge Kristina det stöd hon behövde just nu.

– Gå och vila du, sa Kristina åt honom. Jag stannar här och talar med Matilda en stund.

– Okej, sa Mattias och kysste henne på kinden. Men du ska absolut ta en tupplur senare du med.

– Javisst, sa Kristina och log.

När Mattias gått in i sovrummet gestikulerade Kristina åt Matilda att sätta sig ner.

– Nå? sa hon sedan. Hur går det med din kvinna?

– Helt okej tror jag, sa Matilda och rodnade litet. Jag… det är så annorlunda. Alltså att vara så långt ifrån varandra.

– Det är ju inte lätt när man inte kan ses när man vill.

– Jag saknar henne mycket, och Pran också.

– Hur gick det med hennes lån och det?

– Den där killen jag berättade om, Jake, han köpte det, hennes affärslokal alltså. Det var verkligen tur. Dessutom anställde han henne deltid att hjälpa honom ställa i ordning kaféet. Som det ser ut kanske hon får fortsätta jobba där när kaféet öppnar också.

– Vilken cool kille, sa Kristina. Du har nog tur med människor.

– Ja, det är jag tacksam för.

– Men lånet då? Fick hon det betalt?

– Det vet jag inte ännu. Jag ska fråga henne nästa gång vi talar.

– Hoppas allting går bra med det också. Det var ju inget officiellt banklån, visst?

– Nej. Det är just det jag är rädd för. Jag sa åt henne att hon under inga omständigheter ska gå och betala lånet ensam, annars kan de lura henne igen.

– Vad säger din mamma om hela saken då?

Matilda suckade och sparkade litet med foten. Hon petade på en lös tråd i sina ljusblå jeans och vek sitt vågiga ljusa hår bakom örat.

– Hon gillar det inte.

– Det är ju förståeligt på sätt och vis. Skulle du vara mitt barn så skulle jag också vara orolig. Sist och slutligen så vill hon ju bara att du inte ska vara i fara.

– Jag vet. Hon är mest bara rädd tror jag. Hon vet inget om Thailand och det hon vet är väl mest stereotypier.

– Hur mycket vet hon?

– Hon vet om lånet. Det råkade hon höra när hon var hos mig och jag Skypade en stund med Patarin.

– Stod hon och lyssnade i smyg? fnissade Kristina.

– Jo, hon är alldeles för nyfiken. Hon ska alltid lägga sig i. Nu tycker hon att jag blivit tokig och håller på att bli lurad på pengar. Men jag betalar ju inte hennes lån, eller hur?

– Ge henne lite tid. Jag tror nog hon inser snart att hon överreagerar.

Det skramlade till när Patarin lyfte ner burken med mynt från bokhyllan och satte sig på sängen med den. Hon lyfte den rosa burken i famnen och öppnade locket. Det var en hel del mynt och sedlar i den nu. Dessa var pengar hon samlat under de mörkare tiderna under årens lopp, genom de smutsiga jobben, dricks av fulla kunder på baren och sånt. Hon hade slutat med det nu och endast jobbat på sjukhuset, tack vare Kate som gett henne fler arbetsskift, och på Jakes kafé. Det var svårt att tro att hon kunde ha så tur, efter så mycket otur. Kanske livet ändå var rättvist ibland? tänkte Patarin och stoppade en bunt med sedlar i burken. Hon skulle ta burken till banken imorgon och sätta alla pengar på sitt konto. Nu hade hon redan den summan hon fått av Jake som köpt lokalen samt de tre första lönerna av att hjälpa till på kaféet.

Patarin kramade burken hårt och tänkte på Matilda. Hon saknade henne otroligt. Det gjorde Pran också faktiskt. Han frågade ofta om henne och ibland Skypade de tillsammans alla tre. Till och med Edith frågade ibland, hur Matilda mådde, även om hon visste att Patarin inte alltid ville berätta om sånt. Det var nog tur att internet fanns, annars skulle saknaden bli för svår, tänkte Patarin. Hon tog fram sin telefon och bläddrade upp några foton de tagit tillsammans med Matilda och Pran. Ett av hennes favoritfoton var där Matilda satt med Pran vid matbordet och övade läxor tillsammans. På fotot pekade

Pran stolt på en uppgift han löst och Matilda log sitt varma leende med de ljusa vågiga slingorna tillbakadragna i en hårsvans. Hon suckade högt och satt bort telefonen. Nu saknade hon henne bara ännu mer. Hon tänkte på vad Edith frågat henne igår.

– Hördu Patarin, hade Edith försiktigt sagt, hur tänker du riktigt göra med er ... vänskap? Har du funderat på det?

– Nej, hade Patarin svarat kort och undvikande.

– Men det kanske är något du småningom hamnar fundera på. Ifall ni ska fortsätta som goda vänner eller...

Edith hade inte vågat säga rakt ut orden "relation" eller "parförhållande" för det var svårt att veta vad man kunde säga och inte kunde säga åt Patarin. Allting som hade med kärlek eller förhållanden att göra var känsliga ämnen för henne. Det var något hon helst inte talade om, särskilt med tanke på hur mycket otur hon haft på den fronten. Men nu var det annorlunda. Nu var hon faktiskt tvungen att fundera litet. Matilda var snäll och förstående, och de hade genast klickat. Det gick inte att dölja längre, det var tydligt att de brydde massor om varandra. Det var nog... kärlek? tänkte Patarin och sparkade plötsligt i luften av blyghet. Det var ju ingen som kunde se henne nu eller läsa hennes tankar men ändå var det för genant att ens tänka på. Det var en evighet sedan hon tänkt på kärlek och att tänka på det igen kändes både ovant, skrämmande och konstigt. Men vad skulle hon riktigt ta sig till, om det var kärlek? Om det var kärlek, så kunde de ju inte bara fortsätta att Skypa var tredje dag som de gjort hittills, i längden skulle det inte vara tillräckligt för dem. Edith hade nog rätt igen, det var något hon måste fundera ordentligt på, förr eller senare.

– Mamma? ropade Matilda när hon låste upp dörren till lägenheten. Är du hemma?

Hennes mamma hade bjudit henne på middag och det tackade man ju aldrig nej åt. Hon var riktigt bra på att laga mat och en stor middag slutade ofta med att Matilda låg på mammas rosa soffa och ojade sig över hur mätt hon var.

– Är du här redan? sa hennes mamma som småsprang ut ur köket. Jag hörde inte när du plingade.

– Det är okej, jag har ju nyckeln.

Fläkten i köket susade högt och det doftade örter och kryddor. Matilda tog av sig rocken och ställde ner sin handväska på golvet. Sedan smög hon in i köket och lyfte på några lock för att se vad mamma hade lagat. Det var potatismos och någon slags köttsås samt en stor sallad. Matilda kunde inte hålla sig så hon tog en sked och smakade på köttsåsen.

– Mm, det smakar jättegott!

Hennes mamma log nöjt och skramlade med besticken.

– Du kan börja duka fram på bordet, sa hon.

Matilda dukade upp och sen var det bara att hugga i. De åt med god aptit och pratade om vädret och om hur den finska vintern blivit varmare och varmare med åren. Allt var frid och fröjd tills hennes mamma bestämde sig för att förstöra stämningen. Eller så kändes det i alla fall för Matilda.

– Hördu… Matilda? sa hennes mamma försiktigt. Den där kvinnan?

– Patarin heter hon, sa Matilda bestämt.

– Ja, sa hennes mamma, Pat… Patin. Kanske det ändå är bäst om ni förblir goda vänner, på avstånd.

Matilda gjorde en sur min och slog besticken i bordet med ett pang. Hon satte armarna i kors och stirrade argt på sin mamma.

– Varför måste du säga så där?

– Men jag säger ju bara vad jag tycker är bäst för dig, sa hennes mamma oskyldigt. Hon bor ju så långt borta och… alltså, en kvinna. Ville du inte ha barn då?

Det tog inte länge för Matilda att bli arg när hon talade med sin mamma om saker som dessa. Det var inte för att hon hade kort stubin, som hennes mamma alltid var kvick att skylla henne för, utan för att situationer som dessa hänt så ofta och det aldrig blev bättre. Det var likadant varje gång, såklart hon blev arg. Hennes mamma sa alltid saker på det sättet som hon avskydde mest och hon lade sig i och uttryckte sin åsikt om sådant som Matilda inte hade bett råd om. Och det värsta var hur oskyldigt hon gjorde det också. Det gjorde att Matilda plötsligt var den som var ond om hon blev arg.

– Jag tycker om henne! sa Matilda upprört.

– Men lilla kära Matilda, sa hennes mamma som om Matilda var ett dumt litet barn som inte visste någonting. Att tycka om någon är inte samma som att älska någon.

– Jag älskar henne, sa Matilda bestämt.

– När du blir lika gammal som jag då får du se att känslor som kärlek inte alltid är så bestående som man kan tro. Jag tycker du agerar lite för häftigt och snabbt nu. Dessutom är det svårt att fortsätta älska när problemen hopar sig.

– Vilka problem? röt Matilda. Säger du att Patarin är ett problem?

– Det är inte vad jag säger, sa hennes mamma så lugnt att det irriterade Matilda ännu mer. Men jag menar att det kan bli mycket problem… med henne. Och det vill jag inte för dig.

Matilda steg upp ur bordet och några tårar rann nerför hennes kinder. Hennes mamma steg också upp och såg sådär oskyldigt orolig ut som hon brukade. Det förvirrade ofta Matilda. Att även efter att hon så självviskt sårat henne så kunde hon ändå visa sin mammiga kärlek och oro för henne. Matilda fnös argt.

– Jag vet att du är oroad för min skull mamma. Men det är jag som gör besluten i mitt liv. Gör jag fel så gör jag fel. Skiter det sig så skiter det sig. Men jag kan väl inte gå och undvika allting du tycker är farligt här i livet bara för det? Det är mitt liv och mina känslor. Om jag aldrig tar risker i livet och aldrig gör fel i livet så kan jag ju inte växa som människa heller, inte sant? Och man kan inte veta på förhand, om något är rätt eller fel, eller om något går på tok eller ej.

Hennes mamma böjde huvudet och flyttade mållöst besticken och tallriken på bordet. Det var tyst en lång stund och Matilda tänkte just vända om och gå hem då hennes mamma öppnade munnen.

– Du har nog rätt Matilda, sa hon, förlåt.

Matilda brast ut i gråt och hennes mamma kom fram till henne och kramade henne mot sin lilla runda varma kropp. Att vara mor och dotter var inte lätt. När hon var yngre trodde hon att vuxna var någon form av fullständiga perfekta människor som visste allting och alltid hade rätt. Men desto äldre hon blev desto oftare insåg hon att föräldrar också bara är människor, eller som barn egentligen, lika ovetande och vilsna i världen. De bara låtsas veta vad de gör. Bara för att de är vuxna och äldre betyder inte att de nödvändigtvis vet allting eller gör rätt. Alla människor, oavsett ålder, växer ständigt. Och alla gör vi fel ibland. Egentligen gör vuxna mycket oftare fel än barn. Hela livet är bara en soppa av egna erfarenheter, fördomar, inlärda beteende- och tankemönster, samt svåra beslut, vars konsekvenser man inser först mycket senare i livet och vilka man då kan antingen jubla eller ångra.

– Kanske hon… Patin, vill komma på besök till Finland, sa hennes mamma plötsligt.

Matilda stirrade förvånat på sin mamma. Menar hon allvar?

– Patarin, sa Matilda och fortsatte att stirra på sin mamma.

– Ja, ja, Pat-patrin.

– Är du seriös? Hur kan du säga det så plötsligt? Efter allt du sa just?

Hennes mamma skruvade på sig och suckade.

– Om du är så säker på att du gillar henne, då är det väl bäst att jag försöker stödja dig? Men om ni faktiskt går så långt att ni blir ett par så då får hon nog flytta hit. Till Thailand flyttar du inte.

Hon harklade sig och plockade bestämt upp tallriken och besticken och förde dem in till köket. Matilda blev och stå en stund och fundera. Hon kunde inte lova något sånt åt sin mamma för det handlade inte bara om henne. Det handlade om Patarin och Pran också. Men det var för tidigt att tänka på sådant ännu. Hon plockade upp sin tallrik och bestick och förde in dem till köket.

– Tack mamma, sa hon.

– Det ordnar sig nog, sa hennes mamma som vanligt och tog Matilda i handen. Det ordnar sig nog.

När Patarin kommit hem från kaféet och slängt sig ner i Ediths soffa bläddrade hon fram Vivians telefonnummer och tvekade en stund. De hade inte talat så mycket efter att hon berättat att hon bestämt sig att sluta sälja sig själv. Det var inte för att Vivian var sur eller besviken, inte alls, det visste Patarin. Tvärtom var det inget mer Vivian hade önskat sig för Patarin än att hon skulle kunna ta sig ur eländet. Hon kände Vivian för väl nu så hon visste hur hon tänkte. Vivian höll sig borta för att hon visste att hon själv inte kunde ta sig ur nattlivet lika lätt och hon ville inte påverka Patarin negativt.

Patarin suckade och knöt upp sitt långa svarta hår. Men hon ville tala med henne. Hon tryckte på ring och lyssnade på

226

tonerna. Inget svar. Skitstövel, tänkte Patarin och rynkade på ögonbrynen. Det var inte såhär det skulle vara, det kändes fel. Oavsett vad de gjorde med sina liv så var de vänner och Patarin ville absolut inte mista en vän på grund av det här. Hon funderade en stund och smög sedan in i Ediths sovrum. Pran låg åter tvärs över sängen medan Edith låg vid ena kanten och snarkade lågt. Hon smög tillbaka ut i vardagsrummet, tog sin handväska och gav sig ut. Det skulle inte vara svårt att hitta Vivian för hon visste precis på vilka områden hon vanligtvis hängde.

Där stod hon i sina gula platåsandaler och korta svarta kjol vid ett hörn och viftade med sin handväska. Någon moped susade förbi då och då men mest var gatan fylld med fotgängare, fulla turister och vackra kvinnor. Vivian försökte göra ögonkontakt med några turister som verkade intresserade av henne. Hon började gå bredvid dem och flirtade med dem en lång stund men männen avvisade henne till slut. Vivian gick långsamt tillbaka till sitt hörn och tittade surt på alla kvinnor som var mycket yngre och vackrare och som turisterna intresserade sig för.

– Vi börjar visst vara lite för gamla för det här, sa Patarin när hon smög sig upp till Vivian och lutade mot väggen bredvid henne.

– Patariiin! utbrast Vivian. Gulleet! Vad gör du här?

Patarin kramade Vivian och släppte henne inte.

– Vad är det gullet? frågade Vivian bekymrat. Är du ledsen?

– Varför svarar du inte när jag ringer? frågade Patarin surt.

Vivian stod tyst en stund för hon kände sig skyldig.

– Ja… sa hon, du vet, jag har haft bråttom och…

– Det ser inte alls ut så.

– Förlåt, sa Vivian och smekte Patarins huvud. Jag vill bara inte att du ska blanda dig i med det här eländet nu när du kommit ur det.

– Jag gissade det, sa Patarin och tittade upp på Vivian. Men jag vill tala med dig! Du får inte bara försvinna sådär!

– Mm, förlåt. Hur går det med Pran i skolan? Trivs han bättre nu?

– Jo. Mobbaren är borta och ingen annan verkar reta honom nu mer, rektorn är i fängelset. Den saken löste sig till slut.

– Vad skönt att höra, sa Vivian och hostade kraftigt.

– Är du okej? frågade Patarin medan Vivian vände sig ifrån henne för att hosta. Är du förkyld?

– Ja. Litet, ursäkta. Fortsätt berätta bara.

– Just det, var blev jag, jo, jag skulle ändå vilja att Pran skulle få gå i en annan skola. En bättre skola.

– Var då? Fick du pengarna för lokalen redan?

– Jo jag fick dem, men det räcker inte helt för allt jag vill göra. Jag ska betala lånet först.

– Såklart. Det är ju viktigt. Hur går det med din flickvän?

Patarin rodnade genast. Flickvän? Hon hade inte ens vågat tänka så.

– Hon är inte min flickvän.

– Är hon inte? frågade Vivian förvånat. Jag trodde ni var ett par. Skypar ni inte fortfarande då?

– Jo det gör vi.

– Och ni gillar varandra?

– Jag tror det.

– Men då är ni väl flickvänner. Om hon nu inte träffar någon annan bakom ryggen på dig.

– Det tror jag inte.

– Då är det bra, sa Vivian och log. Har ni funderat på vad ni ska göra i framtiden?

– Nej, inte ännu.

– Kanske ni hamnar göra det snart då. Kanske du flyttar till Finland? Där finns väl bra skolor?

– Finland... Jag kan inte ens föreställa mig det. Skulle hon ens vilja ha mig där?

– Hur kan du tänka så?! Om hon gillar dig så är det väl klart att hon vill ha dig där. Här ska ni i alla fall inte bli och bo.

– Inte är det så illa här egentligen, sa Patarin defensivt.

– Nähe? sa Vivian och stirrade Patarin i ögonen. Titta var vi står. Var vi stått i flera år. Har du inte turen att födas till en rik familj eller gifta dig in i en så är livet här knappt något att skryta med, det vet du nog.

– Nu överdriver du. Många mår bra här.

– Jo, men alltför många mår dåligt här. Som du ser på mängden turister så är vårt land ett bra ställe att åka på semester till, inte att bo i nödvändigtvis. Om du har möjligheten att flytta till ett land där allting är bättre, ens litet bättre, varför skulle du inte göra det då? Särskilt om du får bo med någon du gillar. Det skulle jag göra utan vidare.

Vivian hade rätt. Det var något Patarin undvikit att tänka på för det kändes jobbigt. Att flytta till ett annat land och börja ett nytt liv var inte någon enkel grej utan en stor förändring och insats. Det var något man verkligen måste vara förberedd för och veta vad man gav sig in på. Hon hade inte velat tänka på saken innan för då hamnade hon tänka på alla andra svåra saker också, som att lämna allting tryggt bakom sig och alla hon kände. Det kändes extra svårt nu när hon faktiskt fått nya vänner som Preeda och Suda. Och vad skulle Vivian göra? Hon hade ingen.

– Om jag åker till Finland, kommer du med oss då?

– Vad säger du? utbrast Vivian förvånat. Hur ska jag göra det?

– Men om jag faktiskt gör det, alltså jag har inte ens riktigt tänkt på det. Men om jag åker så då vill jag inte att du blir här ensam.

Det blev tyst en lång stund och Vivian tittade ner i marken. De båda funderade intensivt och ingendera fick någon klarhet med sina tankar.

– Jag tror inte någon som jag skulle lyckas ta mig till Finland, sa Vivian till slut. Jag har ingen orsak att åka dit. Resa kan man ju alltid men att bosätta sig går ju inte utan jobb eller familj i landet i fråga.

– Det är sant... sa Patarin och suckade.

– Det blir nog bra ändå. Oroa dig inte för mig. Du ska inte göra dina beslut baserat på vad som händer till andra omkring dig. Du måste ibland tänka på dig själv också. Det gör du nästan aldrig.

Patarin brast ut i gråt och Vivian kramade henne hårt. Hon smekte Patarins huvud och vaggade henne sakta i sin famn.

– Nu ska du bara tänka på ditt eget bästa, sa Vivian. Det skulle göra mig väldigt lycklig faktiskt.

Tårarna rann ner för Patarins kinder och hon klamrade sig fast vid Vivian. Allting kändes så otroligt svårt och skrämmande. Varför måste det var så att om man valde en sak så valdes en annan sak automatiskt bort? Det kändes orättvist. Men hela hennes liv hade varit orättvist så på sätt och vis var det ju inget nytt för henne.

– Kom så går vi och äter, sa Patarin plötsligt och torkade sina tårar. Jag bjuder.

– Om det får dig att tänka på annat så varför inte, sa Vivian och rufsade om Patarins hår.

Kate tog en stor tugga av sin kaka och nöjt där hon satt vid fönstret på Jakes kafé. Det såg väldigt annorlunda ut från då det var Patarins lilla syaffär. Efter att alla onödiga hyllor med tyger och andra sytillbehör försvunnit fanns det förvånansvärt mycket plats i lokalen. Jake hade installerat ett litet kök där

Patarin hade haft sitt arbetsbord samt renoverat toaletten. Utanför fönstret hade han byggt en liten uteterrass med vita och svarta metallstolar med vackra utsmyckningar i ryggstödet. Borden var vita med rosa, ljusblåa och ljusgröna bordsdukar och det stod krukväxter här och där. Terrassen hade ett stort beige tygstycke som sol- och regnskydd och det hängde små glödlampor på ett band mellan stolparna. Det var verkligen mysigt där. Inne hade han ställt ett par rosa soffor och resten var samma vita och svarta stolar samt vita bord. Det fanns mycket krukväxter inne också och väggarna var prydda med karikatyrbilder av världens olika politiska ledare.

– Här är ditt kaffe, sa Jake hurtigt när han ställde koppen ner framför Kate. Ber om ursäkt att det tog en stund.

– Tack, sa Kate blygt och vek sitt korta polkahår bakom örat. Det gör inget.

Jake log brett och skrattade varmt. Patarin smög sig upp bakom dem.

– Vad tycker du om kaféet? frågade han.

– Det är väldigt mysigt, sa Kate och log. Du har redan många gäster också ser jag.

Terrassen var fylld av både unga thailändare och turister. Jake hade verkligen slagit fullträff med sin framtidsvision, tänkte Patarin. Hon hade själv aldrig kunnat tänka sig att hennes lilla syaffär kunde förvandlas till ett så populärt kafé på en så kort tid. Det hade varit en öde gata förut och nu hittade plötsligt massor av turister och unga thailändare hit dagligen. Jake var skicklig med marknadsföring och social media, så det var väl den vägen informationen om hans fina kafé spritts så fort.

– Flirtar du med min vän? frågade Patarin och Jake ryggade tillbaka.

– Jösses vad du skrämde mig! sa Jake och skrattade genant. Jag kunde inte låta bli, din vän är väldigt vacker.

Kate fnös nervöst och tog en enorm tugga av sin kaka som hon nästan storknade på och Patarin skrattade så att tårarna rann. Sedan satte hon sig ner.

– Mitt skift är väl över nu chef nummer två? frågade Patarin och klappade Jake på armen.

– Ja det är det. Jag gjorde en kaffe till dig också, jag hämtar den strax.

– Tack Jake, sa Patarin och log, det var snällt av dig.

– Inga problem, sa Jake och skrattade, du är en flitig och upptagen kvinna Patarin. Ibland gör det bra att bara slappna av med en vän, det stöder jag som din chef!

Patarin hade jobbat så många skift på kaféet som Jake tillåtit henne och likaså på sjukhuset. Hon var bestämd och motiverad att spara ihop det sista hon behövde för att betala lånet helt och hållet. Hon ville ha litet extra i spar också, inte bara för att det alltid var bra att ha något undansatt men också för det i fall hon tänkte göra något radikalt val i den nära framtiden.

– Fy vad han är snygg! viskade Kate efter att Jake hämtat kaffet åt Patarin och försvunnit in i skafferiet för att hämta något.

– Visst är han det, sa Patarin och fnissade.

– Jag blir så sjukt nervös kring heta män, sa Kate och slappnade äntligen av mot ryggstödet på stolen. Hur går det annars? Ska du betala lånet snart?

– Bra faktiskt. Jag ska snart betala det. Jag har tillräckligt pengar nu.

– Men du får inte gå ensam. Jag kommer med.

– Det är för farligt för dig att komma med.

– Jag vill komma med!

Patarin petade på sin kaffekopp och funderade. Hon ville inte utsätta Kate för fara och hon visste att det potentiellt kunde hända när hon gick för att betala lånet. Låneskurkarna blev inte nödvändigtvis glada om man lyckades betala hela lånet på en och samma gång för det betydde att en regelbunden långtidsinkomst upphörde. Det var mycket bättre för dem att få delar av lånet betalt regelbundet där de dessutom kunde höja på räntan ständigt. Om hon skulle betala hela lånet på en gång så måste hon vara väldigt försiktig. Men hon kunde ju inte hämta med sig en polis heller.

– För att vara helt ärlig, sa Patarin, så vill jag inte gå ensam. Men jag vill inte heller utsätta dig för fara.

– Men om vi är fler som går? Vi kan fråga Jake. Och Suda eller vad hette hon?

Det lät faktiskt som en bra idé. Men samtidigt skämdes Patarin. Att fråga så många människor att riskera sin egen säkerhet för ett dumt lån som de inte hade något att göra med kändes fel. Vad skulle Matilda säga? Egentligen behövde hon inte ens tänka efter. Matilda skulle definitivt säga att hon måste låta andra hjälpa henne ibland. Hon visste det själv men det var svårt att göra.

– Jag kommer med, sa Jake plötsligt bakom dem.

– Tjuvlyssnar du? utbrast Patarin surt.

– Jo det gjorde jag, förlåt. Men inte kan ni gå ensamma till något skumt ställe för att betala ett lån. Jag kommer med.

– Strunt, sa Patarin bestämt och tog hastigt en klunk av kaffet.

– Välkommen med, sa Kate och försökte dämpa sin nervositet.

– Kate! utbrast Patarin men Kate och Jake skakade redan hand och höll på att utbyta telefonnummer.

– Skitstövlar, muttrade Patarin men både Jake och Kate visste att hon menade precis tvärtom.

Patarin var både skuldmedveten och tacksam över att de ville hjälpa henne. Båda hade gjort så mycket för henne och det kändes att hon aldrig skulle kunna betala dem tillbaka. Nu tänkte de riskera sin säkerhet för hennes skull. Det kändes hemskt men samtidigt var hon tacksam för att de ställde upp. Hon hade slösat för mycket av sin tid och ungdom för det här jävla skitlånet. Hon tänkte inte riskera att allt hon jobbat för under de senaste åren skulle gå till spillo bara för att hon var envis. Det var mycket värre att förlora allt hon jobbat för och hamna börja om än att ta emot den hjälp hennes vänner villigt erbjöd, även om det innebar en risk för dem. Det var på sätt och vis en tacksamhetsgest åt dem som hjälpt henne, att visa att allt de gjort för henne under årens lopp, allt stöd de gett henne, äntligen bar frukt. Det var dags att avsluta detta elände.

Suda stod och väntade vid ett gatuhörn iklädd en tunn brun collegejacka och med håret i en hårsvans som vanligt. Hon hade sin svarta keps lågt nerdragen för ögonen och ett par stora svarta solbrillor. Hennes långa ben såg ännu längre ut i de svarta byxorna och svarta läderskorna. Hon höjde handen till hälsning när hon såg Patarin på andra sidan vägen.

– Hej! sa hon när Patarin tagit sig över vägen. Vad kul att se dig igen.

– Tack detsamma. Det känns fel att be dig att ses för det här…

– Säg inte så, jag ställer så gärna upp. Hantering av skurkar är ju min expertis.

Suda skrattade hjärtligt och Patarin fnissade. De stod och väntade på Kate och Jake. Låneskurkarna ville ha pengarna i sedlar, inte i elektronisk överföring, det var väl för lätt att spåra pengarna för misstänksam aktivitet om de gick från konto till konto. Planen var att Patarin lyfte pengarna och de andra kollade att ingen skum person såg det eller följde efter henne. Sedan skulle de gå tillsammans till låneskurkarnas kontor. Som grupp var det svårare för någon att råna, lura eller attackera

Patarin. Suda hade påpekat flera viktiga saker som Patarin skulle tänka på. Först och främst skulle de banda in hela händelsen för säkerhets skull. Det var alltid bra att ha någon form av bevis om allting gick på tok. För det andra skulle Patarin kräva ett skriftligt bevis av låneskurkarnas chef att hon betalat lånet till fullo och inte var skyldig dem något längre. Det skulle hon dessutom fotografera och kopiera och spara kopiorna på olika ställen av säkerhetsskäl. Det allra viktigaste var att alla höll sig lugna och alerta och att de tog sig säkert ut därifrån.

– Hej! ropade Kate som kom tillsammans med Jake. *Khun* Suda? *Sawatdi kha*, trevligt att träffas! Jag har hört mycket om dig! Tack för att du hjälpt Patarin så mycket!

– Trevligt att träffas, sa Suda och log varmt, du måste vara *khun* Kate.

– *Sawatdi khrap*, sa Jake som samtidigt rättade till sitt hår och slog handflatorna över bröstet lite nonchalant.

– Trevligt att träffas, sa Suda och nickade mot Jake.

Patarin fnissade. Kate hade redan fallit för Jakes charm men det skulle nog inte Suda. Hon var alldeles för cool. Inte för att det var något fel på Jake, han var bara väldigt snygg och ganska medveten om det och han älskade uppmärksamhet.

– Nu när vi alla är här, sa Suda, så ska vi gå igenom planen ännu en gång.

– Javisst! sa Kate entusiastisk.

Hon hade dragit sitt korta svarta polkahår tillbaka med flera hårspännen och hade gråa joggingkläder på sig samt träningsskor. Hon var förberedd för att slåss eller springa vid behov. Jake åter hade fixat och fönat sitt hår i minst 20 minuter för att uppnå den vackra böjning på håret som föll ut över hans huvud. Han hade vackra ljusbruna byxor och en vit skjorta med korta ärmar som framhävde hans muskler. Han var förberedd för ett möte med potentiella nya investerare. Patarin igen hade sina gamla gula shorts på sig och sina vanliga neongröna sandaler och funderade på ifall hon också borde ha tagit på sig träningsskor. Det skulle inte vara så lätt att springa i sandaler och nu ångrade hon valet. Men nu var det för sent att gå hem och byta om.

– Vår plan är att först följa med Patarin till banken, sa Suda. Håll era ögon uppe för potentiella skurkar. Men var inte för skumma själva, vi vill inte väcka uppmärksamhet så bete er normalt och naturligt.

Suda sneglade mot Kate och Jake. Kate nickade bestämt och Jake ryckte på axlarna.

– Sen när Patarin har pengarna så går vi till låneskurkarnas kontor, fortsatte Suda. Det är ytterst viktigt att vi alla håller ihop och står nära varandra men med någon meters avstånd. Vi sätter alla på bandspelarna på våra telefoner och göm dem väl under era kläder eller i en ficka med dragkedja. Jag har lånat en knappkamera av min bror.

– Wow! utbrast Kate. Jag har aldrig sett en sådan!

– Den är ganska cool faktiskt, sa Suda och log brett. Vi hoppas såklart att det inte går så illa att vi faktiskt behöver bevisen. Men det är i alla fall bra att ha bevis för säkerhetsskull.

– Vad gör vi om de attackerar oss? frågade Jake.

– Vi slåss tillbaka, sa Suda. Du kan väl slåss?

– Såklart! sa Jake stött och pekade på sina muskler.

Kate fnissade blygt och Jake log nöjt.

– Nåja, sa Suda. Nu fortsätter vi. Om de attackerar oss så slåss vi tillbaka tillräckligt mycket att vi får Patarin och pengarna ut därifrån. Det är det viktigaste. De ska inte tro att de får pengarna sådär bara. Men sen när alla är säkra så springer ni ut så fort ni kan. Om det händer.

– Jag är nog litet rädd faktiskt, sa Patarin och spände sina knytnävar.

– Det ska nog gå bra, sa Suda och klappade henne tröstande på ryggen.

– Men vad om någon faktiskt blir väldigt skadad eller något går riktigt på tok? frågade Kate försiktigt.

– Jag vet inte, sa Suda. Jag måste vara helt ärlig, det här är farligt och det kan gå fel. Det enda vi kan göra är att vara förberedda på vad som kan hända och göra det vi kan för att skydda oss i förväg. Vi vet inget om dem. De kan också ha vapen. Beror helt på hur kriminellt deras låneaffär är.

Kate tittade bekymrat på Patarin.

– Vi är helt tokiga, sa Patarin plötsligt. Jag kan inte ta er med dit. Gå hem.

Hon började raskt gå därifrån. Alla tre sprang efter henne och stoppade henne omedelbart.

– Tro inte heller att du går dit ensam! röt Kate.

– Det är för farligt! sa Patarin. Det här är mitt problem och jag vill inte att ni riskerar er säkerhet bara för att hjälpa mig.

– Vi är redan här, sa Jake. Vi kommer med dig. Det har vi själva bestämt.

Suda satte sin hand på Patarins axel och log självsäkert.

– Lita på oss, sa hon. Vi är dina vänner och vi vill komma med dig. Jag ser hellre att vi alla hamnar i knipan tillsammans än du ensam.

Patarin kände åter att hon ville gråta men inga tårar kom ut. Hon såg bara hemskt konstig ut i ansiktet för att hon grimaserade.

– Nu går vi, sa Suda bestämt.

Kate gjorde armkrok på Patarin och sedan började de gå mot banken.

Pengarna var säkert placerade i en liten väska som de satt in i Jakes ryggsäck. De promenerade lugnt och självsäkert till området där låneskurkarna hade sitt så kallade kontor. Området var mer skumt än de andra delarna av staden. Husen var äldre och mer förfallna och det var inte långt ifrån distriktet med nattlivet och barerna. Nu var det dock mitt på dagen på en lördag och i dagsljuset såg inte området för skrämmande ut. Patarin ledde dem in mellan några gränder och stannade utanför ett gammalt höghus med några trasiga fönster.

– Här, sa hon och andades nervöst.

– Är ni redo? frågade Suda. Minns ni allt vi talat om?

– Jag är redo, sa Jake och satt på bandspelaren på sin telefon och placerade den i sin ficka.

– Jag med, sa Kate och förberedde sig mentalt.

– Då går vi in, sa Suda.

Suda gick in först, sedan Patarin, Kate och Jake. De gick upp några trappor tills de kom till andra våningen. Dörren var trasig och stod på glänt. Suda knackade på.

– Kom in, skrek en man.

De steg in i lägenheten och kom in i vad såg ut att vara en etta eller tvåa. Några av fönstren var täckta för med mörka gardiner och brädor och några solstrålar lyste igenom springorna. En man som verkade vara chefen satt vid ett bord och räknade pengar. Bredvid honom stod en muskulös man i svarta byxor och skjorta och stirrade surt. Vid fönstret och nära dörren stod två andra män som såg lika sura ut. Kate rös och Jake tog hennes hand.

– Var inte rädd, viskade han. Jag är här.

Det var inget tvivel om att männen var skurkar. Chefen hade gängtatueringar i ansiktet och på armar samt flera synliga ärr. Patarins blick stannade vid en av männen och hennes hjärta började slå hårt. Hon tog ett steg tillbaka och Suda vände sig oroligt om.

– Vad är det? frågade hon.

– H-han, stammade Patarin. J-jag k-kan inte…

Det var han. Hon tappade känseln i benen och andades hårt och fort. Hon kände samma smärta och skam som då. Då hon ville hänga sig. Det var samma man som våldtog henne flera år tillbaka. Hon kunde inte tro att han ännu var i liv. Att han fanns där. Varför? Varför måste han vara där, just nu? Patarin andades tungt och hon kände att hon svimmar vilken sekund som helst.

– Vad vill ni? ropade chefen bakom bordet. Jag har inte hela dagen på mig.

– Är du okej? frågade Suda och kom fram till Patarin.

– J-jag… sa Patarin men hon fick inte mer sagt.

Patarin kände sig som förstelnad. Hon kunde inte röra på sig eller ens säga eller tänka något. Hon ville omedelbart bort därifrån men det kändes att hon frusit fast på stället. Hennes strupe knöt sig och munnen var torr som sand.

– Jag ser att något är på tok, sa Suda. Men försök rycka upp dig bara för en liten stund till, Patarin. Vi måste få det här gjort nu, så fort som möjligt. Snälla!

– Kom igen Patarin, sa Kate. Andas in och ut, lugnt!

Jake stödde Patarin mot sin kropp medan hon andades in och ut med hjälp av Kates anvisningar. Kate fläktade Patarin med ett papper som legat på golvet och Suda fortsatte att lugnt tala till Patarin med klara och modiga fraser om att hon är stark och att hon klarar det. Efter en stund började Patarin återhämta sig. Känseln i benen återvände. Hon tänkte inte ge upp. De hade kommit så här långt. Nu skulle hon äntligen få betalt bort detta usla lån som gjort hennes liv till ett levande helvete. Hon skulle bli fri. Hon tänkte inte låta någon stoppa henne längre. Inte ens det där jävla svinet som… som. Hon drog ett djupt andetag och tänkte på Pran och på Matilda. Matilda, Matilda, Matilda, tänkte hon. Pran, Pran, Pran. Hon pustade ut och rätade på sig samtidigt som Jake stödde henne.

– Jag är klar, sa hon bestämt och riktade blicken framåt, bort från våldtäktsmannen.

De gick alla tätt tillsammans till chefens bord.

– Jag är här för att betala bort lånet, sa Patarin bestämt.

– Jaha, sa chefen nonchalant. Betala då.

– Vi är inte dumma, sa Suda. Patarin kräver ett skriftligt bevis på att pengarna betalats till fullo, med datum, plats och underskrift av er.

Chefen brast ut i ett stort skratt. Hans tjocka guldhalsband klirrade runt hans hals medan han skrattade. Sedan slog han näven i bordet.

– Vad listigt av er att komma tillsammans, sa han.

– Det hade du inte förväntat dig, eller hur? sa Suda och stirrade honom rakt i ögonen. Det är bäst att vi kommer fram till en fredlig lösning. Det här är ju bra för er alla. Patarin får lånet betalt och ni får mycket pengar. Ni har redan fått en hel del ränta på lånet i flera år så det torde räcka nu, inte sant?

Chefen smekte fundersamt sin haka och log.

– Du är inte dum du, sa han. Okej då, låt oss göra så. Sätt pengarna på bordet så räknar vi dem.

Han tog fram en bunt med papper samt signalerade åt en av sina män att hämta en tjock mapp med filer. Han bläddrade en god stund och plockade sedan ut en fil.

– *Khun* Patarin, sa han, här är ditt kontrakt.

Han ställde det på bordet. Patarin stirrade på det med stora ögon. Där var det. Lånekontraktet. Undertecknat med mammas knaggliga handstil ett helt decennium tidigare. Hon skulle aldrig ha gjort det. Då skulle deras liv ha kunnat se så annorlunda ut. Så otroligt annorlunda. Men hon visste inte bättre. Hon var inte den enda som övertalats av låneskurkarna att ta ett lån. Det var flera andra som satt i samma knipa, precis som de gjorde, ibland i hela sitt liv. Men nu skulle hon vara fri. Jag gjorde det mamma, tänkte Patarin. Vi är fria nu.

– Pengarna, sa chefen och viftade mot dem.

Suda nickade mot Jake och han hämtade fram ryggsäcken. De plockade fram pengarna tillsammans och ställde dem på bordet. Chefen och mannen närmast räknade långsamt pengarna, varje sedel, och ställde dem på bordet framför dem. Kate räknande noggrant tyst för sig själv. Suda gjorde samma. Patarin stod och darrade smått medan hon försökte undvika att titta på mannen som våldtagit henne. Han såg äldre ut nu men det var definitivt samma man. Han stod vid fönstret och verkade inte ens minnas vad han gjort, eller henne för den delen. Kanske det var något han gjorde så ofta att det inte var något han kände någon som helst skam eller ånger för. Patarin mådde illa och svalde flera gånger för att inte kasta upp.

– Det fattas pengar, sa chefen nonchalant.

– Det gör det absolut inte, sa Suda och Kate instämde.

– Ni försöker lura oss! skrek Kate. Ni räknade på flit fel.

– Försök inte heller, röt Suda och blängde på chefen.

Hans nonchalanta leende försvann och han steg hastigt upp.

– Klå upp dem, sa han och signalerade åt sina män.

Kate skrek gällt i panik och Patarin stod som förstelnad och bara stirrade. Jake drog Kate nära intill sig och försökte att inte visa hur rädd han var. En av männen började samla pengarna i en stor väska och chefen stod tillbaka och flinade.

– Ser ut att lånet inte lyckades bli betalt den här gången heller, sa han och grinade mot Suda och Patarin. Jag skriver av det som hälften betalt, ganska schyst eller hur?

Patarin darrade och hon kunde inte tänka klart. Håret reste sig på armen när chefen stirrade med sina onda ögon rakt in i hennes. Det här skulle aldrig ta slut. Han skulle pina henne tills hon var död.

– Vad sägs *khun* Patarin? sa chefen och doftade på en bunt sedlar. Kanske det är dags att återvända till gatan? Det är ju större pengar än vad du någonsin får på sjukhuset eller på kaféet. Men vet du vad *khun* Patarin? Eftersom jag gillar dig så mycket så erbjuder jag dig en tjänst i min eskortförmedling. Du är rätt gammal men du är fortfarande en skönhet. Bli en av mina tjejer så ska jag skydda dig, jag lovar.

Patarin kände inget mer. Hon hade känt alla värsta känslor under de senaste två minuterna och nu var hon död inombords. Hon skämdes framför sina vänner. Hon hade varken velat blanda dem i hennes elände eller visa en så usel sida av sig själv och nu skulle de få stryk också på grund av henne. Allting blev värre än hon någonsin kunnat föreställa sig. Skurkarna närmade sig dem långsamt och en av dem hade redan tagit i Jakes arm när Suda gick till motattack.

– Ingen hotar mina vänner, röt hon och hoppade upp på skrivbordet.

Det hände så plötsligt att ingen av männen hann reagera när hon sparkade chefen rakt i magen och han vek sig dubbel av smärta. Sedan hoppade hon ner bakom honom och tog honom i strypgrepp. Han fumlade efter en pistol i skrivbordslådan och just när mannen med pengarna skulle ta den väcktes en låga inom Patarin. Inte idag! Aldrig mer! Hon hade lovat sig själv att aldrig mer låta andra mobba henne eller hennes familj eller hennes vänner för den delen. Aldrig mer tänkte hon låta sig bli lurad eller använd till godo. Kvickt tog hon av sig sina gröna sandaler och kastade dem i ansiktet på mannen med pengarna. Sen rusade hon fram till skrivbordet och tog pistolen i handen. Hon hade aldrig hållit en men hon hade sett det på TV. Man skulle trycka ner grejen där på ändan för att ladda den, eller nåt. Hon gjorde det och riktade pistolen mot chefen. Han spärrade upp ögonen förskräckt. Ingen av hans män rörde en fena och Jake och Kate rusade upp bakom Patarin i skydd.

– S-skriv under ett b-bevis åt mig, n-nu! röt Patarin och skakade av ilska, rädsla och adrenalin.

– Jag tar den nu, sa Suda och rusade fram till Patarin.

Hon tog snabbt pistolen ur handen på Patarin och riktade den på nytt mot chefen. Patarin tog några skakiga steg bakåt men Jake och Kate stödde henne och hon återfick balansen. Sedan plockade Jake upp Patarins sandaler och Patarin slank långsamt in sina skakiga fötter i dem alltmedan Suda stod med pistolen riktad mot chefen. I Sudas händer var pistolen mycket mer stabil. Hennes bror hade lärt henne hur man håller i en pistol och hur man skjuter. Hon hade aldrig trott att det skulle komma till nytta i en situation som denna.

– Börja skriva då! skrek Suda.

Chefen svor och tog fram ett papper ur blocket. Pappren hade låneföretagets logo och kontaktuppgifter på och såg tillräckligt officiella ut. Han rustade in beloppet som betalats, det rätta denna gång, och bekräftade att lånet var betalt till fullo och skrev under.

– Stämpel, sa Suda kort och chefen tog muttrande fram en stämpel.

– Här, sa han ilsket och räckte pappret mot Suda.

– Det gamla kontraktet också.

Chefen drog ett stort streck över det gamla kontraktet och stämplade det. Sedan räckte han båda över skrivbordet. Jake sträckte försiktigt på sig och ryckte åt sig pappren. De granskade dem noggrant tillsammans med Kate och bekräftade att där fanns alla uppgifter som Suda sagt att det ska ha.

– Tack, sa Suda. Nu är lånet betalt och ni ska aldrig, aldrig mer ge er på Patarin eller hennes familj. Glöm var hon bor och var hon jobbar. Hon är ingen ni känner längre. Är det förstått?

Chefen gjorde en sur min och nickade. Jake tog snabbt ett foto på dokumenten med sin telefon och laddade genast upp dem på en dataförvaringstjänst enligt Sudas instruktioner. Det var bäst att göra det genast ifall skurkarna försökte ta ifrån dem dokumenten. Suda signalerade åt de andra att börja gå och tillsammans backade de ut långsamt. När de andra kommit ut ur dörren stannade Suda med pistolen i dörröppningen.

– Jag lämnar pistolen här, sa hon, på golvet. Men försök inget dumt. Jag har bandat in allting och om ni ger er på oss, nu eller senare, så har jag allt bevis jag behöver för att sätta er i fängelset. Jag är ingen att leka med. Är vi på det klara?

Chefen satt fortfarande vid bordet och nickade. Suda satt ner pistolen på golvet långsamt och sprang sedan ner efter de andra.

– Ska vi gå efter dem? frågade en av männen när Suda försvunnit.

– Nej, sa chefen och suckade. Det lönar sig att välja sina strider noga. Låt dem gå.

Suda, Kate, Jake och Patarin sprang tillsammans så fort de kunde och stannade först efter att de kommit flera gator ifrån stället. Suda pustade ut och Patarin andades högt. Jake lutade mot en vägg och ojade sig högt. Patarin brast ut i gråt. Den här gången kom den, gråten.

– Förlåt, snyftade hon. Förlåt! Vi kunde alla ha dött och det är mitt fel! Förlåt!

– Säg inte så! sa Kate och kramade henne hårt. Vi klarade oss!

– Det är okej nu, sa Suda och klappade Patarin på ryggen. Var inte ledsen. Vi var alla villigt med och vi visste vad riskerna var.

– Men jag kommer nog aldrig med på något liknande igen, sa Jake och suckade högt.

– Jake! sa Kate och blängde på honom.

Suda kunde inte låta bli att skratta. Det var delvis av lättnad men också delvis av all rädsla och oro som hon försökte dölja under hela händelsen. Hennes kropp slappnade äntligen av och hennes händer skakade litet. Det var tur att för henne kom nervositetssymptomen först efteråt. Annars hade de på riktigt varit i klistret. Hon tog av sig kepsen och torkade svetten från sin panna.

– Vad modig du var Patarin, sa Suda. Du bara tog pistolen sådär!

– Verkligen! sa Jake. Det var ju tack till dig som vi kom ut!

– Ser du hur modig du är!? utbrast Kate beundrande och kramade Patarin ännu hårdare.

– Suda är en tuff kvinna, sa Jake. Var har du lärt dig allt det där? Med pistolen och hoten, och att vara så lugn?

– Av min bror, sa Suda och log brett. Han är polis. Och sen har jag under mitt liv råkat ut för en hel del skurkar och idioter, så jag har lärt mig hårda vägen att ta hand om mig själv.

– Sjukt coolt! sa Jake och höjde handen för en "high five".

Suda slog handflatan mot Jakes och signalerade åt de andra att göra samma. Kate stöttade Patarin och sen slog de alla handflatorna mot varandras och ropade några tjut av seger.

– Bra jobbat allihop, sa Suda och skrattade belåtet.

– Tack så väldigt mycket, sa Patarin och slog handflatorna ihop över bröstet. Jag skulle inte ha klarat av det här utan er.

– Det var inget, sa Kate. Såklart vi hjälper dig. Du skulle göra samma fös oss.

– Och du har hjälpt oss alla, sa Jake, på ett eller annat vis.

– Det är sant, sa Suda. Du hjälpte mig att äntligen få fast en långtidsfiende, du har hjälpt Jake att hitta sina drömmars kafé-lokal och hjälpt honom där, och Kate?

– Du har alltid varit där för mig, sa Kate, enda sedan vi var små. Varje gång någon var dum mot mig och när mina föräldrar skildes. Alltid.

Kate fick tårar i ögonen och hennes underläpp darrade. Hon kastade sig över Patarin en gång till och kramade henne hårt. Suda skrattade hjärtligt och kramade dem båda. Jake var en kramgo kille han med och ville också ta del av den vänskapliga kärleken så han sträckte sina armar runt dem alla tre så långt han räcktes. Där stod de alla fyra i ett gatuhörn och kramades medan folk stirrade litet fundersamt på dem. Patarin hade aldrig kunnat föreställa sig att hon kunde ha så tur i livet. Hela hennes barndom och yngre vuxenliv hade varit en enda misär, dag ut och dag in. Kate var en vän hon haft sedan liten, och henne var hon otroligt tacksam för. Men att få så många nya vänner ännu i den här åldern, det hade hon aldrig kunnat tro. Så tacksam hon var för dem alla. Hennes tankar avbröts av att hennes telefon ringde. Hon plockade upp telefonen ur fickan. Det var Vivian.

– Hallå? Vivian? svarade hon.

– Hallå? sa en kvinnoröst som inte var Vivians. Vi har *khun* – fröken Vivian på intensivvården och när vi kollade igenom hennes familjekontakter så var du den enda som var märkt som nödkontakt. Är du familj med fröken Vivian? Hallå? Hör du mig?

Patarin stod som förstelnad och lyssnade på kvinnorösten. Vivian. På intensivvården?

– Vad är det? frågade Kate.

Det snurrade i huvudet på Patarin. Det var helt för mycket. Husen och gatan framför henne vinglade och vände sig i hennes synfält och sedan såg hon himlen och till slut mörknade det. Jake fångade snabbt Patarin innan hon kollapsade ner på marken och Suda tog Patarins telefon i handen.

– Ursäkta, sa hon, vem är det som ringer? Jag är en vän. Patarin svimmade nyss.

– Oj, oj, sa kvinnan i telefonen. Vi ringer från sjukhuset. *Khun* Patarins närstående, *khun* Vivian, är på intensivvården. Är *khun* Patarin okej?

– Ge oss adressen, sa Suda, så kommer vi.

KÄRLEK

Taxin bromsade in framför ingången till sjukhuset och Patarin kastade sig ur taxin. Kate betalade chauffören och sprang efter, likaså Jake och Suda. Patarin var helt utav sig och ingen av dem ville släppa henne i väg ensam. Personalen vid informationsdisken var vana att se upprörda kunder och signalerade vänligt åt Patarin redan på långt håll att sakta ner och lugna sig.

– *Sawatdi kha* – goddag, sa kvinnan vid disken vänligt. Hur kan jag hjälpa er?

– Min vän, min vän, flåsade Patarin och fick inga fler ord fram.

– Hennes vän är här, sa Kate som hunnit ifatt henne. Vivian heter hon. Hon lär ska vara på intensivvården.

– Ett ögonblick så kollar jag upp läget, svarade kvinnan vid disken.

Hennes hår var vackert tillbakadraget i en prydlig hårknut med svart nät och hon talade lugnt och sansat i telefonen medan hon redde ut var Vivian var.

– Ni är *khun* Patarin? frågade kvinnan.

– Ja, svarade Patarin.

– Ni kan gå till avdelning C1, sa kvinnan. Ni kan ta hissen där borta och upp till tredje våningen. Personalen där visar dig till din vän.

De tog sig alla fyra upp till intensivavdelningen men vid ett par stora dörrar fick alla förutom Patarin bli och vänta. Suda klappade Patarin tröstande på axeln innan hon satte sig ner med de andra på en bänk nära dörrarna. En sjukskötare visade in Patarin, gav henne en vit ansiktsmask och ett par handskar, och ledde henne till rummet där Vivian fanns. Där låg Vivian i en säng med en massa slangar och apparater kring henne, medvetslös. Tårarna rann ner för Patarins kinder och hon blev och stå en god bit från sängen.

– Vad…? var det enda hon fick ur sig.

– Vi är inte helt säkra vad som hänt, sa sjukskötaren som lett in henne. Hon hittades av några turister i ett gatuhörn där hon låg medvetslös. Vi har tagit blodprover och andra tester på henne och situationen är ganska komplicerad. Man kan på ett vis säga att det var tur i oturen att hon hamnade här, för ser ut att hon undvikit att komma till sjukhuset på egen hand för att testa sig själv. Hon måste ha haft en hel del symptom en lång tid redan.

– Vad är det hon har?

– Hon har AIDS, svarade sjukskötaren med ett beklagande ansiktsuttryck.

– A-AIDS? sa Patarin förvirrat.

– Ja. Det är tyvärr inte så ovanligt hos både kvinnor och män inom sexyrkesbranschen. Smittorisken är överlag något högre bland män som har sex med män samt hos transpersoner.

– Jag trodde hon gick på test regelbundet.

– Att gå på test är stigmatiserat, särskilt för transpersoner. Ifall de känner att hälsobranschens personal beter sig diskriminerande emot dem undviker de hellre att komma och testas. Det är tyvärr något som sker ofta. Även om personalen är utbildad så är det svårt att få dem att ge upp sina åsikter och tankar om minoriteter.

– Hur… hur gör vi nu? AIDS är inte direkt HIV, om jag förstått rätt?

– Inte direkt. AIDS sker då en obehandlad HIV-infektion utvecklats så långt att det tärt ordentligt på personens immunförsvar och hens motståndskraft försvagats betydligt. Då insjuknar personen allvarligt och utan ordentligt behandling blir AIDS livshotande. Men det går absolut att behandla med antiretroviral behandling, det finns hopp alltså. Dock kan vi inte garantera något då hon insjuknat så här pass mycket redan. Eftersom hennes immunförsvar varit ordentligt nedsatt en lång tid redan så har hon tyvärr fått några andra sjukdomar, bland annat tuberkulos.

– Tuberkulos?!

– Tyvärr. Det är också ganska vanligt hos människor med HIV eftersom deras immunförsvar redan är så försvagat. Därför ingår det i vårt nationella AIDS-program att testa alla HIV-smittade för tuberkulos.

– Är det dyrt att behandla? frågade Patarin.

– Visste du inte att det är gratis? frågade sjukskötaren förvånat. Ser ut att vi ännu behöver förbättra informering i frågan om HIV och dess behandling. Gratis antiretroviral behandling för HIV-positiva har ingått i vårt lands allmänna sjukförsäkringssystem sedan 2014.

– Jag visste inte, sa Patarin och hon kände att tårarna brände bakom ögonlocken. Det visste nog Vivian inte heller. Men vilken tur att hon kan få behandling.

Patarin tog ett skakigt steg närmare Vivians säng men stannade igen.

– Vi kommer att göra vårt bästa att hjälpa henne, sa sjukskötaren och log vänligt. Det finns många HIV- och AIDSsmittade som lyckas förtrycka sjukdomen så pass mycket att de kan leva ett helt vanligt liv i flera år framåt. Oroa dig inte för mycket.

Med detta lämnade sjukskötaren Patarin ensam i rummet och stängde dörren. Patarin stirrade på Vivian som låg med slangar i armarna och syremask över ansiktet. Skärmen på sidan av sängen visade siffror och vågiga linjer i olika färger. Patarin tog en pall som stod vid sidan och släpade den närmare sängen. Hennes ben kändes tunga som bly och hon orkade inte stå längre. Sedan satte hon sig ner och tog försiktigt Vivians hand i sin. Hon kramade den ömt och grät tyst.

Efter att Kate, Suda och Jake sett till att Patarin var okej och kunde ta sig hem på egen hand hade de skilts åt efter den långa dagen. Patarin låg utmattad i Ediths soffa och tankarna snurrade i huvudet på henne. Hon tänkte på allt som hänt på en så kort tid. Hon tänkte på Matilda, på rektorn och problemen på Prans skola, på lånet hon nyss betalat samt låneskurkarna och att hon nyss sett mannen som våldtog henne för länge sen, och Vivian. Vad skulle hon ta sig till? Varför skulle allting hända på en och samma gång? Just när det kändes att en sak löste sig så dök ett annat problem upp. Typiskt. Det var tydligt att hon hade varken tur eller lycka i sitt öde, tänkte Patarin och fnös surt för sig själv. Plötsligt öppnades dörren till sovrummet sakta och Edith kom smygande ut. Hennes hår stor på ända och hon vinglade smått där hon gick iklädd sin långa blommiga nattskjorta.

– Jag måste kissa, sa hon snabbt och gick på toaletten.

När hon kom tillbaka satte hon sig ner i soffan och lyfte Patarins ben i sin famn.

– Är allt bra? frågade hon.

– Jag vet inte.

– Du får alltid tala med mig. Det vet du ju.

– Det finns så många saker jag går och funderar på. Jag vet inte ens var jag ska börja.

– Det är inte så viktigt var man börjar. Bara man får ut sina tankar. Ensam ska du inte gå och grubbla på allting. Jag vet att du gör det men det är inte bra.

– Jag vet.

Edith väntade tålmodigt en stund tills Patarin äntligen öppnade munnen.

– Jag har både bra och dåliga nyheter, sa hon.

– Berätta det bra först då, sa Edith.

– Jag betalade lånet.

– Men vad fint! utbrast Edith. Vad glad jag är för din skull! Hur gick det till? Är allt okej nu?

– Jo. Jag hade faktiskt litet hjälp av några vänner så jag var inte ensam när jag betalade det. Mina vänner är verkligen jättesnälla.

– Vad härligt att höra, sa Edith och klappade Patarin kärleksfullt på benet. Det var tur att du fick lokalen sålt.

– Det var verkligen det. Det var tack vare Matilda.

– Hon är en god kvinna.

– Ja, sa Patarin och tittade ner på sina händer.

– Hur går det med henne nuförtiden?

– Bra tror jag.

– Men har du tänkt på vad ni ska göra? Med framtiden alltså?

Patarin blev tyst och visste inte riktigt vad hon skulle säga.

– Jag vet inte om det någonsin kan bli något, sa hon sedan.

– Varför det? frågade Edith förvånat.

– Vi bor så långt bort ifrån varandra och… sa Patarin och tystnade igen.

– Är det något annat som är på tok? De dåliga nyheterna?

Det var tyst en lång stund medan Patarin funderade och tvekade. Sedan bestämde hon sig för att bara berätta.

– Jo, sa hon, jag har en god vän. En vän jag träffat under tiden som jag… ja, du vet. Gjorde det där.

– Jaha, sa Edith lugnt. Är allt okej?

– Nej, sa Patarin och petade nervöst på sina händer. Hon… hon. Hon är sjuk. Väldigt sjuk.

– Men oj så hemskt! Är det en sjukdom man kan behandla?

– Jag tror det. Eller det går inte att få bort helt men man kan förtrycka den.

Edith visste genast vad det handlade om. Hon drog ett djupt andetag och pustade ut.

– Det var inte alls kul att göra. Är du väldigt orolig för henne?

– Ja. Hon har ingen annan här och jag tror inte hon vill återvända hem till sin familj heller. De accepterar henne inte längre.

– Jag förstår. Det är svårt.

– Jag… Jag vill inte lämna henne ensam här.

Edith vände blicken mot Patarin och förstod vad hon menade. Så hon hade faktiskt tänkt så långt redan, tänkte Edith. Edith suckade igen och funderade.

– Vet du Patarin, sa Edith sedan. Det är fint att tänka på dina vänner och din familj omkring dig och att ta hand om dem. Men du tänker aldrig på dig själv. Ibland måste man också minnas att göra val för sitt eget bästa för att man i framtiden ska vara tillräckligt lycklig och frisk att stödja andra. Om du vill åka till Finland så ska du göra det.

– Men. Men vi har inte ens talat om saken med Matilda ännu.

– Jag är säker på att hon tänkt på det. Och Finland är nog ett mycket tryggare land för både dig och Pran än Thailand.

– Men du då? Då blir du helt ensam här!

Edith skrattade hjärtligt och klappade Patarin på benet igen.

– Du är underbar Patarin, sa hon och log med tårar i ögonen. Jag är så lycklig att du bryr dig om mig. Men oroa dig inte. Nu börjar jag vara så gammal att jag länge funderat på att flytta tillbaka till London.

– Ska du flytta till London? utbrast Patarin förtvivlat.

– Du vet ju att båda mina pojkar flyttat dit sedan flera år tillbaka, sa Edith. Jag har inte så många bekanta kvar här i Thailand mer och nu när mina båda pojkar gift sig är det nog inte länge kvar tills det kommer barnbarn. Jag vill vara där för dem.

Patarin tittade ner i sina händer igen och tusen tankar snurrade åter i huvudet på henne. Det var sant. Efter att Ediths man gått bort var det egentligen konstigt att hon stannat här så länge. Visst gillade hon ju Thailand och hon hade anpassat sig otroligt bra, men sanningen var att hela hennes släkt var i Storbritannien och den ingifta släkten hade aldrig riktigt tyckt om henne, vilket var synd för hon var en härlig dam. Den enda orsaken hon stannat i Thailand var... var det på grund av henne och Pran? Patarin tittade upp på Edith och granskade hennes gamla bleka ögon. Edith log varmt och hennes rynkiga ansikte såg trött ut.

– Har du... sa Patarin. Har du stannat här... för vår skull? Mig och Pran?

– Jag gillar ju er. Tänk inte på saken som något betungande. Ända sedan jag blev vän med din mor så har du varit som min egen dotter.

Den här gången kom tårarna genast. Efter att ha gråtit så många gånger under den senaste månaden såg det ut som att alla murar som tidigare förtryckt Patarins tårkanaler helt rasat. Edith flyttade sig närmare och drog Patarin tätt intill sig.

– Lilla kära Patarin, sa hon ömt medan hon smekte hennes långa hår. Du är en fin kvinna. Litet busig och klumpig med dina val, men du är en god människa. Allting ordnar sig nog. Minns att om du är lycklig så kommer Pran också att vara lycklig.

De satt en lång stund och kramade varann och Patarin grät ända tills det inte kom några tårar längre.

– Är det lång väg från London till Finland? frågade Patarin plötsligt.

– Mycket kortare än från London till Thailand, sa Edith och skrattade hjärtligt.

Matilda slog förväntansfullt upp sin bärbara dator och öppnade Skype. Matilda saknade Patarin massor. Hon hade inte talat med Patarin sedan ett kort samtal en vecka sedan då hon också fick träffa Kate för första gången. De hade ringts från sjukhuset tillsammans för att Kate insisterat på att få tala med den mystiska finländaren och skönheten Matilda som Patarin talat om men som hon själv aldrig hann träffa ansikte mot ansikte. Det gjorde Matilda lättad att se att Patarin hade en så omtänksam och snäll barndomsvän vid sin sida. Matilda fingerkammade sitt hår och satt litet läppstift på. Efter en stund var Patarin inloggad och Matilda ringde genast upp henne.

– Hej! sa hon när Patarins ansikte uppenbarade sig på skärmen.

– Hej, sa Patarin och knöt fast sitt långa svarta hår. Hur är det i Finland?

– Helt bra, livet här fortsätter som vanligt men jag har saknat dig massor.

– Jag med, sa Patarin och log blygt. Hur är det med din väns bebis?

– Han växer fort. Han är så söt!

– Och din mamma då? frågade Patarin försiktigt.

Det var tyst en stund till Matilda svarade.

– Vi grälade faktiskt litet, sa hon.

– Oj! Varför?

– Men vi är sams igen. Hon… ja, alltså hon ändrade plötsligt attityd.

– Vad menar du?

– Hon vill träffa dig och Pran. Hon föreslog att ni kommer hit på besök.

– Är det sant?!

Hon hade inte förväntat sig ett så varmt välkomnande och även om hon lekt med tanken att besöka Finland så kändes det konstigt när Matilda plötsligt sa det rakt ut. Patarins hjärta slog hårt. Hon visste inte riktigt varför. Var hon nervös, rädd eller förväntansfull?

– Vad tycker du? frågade Matilda försiktigt. Skulle du vilja komma hit på besök?

– Jag… sa Patarin och tvekade en stund. Jag vet inte.

– Du vill inte? sa Matilda litet stött.

– Nej, det är inte så. Jag vill men…

– Är något på tok?

– Det är så mycket som har hänt, sa Patarin.

– Du får gärna berätta. Jag är säker på att allting ordnar sig.

– Mm, sa Patarin och tystnade.

Just då rusade Pran in i rummet och hoppade upp i Patarins famn.

– Hej Pran! sa Matilda. Vad roligt att se ditt lilla söta ansikte!

– Hej fröken Matilda, sa Pran och log.

Han visade en teckning han ritat med dinosaurier och elefanter.

– Den här dinosaurien lagar mat, förklarade han. Och den här dinosaurien tar hand om barnen här. Och den där elefanten är en polis som tar fast tjuvar!

– Oj vad spännande! sa Matilda. Vad fint du har ritat!

Patarin log för sig själv. Pran och Matilda kom otroligt bra överens och det var tydligt att Pran litade på Matilda. Pran var vanligtvis blyg och skygg men med Matilda var han öppen och sprallig. Det var glädjande att se. Det var något med hur Matilda kommunicerade med Pran som fick honom att återgå till att bara vara ett barn till skillnad från hur vuxet och ansvarsfullt han betedde sig annars. Patarin suckade tyst och kände sig skyldig över hur Prans barndom kunde ha varit så mycket bättre. Nu var han snart 9 år gammal men han var alldeles för mogen för sin ålder. Det var hennes fel. Hon hade inte gett honom möjligheten att vara ett barn tillräckligt ofta. Han hade bara fått tålas med hennes problem och nöja sig med det han fick. Det fick henne att verkligen fundera på Finland. Skulle han få vara ett barn där? Det var kanske inte för sent. När Pran talat klart med Matilda hoppade han ner och sprang ut till vardagsrummet för att rita mer. Patarin justerade sin position på stolen och harklade sig.

– Jo, sa hon försiktigt. Det… alltså jag skulle nog gärna besöka Finland med Pran.

– Vad kul!

– Men jag tror jag måste spara lite pengar först. Till flygbiljetterna.

– Jag hade faktiskt tänkt betala för er.

– Va?! Nej, nej, nej, det är alldeles för mycket.

Matilda skrattade och kastade sitt vågiga hår bakåt.

– Det är inget problem för mig. Jag gör det gärna. Vi är ju framförallt vänner, inte sant?

– Men… Nej, jag kan inte ta dina pengar för det.

– Fundera på det. Jag tror du skulle göra samma för mig om våra roller var omvända.

Det var sant. Skulle det vara tvärtom så skulle Patarin absolut hjälpa Matilda med flygbiljetterna. Men det kändes ändå fel.

– Du behöver inte tänka på det så noga, sa Matilda. Om du funderar på saker som att vi inte är tillsammans sen och att det blir konstigt så oroa dig inte. Jag vill betala era biljetter och jag gör det för dig som en vän. Det är inte något jag kommer ångra senare oavsett vad som sker.

Datorns fläkt surrade högljutt och fyllde tystnaden. Patarin visste inte riktigt vad hon skulle säga.

– Du får absolut fundera på saken i lugn och ro, sa Matilda och log.

– Tack Matilda, sa Patarin och log hon med. Du är väldigt snäll.

– Jag gillar dig massor.

Patarins hjärta slog några extra slag och hon rodnade.

– Jag med, sa hon.

Matildas blå ögon glittrade i skärmen och Patarin kände sig varm i kroppen. Plötsligt ändrades blicken i Matildas ögon.

– Vill du göra något busigt? sa hon och log finurligt.

– Vad menar du? sa Patarin och skruvade nervöst på sig.

– Är Pran okej i vardagsrummet?

– Ja. Han ritar och ser på TV.

– Kanske du vill låsa dörren. En liten stund bara.

Patarin fnissade hysteriskt och hamnade ta några djupa andetag för att lugna ner sig. Hon visste inte att Matilda var så busig men hon gillade det. De hade saknat varandra otroligt mycket och i en långdistansrelation var saknaden av närhet det som tärde på relationen mest. Patarin rodnade igen och smög fram till dörren. Pran satt och ritade och såg väldigt fokuserad ut.

– Pran, sa hon. Jag ska tala om några viktiga saker med Matilda så jag låser dörren. Jag kommer snart ut, okej?

– Okej! ropade Pran och fortsatte färglägga sina dinosaurier och elefanter.

– Är du klar? frågade Matilda.

– Vänta litet, sa Patarin och plockade fram ett par hörlurar. Jag byter till dessa i stället för säkerhetsskull.

Matilda skrattade nöjt och började smeka sig själv runt brösten utanpå sin skjorta. Patarin skrattade nervöst.

– Jag kan inte tro att vi gör det här, sa hon och skakade på huvudet. Vi är helt tokiga. Vuxna människor!

– Är det inte just sånt som vuxna människor gör ibland? sa Matilda och log.

Stolen tänkte stjälpa när Patarin satte sig ner och de båda skrattade igen.

– Jag är helt för nervös! sa Patarin.

– Andas in, andas ut, sa Matilda och fnissade.

Matilda tog av sig skjortan och smekte sig själv över brösten och halsen. Patarin drog ett djupt andetag och gjorde lika. Det kändes skönt. Om någon datahacker nu spionerade på deras intima stund sket Patarin i det. Hon hade saknat Matilda så och just nu ville hon bara fokusera på denna stund tillsammans med henne. Med Matilda kändes allting lätt och säkert. Om det var ett ord som beskrev Matilda bäst så var det nog trygghet. Hela hon och det sätt hon kommunicerade på skapade en trygghetskänsla. Det var just det Patarin hade saknat hela sitt liv. Matildas händer sökte sig neråt och hon andades tyngre. Hon rörde sin hand långsamt längs med sina lår, utanpå och innanför, innan hon rörde där nere. Patarin var så färdig att hon genast förde sina fingrar mot sin klitoris. De andades tungt tillsammans och njöt av varandras virtuella närhet. Snart utbrast Matilda i en lycklig suck och sjönk längre ner på stolen. Patarin var inte långt ifrån eftersom Matilda drev henne till vansinne med sina pustar och suckar. Sedan var även Patarin nöjd och avslappnad.

– Vi är helt tokiga, sa hon.

– Kanske det, sa Matilda. Men tokiga tillsammans.

De fnissade tillsammans och Patarin kände hur all stress från tidigare smultit bort. Kanske allting nog skulle ordna sig. Det måste det ju.

Det regnade när Patarin steg ut på trappan utanför deras lägenhet. Hon slog upp sitt röda paraply och småsprang i regnet. Vivian hade vaknat på intensiven och verkade stabil, vilket var goda nyheter. När Patarin anlände till sjukhuset anmälde hon sig vid informationsdisken, fick åter en vit ansiktsmask, handskar och instruktioner om visiten, och leddes fram till Vivians rum.

– Patariiiin! utbrast Vivian som vanligt när Patarin knackade och steg på.

Patarin rusade fram till Vivian och kramade henne.

– Oj, oj. Försiktigt nu så du inte ramlar.

– Du är hemskt! skrek Patarin plötsligt.

– Vad menar du gullet?

– Hur kunde du inte berätta något för mig? Det är ju du som alltid säger att jag ska berätta allting för dig, hur kan du hålla något så viktigt från mig?

Vivian petade skamset på sitt långa tilltufsade hår och hennes underläpp darrade. Sedan brast hon ut i gråt. Patarin kunde inte vara arg när hon såg hur ledsen Vivian blev så hon satte sig ner på hennes sängkant och kramade hennes hand.

– Vad är det riktigt som hänt? Läkarna vet inte varför du var medvetslös. Slog någon dig?

– Nej. Eller jag minns inte riktigt, men jag tror inte det för jag har inga blåmärken. Jag tror att jag svimmade helt enkelt.

– Det är väl inte så konstigt om ditt immunförsvar försvagats ordentligt. Men varför har du inte gått till en läkare?

– Du vet nog, sa Vivian och tittade med sorgsna ögon på Patarin.

– Men om du hade berättat så hade jag kommit med ju! sa Patarin förtvivlat. Hur kan du ha låtit det pågå så här länge, du har ju inte fått mediciner. Du kunde ha dött!

Patarin var arg för att hon var rädd. Vivian hade blivit en av hennes bästa vänner och hon ville absolut inte förlora henne. Vivian började plötsligt hosta och vände sig om så hon inte skulle hosta på Patarin. Patarin räckte henne ett glas vatten och Vivian harklade sig.

– Förlåt, sa Vivian. Jag ville inte besvära dig när du redan har så många andra att ta hand om.

– Men du betyder precis lika mycket för mig som mina andra familjemedlemmar!

– Tack, sa Vivian med tårar i ögonen. Men jag tror inte jag lever så hemskt länge mer.

– Säg inte så! Du får hjälp här ju!

– Men jag har inte råd.

– HIV-behandling är gratis dumskalle! utbrast Patarin med tårar i ögonen. Resten kan jag hjälpa dig med. Jag har betalat lånet nu, jag är fri! Jag är okej! Så oroa dig inte.

– Är det sant? sa Vivian och hennes ögon lös upp. Har du blivit av med lånet? Gullet!

Vivian kramade Patarin med tårar i ögonen. Hon var så lättad för sin väns skull.

– Då kan jag dö ifred när jag vet att du blivit av med skitlånet.

– Säg inte så, idiot!

Vivian skrattade och grät samtidigt.

– Hur kan du skoja om sånt nu? sa Patarin surt men hennes mungipor drog också litet.

De satt en lång stund och bara talade. Vivian berättade om sin rädsla för att testas och om de ökade symptomen och hur trött hon var på att sälja sig själv på gatorna. Patarin berättade om hur hon betalat lånet med hjälp av sina vänner och att hon talat med Matilda om att potentiellt besöka Finland.

– Gör det, sa Vivian. Absolut!

– Men jag vill inte lämna dig nu när du är svag och är i den här situationen.

– Nu tänker du igen bara på andra och inte alls på dig själv. Dessutom flyger du ju inte genast imorgon, eller hur?

– Mm.

– Matilda verkar som en väldigt trevlig kvinna, hon var ju schyst då vi träffades första gången och det var inte under de bästa förhållandena heller. Om jag var du så skulle jag inte förlora min chans.

– Men... Men du då?

– Hördu. Först och främst så börjar du med att besöka Finland med Pran. Det betyder inte att ni flyttar dit än. Efter det kan vi allihop fundera på om du faktiskt vill migrera dit med Pran och hur alla omkring dig här i Thailand kommer lida på grund av ditt själviska beslut.

– Pftt, fnös Patarin och slog Vivian lätt på armen.

Vivian log och Patarin tittade henne djupt i ögonen. Vivian var smått gul och blek i ansiktet och hon hade mörka ringar under sina vackra bruna ögon. Men hon var en skönhet oavsett. Det var osäkert hur hennes kropp skulle ta till den starka medicineringen som påbörjats och ifall hon skulle bli bättre eller sämre. Men Patarin hade hopp och hon önskade att Vivian också hade det. Patarin tog Vivians båda händer i sina.

– Lova mig, sa hon plötsligt.

– Vad då?

– Att du inte ger upp. Jag behöver dig. Du är som en syster till mig och oavsett var vi är i världen så vill jag veta att du inte ger upp och att du lever och är lycklig. Ta dina mediciner och lyssna på läkarna och sjukskötarna. Jag hjälper dig med räkningarna för allt det som inte är gratis. Lita på mig. Jag vill göra det för dig och jag vet att du skulle göra samma för mig.

Två stora tårar rullade ner för Vivians höga kindben och hon snyftade högljutt. Hon fick inga ord ur sig så det enda hon gjorde var att nicka kraftigt. Patarin smekte hennes huvud och kramade om henne. Allting skulle nog bli bra. De hade inget annat val än att tro på det bästa.

Flyget gungade lätt och hjulen skrapade mot marken när det landade på flygplatsen. Patarin slöt ögonen och kramade Prans hand hårt.

– Vad kul! sa Prans förtjust och skrattade. Jag gillar att det gungar *mae*!

– Jag avskyr det, sa Patarin och höll ögonen slutna tills hon kände att flyget hade stannat.

Pran tryckte sitt lilla runda ansikte mot fönsterrutan och tittade med stora ögon när långa, vita män i overaller rusade omkring med diverse saker, viftade eller körde med små fordon.

– Titta! sa Pran. Jag tror de hämtar väskorna nu!

– Kul, sa Patarin och suckade djupt av lättnad.

Det var hennes första gång på ett flygplan, Prans också såklart, och hon hade stressat om saken flera dagar i förväg. Pran åter hade varit ivrig och förväntansfull. Matilda hade varit snäll nog att boka ett direktflyg åt dem så Patarin hade i alla fall inte behövt stressa med byte av flyg, det hade hon inte klarat av på första gången ensam. Bangkoks flygplats var redan helt tillräckligt stor för henne. Flygvärdinnan välkomnade alla till Finland och om en stund började alla skynda upp från sina säten och öppna luckorna ovanför sätena. Alla hade bråttom så Patarin bestämde sig för att vänta en stund. Sedan steg hon också upp, drog ner deras ryggsäckar, tog Pran i handen och ledde ut honom. Flygvärdinnorna nickade och hälsade vänligt när de lämnade flyget och Patarin följde strömmen av människor längs korridorerna. Hon tvekade en stund i vilken kö hon skulle stå tills en thailändsk dam som suttit på samma flyg vinkade åt dem och gestikulerade åt dem att stå i samma kö. De skulle visa sina pass vid kontrollen och snart var de ute, eller inne, i den egentliga byggnaden.

– Vart ska vi nu? frågade Pran.

Han tyckte allting var spännande och nytt, och det var det för Patarin också. Hon var rädd för att göra fel eller tappa bort sig men hon försökte lugna ner sig och minnas vad Matilda sagt om flygplatsen. Snart såg de folk stå och vänta på sina väskor och de gick dit de med. Den snälla damen vinkade åter åt dem en bit i från.

– Här kommer våra väskor ut, sa hon vänligt när de kommit dit.

– *Khop khun kha* – tack, sa Patarin lättat. Vi visste inte var vi skulle stå.

– Man kan kolla det på tavlan där, sa kvinnan och pekade.

– Tack för det, sa Patarin och log.

Efter en stund började väskor uppenbara sig på rullbandet och en efter en plockade folk sina väskor och gick vidare. Pran skrattade förtjust när han såg alla väskor på rullbandet och pekade ivrigt när han såg deras väska.

– Där *mae*!

Patarin drog ner väskan med hastiga tag, nickade vänligt mot kvinnan och började gå mot utgången med Pran. Hennes hjärta bultade hårt. Nu var de här. Nu var de faktiskt här. I ett annat land, i Finland. Så långt borta från Thailand, på andra sidan jordklotet och hon skulle få se Matilda igen. Dörrarna öppnades automatiskt och Patarin och Pran gick långsamt ut.

Det stod folk och stirrade förväntansfullt på varje människa som kom ut ur dörrarna. Det var något Patarin bara sett i filmer förut och nu såg hon och kände hon det i verkligheten. Att bli välkomnad på flygplatsen. Plötsligt hörde hon ett rop.

– Patarin! ropade Matilda. Patarin! Pran!

Matilda rusade med tårar i ögonen mot dem och kramade Patarin hårt. Hennes långa vågiga hår doftade gott och hennes blåa ögon glittrade av glädje. Sedan kramade hon Pran en lång stund.

– Vad kul att se er igen! sa hon och torkade sina tårar. Hur var det att flyga?

– Det var sjukt cool! utbrast Pran ivrigt och gestikulerade med handen hur flyget tagit fart och hur det landat.

Matilda skrattade hjärtligt och Patarin bara stirrade på Matilda. Efter att Matilda åkt hem så hade det ibland känts som att allting bara varit en dröm. Desto mer tiden hade gått desto mer kändes allting overkligt. Men att se henne igen fick alla känslor att rusa tillbaka i hennes kropp och det slog henne hårt. Det var verkligt. Det är verkligt. Matilda och allting de upplevt. Hennes hjärta bultade hårt igen. Hon var både rädd och ivrig. Det kändes att allting som hon trott var omöjligt plötsligt inte var så omöjligt längre, och det gjorde henne nervös.

– Jag har några gåvor åt er, sa Matilda och öppnade en stor blå påse.

– Vad är det för något? frågade Pran nyfiket.

– Vinterrockar, sa Matilda och drog fram rockarna. Ta-da!

– Så snygga! sa Pran.

Pran fick en orange och grön rock med huva och djupa fickor. Det fanns ett par vantar i fickorna och Pran tjoade glatt.

– Du hade inte behövt, sa Patarin.

– Det hade jag tydligen visst, sa Matilda och fnissade medan hon pekade på deras tunna sommarkläder.

Sedan räckte Matilda fram en vacker beige kofta med bälte åt Patarin och Patarin tog tveksamt emot den. Det måste ha kostat massor.

– Det är okej, viskade Matilda som redan gissat vad hon tänkte på.

– Tack så mycket, sa Patarin.

– Tack fröken Matilda! sa Pran och log nöjt.

– Ska vi gå då? frågade Matilda. Eller vill ni äta här först? Är ni hungriga?

– Nej, sa Patarin, vi åt ganska bra på flyget.

– Okej, sa Matilda, då går vi. Kom!

De tog tåget till Matildas hem och det gick fortare än vad Patarin hade tänkt. Allting i Finland såg så annorlunda ut. Det var kallare och mörkare och husen var inte lika höga som i Thailands storstäder. Men landet hade en viss charm. Ett slags lugn och värme som var svårt att förklara. Det fanns massor av träd överallt men inte så mycket snö. Matilda hade förklarat att snön i södra Finland smälte fort och att mängden minskat med åren. Matilda hjälpte med deras resväska och snart var de i hissen och utanför Matildas lägenhet.

– Här bor jag, sa Matilda och gestikulerade ivrigt mot dörren.

Sedan satte hon nycklarna i låset och öppnade. Matildas lägenhet liknade henne helt. Den var ljus och rymlig och hon hade inrett med vitt och pasteller. I vardagsrummet låg en vacker beige soffa och balkongfönstret var inramat med vackra ljusgula och ljusrosa gardiner samt ett par gröna hängväxter. Det fanns olika konstverk inramade på väggarna och en stor TV stod på en låg brun hylla. Ett par pastellfärgade trasmattor ledde till köket som var vitt, rymligt och rent. Även där fanns ett fönster med pastellfärgade gardiner. Pran rusade nyfiket omkring och utforskade lägenheten.

– Vad stort ditt hus är! ropade han och rusade in på Matildas sovrum. Så stor säng!

– Inte är den så stor, skrattade Matilda.

– Är det här rummet till mig!? utbrast Pran förvånat när han öppnat dörren till vad brukade vara Matildas hobbyrum.

Det låg en säng där och ett vitt bord med pennor, papper och leksaker. Patarin gick också med snabba steg in i rummet och stirrade förvånat.

– Jo, sa Matilda, jag tänkte att eftersom du redan har ett eget rum hemma i Thailand så kanske du vill sova i ett eget rum här också. Om du vill alltså? Gillar du det?

– Såklart! ropade Pran och rusade fram till Matilda och kramade henne. Du är bäst!

Patarins underläpp darrade och hon kände att hon ville gråta men det kom inga tårar.

– Är du okej? frågade Matilda och smekte Patarin på armen.

– Jo, eller nej. Jag vet inte. Det är så mycket, så mycket att ta in. Du har gjort alldeles för mycket.

– Det är inga problem för mig. Du får gärna sitta ner i soffan och samla tankarna om det känns överrumplande. Det var en lång resa dessutom så du är säkert trött.

– Jo. Jag ska nog göra det.

Hon gick till vardagsrummet och sjönk ner i den vackra beigefärgade soffan. Hon pustade ut och slöt ögonen. Det hade varit svårt att sova på flyget och hon mådde smått illa.

– Jag har kokat soppa, sa Matilda. Ni kan äta litet och sen vila om ni känner er trötta.

– Tack. Det låter bra faktiskt.

Patarin kröp in under det fluffiga täcket i Matildas säng och pustade ut. Hennes hjärta bultade fortfarande. Hon var så trött men sömnen kom inte. Det snurrade tusen tankar i huvudet på henne. Om Finland, Thailand, Edith, Pran, Vivian och Matilda. Matilda var alldeles för snäll. Hon gav dem för mycket. Patarin ville inte bara ta och ta, det kändes fel. Hon suckade och vände sida. Förtjänade hon Matilda? Det kändes inte så. Patarin var bara Patarin och Matilda var ju Matilda. Vad hade hon gjort för att förtjäna all den kärlek Matilda gav henne och Pran? Varför gjorde hon det? Tyckte hon synd om dem eller gillade hon dem verkligen? Patarin hade inget annat att ge Matilda än mer problem. Patarin kände sig plötsligt otroligt osäker. Vad skulle alla Matildas vänner och familjemedlemmar tänka om henne och Pran? Att de drar nytta av Matildas snällhet? Att de bara använder henne till godo för att få ett bättre liv i Finland? Att de bara ville ha hennes pengar? Patarin knep ihop ögonen och rynkade ögonbrynen. Dumma hjärna, sov nu! tänkte hon för sig själv. Hennes hjärna gick på övervarv och hon hade svårt att slappna av. Hon kramade en dyna. Den doftade till Matilda. Plötsligt knackade det på dörren och Pran smög in.

– *Mae*? sa han försiktigt.

– Vad är det?

– Får jag sova med dig?

– Gillar du inte rummet?

– Jo, jag gillar det men… Jag vill sova med dig först. Får jag?

– Såklart, sa Patarin och lyfte på täcket.

Pran skuttade fram till sängen och kröp in under täcket. Han snusade på sin mammas långa svarta hår och suckade belåtet. Patarin smekte hans lilla huvud och han slöt ögonen. Han andades tyst och lugnt och det gjorde Patarin mer avslappnad. Kanske alla tankar skulle bli mer klara när hon vaknade. Patarin slöt också ögonen och lyssnade på Prans andetag. Det var varmt och skönt och tryggt. Matilda öppnade dörren så tyst och sakta hon kunde och tittade försiktigt mot sängen. Såg ut att de äntligen somnat.

Spårvagnen gnisslade och skakade där den åkte på skenorna och Pran fnissade belåtet. Allting var nytt och spännande. Byggnaderna och gatorna var annorlunda, likaså människorna och vädret. Det var kallt och rått och det blåste kall luft från havet. När de steg av spårvagnen hoppade Pran rakt i en blöt pöl på marken och skrattade förtjust.

– Är det snö eller vatten? frågade han.

– Både och, sa Matilda. Det är snö och sen litet snö som smultit till vatten. Slask kallar vi det här.

– Tack för stövlarna, sa Patarin. Jag hade inte vetat att vi behöver dem.

– Inga problem, sa Matilda och log. Hur kunde du ha vetat det?

Patarin beundrade sina stövlar i brunt. De var vattentäta ovanpå och varma och luddiga innanför. Prans var samma stil men i gult och grönt. Åter en sak hon kände sig skyldig för, hur skulle hon betala tillbaka åt Matilda för allting? Matilda gestikulerade åt vilket håll de skulle gå och tog plötsligt Patarin i handen. Patarin rodnade lätt och tittade ner i marken medan de gick. Pran skuttade bredvid dem och tog Matildas hand när hon räckte ut den mot honom. De behövde inte gå långt innan Matilda stannade framför ett höghus, slog in en dörrkod och drog upp dörren. De var på väg att träffa Kristina, Mattias och bebisen, som nu hade fått namnet Lukas. Det pirrade i magen på Patarin. Det var första gången hon skulle träffa någon av Matildas närmaste vänner och hon ville att de skulle gilla henne och Pran. Matilda knackade försiktigt på dörren i stället för att plinga ifall Lukas sov. Snart hördes steg och Kristina öppnade dörren.

– Men hej på er! utbrast hon och kramade Matilda.

– Hej! Här är Patarin och det här är Pran.

– Vad trevligt att träffas, sa Kristina och bytte till engelska. Stig på!

Hon höll upp dörren på vid gavel och gestikulerade vilt med armen. Patarin nickade blygt och steg försiktigt in. Mattias kom smygande ut ur sovrummet och nickade leende mot deras håll.

– Trevligt att träffas, sa han och räckte handen åt Patarin. Jag heter Mattias.

Patarin skakade hans hand försiktigt och Pran gömde sig blygt bakom hennes rygg så Mattias nöjde sig med att vinka vänligt åt honom. De leddes ut i vardagsrummet och satte sig ner i soffan.

– Vilken lång väg ni har rest, sa Kristina och hämtade en kopp te åt Patarin och Matilda medan Mattias ställde ett glas med saft framför Pran.

– Jo, sa Patarin tyst.

– Kunde ni alls sova på flyget? frågade Mattias.

– Inte så bra, svarade Patarin, men vi sov en stund hos Matilda.

– Matildas hus är jättestort, sa Pran och visade med armarna hur stort han tyckte det var. Hennes säng också!

Kristina fnissade och sträckte fram ett fat med bullar åt Pran.

– Vad tycker du om Finland, Pran? frågade hon.

– Det är kul, sa han. Men jag trodde det skulle finnas mera snö.

– Det var synd, sa Mattias. Det smälter så fort nuförtiden.

– Kanske vi någon dag kan åka norrut och kolla in ordentlig snö, sa Matilda och log.

– På riktigt?! utbrast Pran. Det vill jag!

Patarin skruvade nervöst på sig. Hon visste inte riktigt varför men allas vänlighet och givmildhet gjorde henne plötsligt obekväm.

– Hur var det nu ni egentligen träffades? frågade Mattias nyfiket.

Matilda fnissade och Patarin tittade blygt ner i golvet.

– Får jag berätta? frågade Matilda. Kanske en förenklad version?

Patarin nickade och sörplade på sitt te för att gömma sina röda kinder.

– Jo, sa Matilda, kort sagt kan man väl säga att vi träffades av slumpen på ett ställe och sedan råkade vi träffas igen en annan gång, och därefter blev vi vänner.

– Så spännande, sa Kristina och justerade sitt långa bruna hår i en hårknut.

Därefter talade de en lång stund om livet i Thailand och kulturskillnader mellan Thailand och Finland och Patarin kände att blygheten avtog. Det var lätt att tala med Matildas vänner och de var genuint intresserade av allting hon berättade. Plötsligt hördes det gråt och skrik från sovrummet och Mattias rusade dit för att plocka upp Lukas. Om en stund kom han ut bärande på det lilla yrvakna knyttet.

– Här har vi Lukas, sa Mattias och visade upp honom för Patarin och Pran.

– Han är så liten! utbrast Pran och granskade Lukas noggrant. Kolla hur små hans fingrar är!

– Du har också varit såhär liten Pran, sa Patarin och tog Lukas lilla hand i sin.

Lukas fumlade efter något med handen och klämde sedan sina små feta fingrar runt hennes pekfinger. Patarin kände värmen och kärleken rusa inom henne. Men samtidigt kände hon även skuld och skam. Det lilla barnet påminde henne om tiden med Pran och hon skämdes för hur hemsk hon var mot honom som liten. Så mycket hon gått miste om de första åren. Hon suckade djupt. Matilda märkte det och smekte henne på ryggen. Deras blickar möttes och Matilda nickade åt henne som för att säga "tänk inte på det, du var ung och ensam, allting är ju bra nu". Hur kunde hon alltid veta? Patarin nickade tillbaka och vände åter blicken mot Lukas. Hur hade hennes liv sett ut om John stannat och tagit hand om dem? Eller om hennes mamma aldrig tagit lånet? Pessimist som hon var kunde Patarin inte tänka på något bra. Hennes liv hade väl ändå hittat på ett sätt att göra varje dag usel för henne oavsett. Men nu satt hon här, i ett vardagsrum i Finland, med Matilda och Pran. Det var absurt. Allting kändes plötsligt overkligt igen och hon kunde inte riktigt förstå hur hon hamnat här och varför. Den glädje hon kände nu skulle aldrig hålla sig länge, det hade hon lärt sig från tidigare.

– Hör ni? sa Kristina plötsligt. Skulle ni inte vilja gå på en dejt? Alltså helt på tumanhand?

– Vad menar du? frågade Matilda.

– Ja, sa Mattias, vi tänkte att om Pran har lust så kunde jag åka med honom någonstans kul. Vad säger du om det Pran?

– Wow! sa han. Vart då? Som en nöjespark?

– Ja, sa Mattias och log brett. Jag funderade faktiskt på Heureka, ett vetenskapscenter. Gillar du sånt?

– Ja! utbrast Pran och hoppade upp i soffan.

– Sitt ner Pran, sa Patarin.

– Förlåt *mae*, sa han och satt ner men han kunde inte gömma sin iver.

– Vad tycker du? sa Matilda och tittade på Patarin med förväntansfull blick. Skulle det vara okej?

Det lät underbart, tänkte Patarin. Men hur mycket kostar sånt? Hon kände sig överrumplad. Hon ville inte att Matildas vänner hamnade betala för hennes barn också.

– Kom igen, sa Kristina och Lukas sprattlade i hennes famn. Så får ni göra nåt kul bara ni två.

– O-okej då, sa Patarin tveksamt. Vänta en stund, jag ska plocka fram lite pengar för inträdet.

– Nej, nej, nej, sa Mattias och stoppade henne. Det är inte alls dyrt, jag sköter det!

– Men… sa Patarin.

– Det är helt okej, sa Kristina och log, oroa dig inte. Spara pengarna till er dejt i stället.

Solen tittade fram mellan molnen och Pran vinkade från bilen innan Mattias körde i väg.

– Kom så tar vi metron in till centrum, sa Matilda och tog Patarin i handen.

De promenerade i Helsingfors centrum utan någon specifik plan och Matilda pekade ut alla de största landmärkena. Torget vid hamnen var fyllt av människor och Patarin köpte några souvenirer åt Edith och alla sina vänner i Thailand. Hon tänkte speciellt på Vivian och vad som kunde stödja hennes immunförsvar. Hon valde ut ett par bärpulver med olika finska bär och några burkar med honung. Både Edith och Vivian skulle gilla dessa. Allting var nytt och annorlunda. Matilda visade presidentens slott, som inte alls såg ut som ett slott, samt en vacker gammal kyrka. Sedan slog de sig ner i ett kafé med varsin kopp kaffe och kaka.

– Mm, vad gott, sa Matilda.

– Jag tror det smakar ännu bättre för att det var så kallt ute, sa Patarin och sörplade belåtet på sitt kaffe.

– Det stämmer, sa Matilda och högg i kakbiten. Har du funderat på vad mer du vill göra? Något särskilt du skulle vilja se?

– Nja, jag har inte hunnit fundera på det ännu.

– Vi är i alla fall bjudna till min mamma, sen när vi hinner och det känns okej för dig.

– Det är okej när som helst, sa Patarin men kände sig ändå nervös.

Hon var rädd för vad Matildas mamma skulle tänka om henne och Pran.

– Kanske vi åker dit imorgon då, så har vi det undan.

– Ja.

– Om Pran vill se snö så kan vi planera en par- eller tredagarsresa norrut. Där lär det ska finnas mer snö.

Det måste vara dyrt, tänkte Patarin men sa inget.

– Det finns säker någon rolig djurpark vi kan besöka också, sa Matilda ivrigt. Det finns en massa roliga vinteraktiviteter man kan göra också, åka slalom eller släde.

Patarin kände sig plötsligt illa till mods. Det spände till i bröstkorgen och hon fick inte ner mera kaka.

– Jag vill hem, sa hon plötsligt.

– Redan? Varför det? Är du trött?

– Jag vill hem.

Matilda låste upp och Patarin stormade in. Hon drog av sig rocken och stövlarna och satte sig ner i soffan.

– Men berätta nu, sa Matilda. Varför är du så arg?

– Jag känner mig som ett välgörenhetsobjekt!

Matilda spärrade upp ögonen förvånat. Hon satte sig försiktigt ner bredvid Patarin i soffan och strök sitt hår bakom örat.

– M-men. Varför då? Varför tänker du så?

– Ja men alla ger mig plötsligt något, snäste Patarin. Du betalade ju redan flygbiljetterna och de kostade säkert massor. Sen köper du dyra vinterrockar och skor åt oss, leksaker åt Pran, vi bor och äter hos dig gratis och sen ska vi åka norrut på lyxig vintersemester också? Det känns att ni alla tycker synd om mig! Om mig och Pran!

– Vi behöver inte åka norrut om du inte vill. Och någon lyxsemester behöver det inte vara heller, det blir inte alls dyrt om vi hyr en bil eller tar tåget och bor på hostell, på vandrarhem.

– Det är inte det som är poängen, fnös Patarin och korsade armarna.

– Du har ju också hämtat gåvor åt oss alla. Du hämtade så fina kärl och vackra färggranna sjalar åt min mamma och Kristina. Jag förstår inte varför du är så arg.

– Det är stor skillnad på billigt skräp från marknaden och flygbiljetter, sa Patarin och tittade surt på Matilda.

Det blev plötsligt riktigt tyst och obekvämt. Matilda förstod inte vad hon gjort fel och varför Patarin var så arg. Hon steg långsamt upp och harklade sig försiktigt.

– Kanske, sa hon och sneglade försiktigt mot Patarin. Ja, jag vet inte riktigt hur du vill göra, men om du behöver lite egentid så finns det ett joggingspår i skogen bakom huset. Ifall du vill gå ut och behöver lite tid att tänka. Bara du inte går för långt, jag vill inte att du går vilse.

– Jag tror det kan vara bra, sa Patarin och steg raskt upp.

Hon drog på sig rocken, skorna och mössan, tog nycklarna från bordet i hallen och gick ut utan att säga hejdå. Matilda suckade och satte sig ner vid köksbordet med sin telefon. Mattias hade skickat foton på Pran och honom i Heureka. Pran såg så lycklig ut och Matilda fnissade åt deras lustiga miner. Det var en lättnad att se att Pran kunde njuta utan skuldkänslor. Han var bara ett barn och Matilda ville att han skulle få vara ett barn på riktigt under denna resa. Hon ville att han tog chansen och upplevde allt möjligt nytt och spännande här, särskilt om han aldrig kom tillbaka till Finland mer. Det gjorde Matilda ledsen att ens tänka så, men hon måste också vara brutalt ärlig mot sig själv. Ingenting var självklart. Patarin var en känslig kvinna och hennes beslut baserade sig på vad hon tyckte var bäst för hennes son. Det måste Matilda respektera.

Patarin suckade och stannade vid en hög tall. Hon tittade uppåt mot trädtoppen och beundrade hur de gröna barren lade sig mot den ljusblåa himlen. Tänk att de skulle bli i strid på den första ljusa dagen på den här resan. Det var ju typiskt. Hon lutade sig mot trädet och tittade ut över tågspåret. Det var lugnt och bara några människor gick förbi på andra sidan spåret på gångvägen. Det var fridfullt. Inga tutande mopeder eller människoprat. Patarin andades in den rena kalla luften och pustade ut så länge hon kunde tills hon åter hamnade dra in luft och den här gången andades hon in ännu långsammare och pustade åter ut.

Den friska luften och den lugna omgivningen kändes bra. Det kändes att hon för första gången på länge kunde höra sina egna tankar. Det var plötsligt mycket lättare att känna och tänka när det inte fanns en massa ljud och vimmel som störde.

Varför var hon så arg egentligen? funderade hon. De var ju vänner, eller ett par egentligen kunde man säga. Varför skulle inte Matilda vilja ge henne saker? Och varför skulle hon behöva bli sur för det? Hon skulle ju göra precis samma för Matilda. Nej, det var något annat som var orsaken. Det var inte Matildas fel, eller hennes familjs eller vänners fel för den delen heller. Det var Patarins eget fel. Det var något inom henne själv som inte tillät henne att njuta av allting som var bra. Som att hon inte trodde att hon förtjänade något och därav måste allting bra som händer vara falskt. Det att hon kände sig som ett välgörenhetsobjekt var för att hon själv tyckte så, inte för att andra tyckte det. Det var ju hon själv som antog att andra tyckte illa om henne. Matildas vänner hade varit snälla med henne och Pran för att de var snälla människor, lika snälla som

Matilda, och de ville välkomna dem i Finland. De hade behandlat dem som… ja, familj. Patarin kände plötsligt att hon ville gråta men som vanligt stannade klumpen i halsen och inga tårar kom ut. Vilken idiot hon var, tänkte hon. Varför skulle hon alltid förstöra allting som var bra? Det var vansinnigt att bli arg och sur och stöta bort människor som på riktigt brydde sig om henne och Pran och ville dem väl. Varför gjorde hon så? För att hon var rädd? Rädd att hon inte skulle duga sist och slutligen? Att hon aldrig kunde ge lika mycket tillbaka som hon fick av dem? Att hon för alltid skulle förbli den fattiga lusen från Thailand som Matilda barmhärtigt räddat och tagit med sig till Finland och i samma veva räddat ungen också? Hon var rädd. Hon var rädd att hon aldrig skulle vara någon annan än den hon var nu, en förlorare. Det var hon, det var henne det var fel på. Hon såg inget bra i sig själv, det var problemet.

När Patarin äntligen skramlade med nycklarna i nyckelhålet rusade Matilda genast fram till dörren.

– Vad länge du var ute! sa hon. Flera timmar ju! Jag blev så orolig.

– Förlåt, sa Patarin och drog av sig mössan.

Hennes långa svarta hår föll ner mot rocken och Matilda fick en liten elektrisk stöt när hon rörde vid henne.

– Ojdå, sa Matilda. Kanske det är ett tecken att jag inte ska röra vid dig ännu.

Patarin drog fort av sig rocken och skorna.

– Håll mig, sa hon och sträckte ut armarna.

– Fåntratt, sa Matilda och kramade henne hårt.

De satt en lång stund på soffan och pratade. Patarin tog mod till sig och berätta om alla tankar hon haft tidigare. Om att hon inte dög och att hon kände sig överrumplad för att hon trodde att hon aldrig kunde betala tillbaka all den hjälp och snällhet hon fått. Matilda smekte henne på axeln.

– Det är inte så, sa Matilda. Jag bryr om dig så otroligt mycket, det vet du ju. Om Pran också.

– Mm, sa Patarin och tittade ner i sina händer. Jag vet. Det bara känns… betungande på något vis. Jag känner mig… svag och hjälplös och… Jag vill inte bara hänga på dig och förvänta mig att du fixar och ger allt.

– Det stämmer nog inte alls. Jag tror du inte ser ditt värde.

Patarin suckade. Det var just det. Hon såg inte sitt värde.

– Ser du inte hur mycket du har lyckats göra helt på egen hand? Problemet på Prans skola, lånet fick du också betalt och så har du hjälpt Vivian också. Du är otrolig!

– Men allt det har jag ju gjort med hjälp av andra. Det är andra som hjälpt mig med allting. Du, Suda, Kate, Preeda, Jake och Vivian. Edith också. Alla hjälper alltid mig.

– Vi gör ju det för att du är någon vi gillar. Någon vi älskar. En person som vi vet att uppskattar oss och den hjälp vi ger. Det är inget fel på att ta emot hjälp när man behöver det. Du skulle ju göra samma för oss alla, inte sant? Dessutom har du också gett oss massor.

– Som vadå? fnös Patarin.

– Det är inte något man kan beskriva ens med tusen ord, sa Matilda och log. Vänskap och kärlek. Det är inte lätt att hitta människor som är så uppoffrande och givmilda som du.

– Är jag det?

Matilda nickade.

– Man behöver inte alltid förklara eller bevisa varför man gillar någon. Ibland är det bara så att folk dras till varandra, för att de känner någon form av samhörighet eller ett slags förtroende för varandra. Det går inte alltid att förklara i ord. Det är väl en slags tyst kommunikation? Själarna som talar på en omedveten nivå kanske? Man bara vet att någon är snäll och varm. Det behövs inga bevis. Det är kärlek. Något man känner.

Det slog henne hårt. Patarin satt en lång stund tyst och tog in allt som Matilda sa. Det behövs inga bevis, repeterade hon i sitt huvud. Man bara vet. Kärlek. Det var så absurt men samtidigt så vackert och verkligt. Första gången hon träffade Matilda på polisstationen hade hon vetat inom 3 sekunder av att ha sett henne i ögonen att hon var en bra människa. Det bara var så. Om Matilda hade råkat illa ut hade hon hjälpt henne utan vidare. Hade Matilda blivit rånad i Thailand hade Patarin betalat allting för henne. Utan att tycka illa om henne. Det hade varit självklart. Och kanske att vara tillsammans, att bara vara där, var tillräckligt, något en annan människa uppskattade? Något som är mer värdefullt än pengar? Hon tänkte plötsligt på Vivian och brast ut i gråt. Nu kom det. Äntligen. Tårarna. Matilda kramade hårt om Patarin och smekte henne på ryggen. Det kändes bra att bli tröstad. Kanske det äntligen var okej att släppa det hårda taget om hennes hjärta och bara låta det älska, sårbart men öppet, låta det lita på någon, låta det ta emot och ge. Plötsligt öppnades dörren till sovrummet och Pran kom ut. Han gnuggade sina trötta ögon och tittade förvirrat mot dem. Han hade varit så trött av allting roligt han sett och gjort på Heureka att han somnat i bilen. Matilda och Mattias hade fått försiktigt hämta upp honom och lägga honom i sängs.

– *Mae*? sa han med svag röst. Varför gråter du?

– Allt är okej, sa Patarin och torkade sina tårar.

Matilda vinkade åt Pran att sitta med dem i soffan. Hon lyfte upp honom mellan dem och sedan kramades de alla tre.

– Allting är helt bra Pran, sa Matilda och log. Oroa dig inte.

De satt en stund och kramades tills Pran började tala.

– *Mae*, sa han och hans ögon lös upp. Det var så kul på Heureka! Mattias är jättecool och vi såg en massa intressanta saker, det fanns rymdgrejer och så fick man testa på en massa roliga saker, experimentera och sånt!

– Det låter som att det gick bra, sa Matilda och tittade på Patarin. Vill du se foton?

– Såklart! sa Patarin.

De tittade på fotona som Mattias skickat och de skrattade och talade en lång stund. Matilda sneglade på Pran och Patarin medan de fnissade åt Mattias roliga miner på fotona och hon suckade nöjt. Det här var hennes familj, tänkte hon. Så kändes det i alla fall just nu och hon hoppades att de kände lika. Det gick inte att förneka längre. Pran och Patarin hade blivit hennes familj, och de skulle alltid vara det oavsett vad som hände i framtiden. Hon var lycklig och det var inget mer hon önskade än att Patarin och Pran också var lyckliga, tillsammans med henne. Patarin blick mötte hennes och hon log brett. En varm rysning gick ner längs med Matildas nacke. Jag älskar henne, tänkte hon.

Matildas mamma vankade nervöst fram och tillbaka i sin lilla soliga lägenhet och justerade dekorationerna på bordet.

– Kanske här, mumlade hon för sig själv. Nej, här är nog bättre.

Hon rätade upp de färggranna Marimekkoservetterna i servetthållaren och blickade över det dukade bordet. Hennes finaste kaffeservis var prydligt utplacerade på bordet och kakan stod på ett stor runt glasfat mitt på bordet. Hon gned ihop händerna och sneglade på klockan. Snart skulle de vara här. Hon var nervös för hon visste att det var viktigt för Matilda och hon ville inte tabba sig. Plötsligt ringde dörrklockan. Hon småsprang till dörren och öppnade den försiktigt.

– Hej mamma! sa Matilda och kramade henne genast.

– Hej gullet, sa hon. Stig på, stig på.

Patarin sneglade nervöst på Matildas mamma medan hon tog av sig rocken och skorna och visste inte riktigt om hon skulle skaka hand eller buga lätt. Det behövde hon inte fundera länge på innan Matildas mamma kramade henne lätt.

– Välkommen, sa hon och log varmt.

– T-tack, sa Patarin och log tillbaka.

– Pat-patrin var det visst?

– Patarin, sa Matilda.

– Ja, ja Patarin, sa hennes mamma. Gunnel heter jag.

– Trevligt att träffas, sa Patarin. Här är Pran. Hälsa artigt nu Pran.

– Trevligt att träffas, sa Pran och hälsade med ihopslagna handflator.

– Så söt pojke du har, sa Gunnel och rufsade om hans hår. Kom in och slå er ner.

Matilda gick först och visade runt Patarin och Pran. Patarin kunde se att Matilda fått sin goda stil av sin mor, som också dekorerat sin lägenhet i pasteller, dock var Matildas lägenhet snäppet modernare vad gäller möblering och stil. Gunnel hade också mycket mer saker och dekorationer vilket ju inte var ovanligt för äldre folk. Under flera års tid hinner det samlas en hel del saker och minnen som alla får en plats i någon hylla eller på någon bordskant.

– Är det här du? frågade Patarin och stannade framför en bokhylla.

– Jo. Jag var nog runt 7 år gammal där tror jag.

– Vad söt du var! utbrast Patarin och log. Du ser helt lika ut fortfarande.

– Tycker du det? sa Matilda och log genant.

– Är det Matilda som liten? frågade Pran nyfiken. Får jag se?

– Här, sa Patarin och plockade ner ramen åt Pran.

– Så långt hår du hade här! sa Pran.

– Jag tror jag var ungefär i din ålder där, sa Matilda.

Pran fnissade för det var alltid så konstigt att tänka att mammor hade varit lika små som deras barn. Mammor, tänkte Pran och tittade upp på Matilda. Skulle Matilda vilja vara hans mamma också? Han visste att hans mamma gillade Matilda och att det fanns barn som hade två mammor eller två pappor, men mer än det hade han inte riktigt funderat på. Matilda rufsade om hans hår och log varmt mot honom. Det kändes bra, tänkte Pran.

– Nu är kaffet klart, ropade Gunnel från köket. Slå er ner bara.

– Tack, sa Matilda och visade vägen fram till det stora dukade bordet vid vardagsrumsfönstret. Har du dukar fram allting redan? Behöver du hjälp med något?

– Nej, nej, sa Gunnel. Sätt er ner bara.

Om en stund kom hon med kaffekannan och hällde upp i kopparna. Sedan hämtade hon en kanna saft och hällde upp i Prans glas.

– Varsågoda, sa hon och slog ut med armarna.

– Tack så mycket, sa Patarin men väntade att Gunnel suttit ner först.

Efter att Gunnel skurit kakan och tagit en bit åt sig själv skar Patarin en bit åt Pran och en åt sig själv.

– Mm, vad gott! sa Pran och sparkade med fötterna under bordet.

Gunnel nickade nöjt och sörplade på sitt kaffe. Efter en stund sneglade hon på Matilda och sedan på Patarin.

– Jo, sa hon och harklade sig, Patrin. Hur känns det nu att vara här i Finland? Gillar du det?

– Ja. Det är väldigt annorlunda här men vackert och lugnt.

– Du saknar inte Thailand?

– Litet. Jag har ju familj och vänner där. Men vi åker ju hem snart.

– Du har inte tänkt stanna här? frågade Gunnel plötsligt.

– Mamma! sa Matilda nervöst. Hur kan du fråga det så direkt? Det är väl vår sak att diskutera?

– Förlåt, sa hennes mamma. Men jag vill ju bara veta. Gillar du inte Finland tillräckligt för att stanna?

– Nej, alltså jo, sa Patarin nervöst. Alltså jag gillar Finland men vi har inte funderat ännu…

– Det är inte bråttom att tänka på det ännu, sa Matilda och blängde på sin mamma.

– Nog börjar det bli litet bråttom skulle jag säga, sa Gunnel. Nu har ni ju varit i kontakt långt över ett halvt år. Inte kan ni väl i all evighet bara chatta genom en skärm, visst?

Det blev tyst och obekvämt runt bordet. Pran förstod inte riktigt vad som hände och tänkte att det var bäst att hålla tyst. Patarin tittade nervöst ner på sitt fat och Matilda fortsatte att blänga på sin mamma. Vad skulle hon säga nu? tänkte Patarin. De satt tysta en stund och åt kaka tills Patarin öppnade munnen.

– Jo, sa hon försiktigt. Jag kan inte lova något ännu, men jag ska diskutera saken grundligt med Matilda. Om… om vår framtid. Och Pran också. Jag måste tala med Pran först.

– Jag förstår absolut, sa Gunnel och nickade varmt mot henne. Jag ber om ursäkt. Ibland kan jag vara lite otålig och för rakt på sak. Jag är gammal och Matilda är mitt enda barn.

– Jag trivs bra med Matilda, sa Patarin och försökte hålla sig lugn.

Det var inte lätt att tala så direkt med en äldre kvinna som var mamma till hennes flickvän och som hon dessutom nyss träffat ansikte mot ansikte för första gången. Men hon visste att ibland måste hon också vara den modiga. Hon kunde inte låta Matilda vara mellanhand och tala för henne i allting. Dessutom ville hon vara ett gott exempel för Pran.

– Det gör mig glad att höra, sa Gunnel. Och vad jag förstått så trivs Matilda också väldigt bra med dig och Pran.

Matilda nickade och hon började sakta slappna av. Det var just typiskt att hennes mamma aldrig skulle kunna hålla truten stängd utan alltid förstöra stämningen med sina kommentarer. Men delvis förstod hon henne. Det var ändå ingen ursäkt för att blanda sig i hennes och Patarins relation. Det var deras sak och de bestämde själv när, var och hur de skulle diskutera och göra beslut om deras framtid.

– Jag har ett par gåvor åt dig, sa Patarin för att byta samtalsämne. Jag ska gå och hämta dem från min väska.

– Oj, sa Gunnel. Det hade du ändå inte behövt!

Patarin hämtade sin väska och plockade fram ett par vackra färggranna sjalar.

– Vad vackra de är! Tack ska du ha lilla vän!

– Jag tänkte att du kanske kunde gilla den här också, sa Patarin och plockade försiktigt fram ett handmålat porslinskärl som hon virat runt i tidningspapper. Man kan lägga tepåsar på det eller vad än man hittar på med det.

– En elefant! sa Gunnel och tog det lilla fatet i handen. Så fin den är! Tack!

Patarin nickade blygt och log. Vilken tur att Matildas mamma gillade gåvorna. De var inte värst dyra men Matilda hade sagt att sådant inte spelade roll för hennes familj och vänner.

Efter att de ätit kaffe och kaka hjälpte Patarin att duka av bordet tillsammans med Matilda medan Gunnel visade sin skattkista åt Pran. Hon kallade den så för att hon samlat en massa intressanta saker i den över årens lopp som hon velat ge åt sitt barnbarn, om hon någonsin skulle få ett. Matilda och Patarin hörde hur Pran skrattade medan Gunnel visade upp souvenirer från olika länder, Matildas gamla leksaker och spännande små föremål med intressanta bakgrundshistorier om hur de hamnat i skattkistan.

– Ska vi sätta oss ner i soffan en stund? frågade Matilda.

– Ja, gärna, sa Patarin.

– Hur mår du nu? Är du okej?

– Jag är okej.

– Min mamma skrämde inte upp dig med att vara för direkt? frågade Matilda och tog Patarins hand försiktigt.

– Ja och nej.

Matilda tittade på Patarin och smekte en lång svart hårslinga ur hennes ansikte. Patarin tittade djupt in i Matildas stora blåa ögon och suckade lätt.

– Det är inget farligt, sa Patarin. Jag... jag insåg faktiskt en sak.

– Vad då?

– Att jag undvikit verkligheten alldeles för länge. Det är orättvist mot dig.

– Hur menar du? Oroa dig inte om mig.

– Nej. Det är just det jag borde göra, oroa mig om dig också. Nu har jag bara tänkt på mig själv och mitt liv och mina problem. Du har varit tålmodig och väntat på mig, väntat på att allting i mitt liv ska ordna sig för att jag ska ha tid att tänka på... oss. Vår framtid.

Matilda justerade sin position i soffan men sa inget. Hon var nervös för vad Patarin skulle säga. Ville hon fortsätta tillsammans eller var det slut?

– Det är nog dags nu, fortsatte Patarin. Jag har undvikit det tillräckligt länge nu. Det kändes svårt och komplicerat att tänka på, ja, nästan omöjligt. Men nu vill jag inte undvika det längre. Vi ska nog tala om saken nu.

– Om vår framtid alltså? frågade Matilda bara för att vara säker.

– Ja.

– Hur tänker du om vår situation då?

– Jag… sa Patarin och tvekade en stund. Det är så svårt. Jag känner mig så osäker.

– Jag tror att det är för att du tänker på alla andra också, sa Matilda, inte bara dig själv, inte sant?

– Det är nog sant tror jag.

– Men det här är ju ett ganska viktigt beslut. Försök utesluta alla andra från dina tankar just nu, vad känner du? Vad vill du?

De satt tysta i vad Matilda tyckte var en evighet. Hon kunde inte slita blicken från Patarin, så nervös var hon. Hon granskade Patarins varje andetag, rörelse och min, för hon sa fortfarande ingenting. Patarin var försjunken i tankar. Det enda Matilda kunde tänka på var hur otroligt vacker och underbar Patarin var där hon satt i soffan i de nya ljusblåa jeansen och rosa tröjan som Matilda köpt åt henne och hur mycket hon skulle sakna henne och Pran om de aldrig skulle ses igen. Hennes känslor gick inte att förklara med logik. Det var kärlek. Det bara hände. Det fanns ingen specifik orsak varför hon gillade Patarin. Patarin var ingen ängel eller övermänniska med en imponerande lista av goda gärningar hon gjort under årens lopp. Det spelade ingen roll. När Patarin öppnade sig för henne och var sig själv, det var då Matilda blev kär. Matilda älskade Patarins blyga leende och hennes varma hand. Hon älskade hur Patarin brydde sig om sina vänner och familj, och hur de skrattade åt samma saker. Det bara var så.

– Jag vill vara med dig, sa Patarin så plötsligt att Matilda ryckte till.

– V-vad sa du?

– Jag vill vara med dig, sa Patarin blygt. Om det är möjligt.

Matildas blåa ögon fylldes av tårar.

– Jag tror nog att jag… jag ä-älskar dig, sa Patarin och petade nervöst på ändan av sin skjorta.

– Fåntratt! sa Matilda och drog Patarin tätt intill sig. Jag älskar dig med!

– Hej gullet, svarade Vivian när Patarin ringde upp henne. Hur är Finland? Berätta!

– Det är bra, sa Patarin och satte sig ner vid köksbordet med den bärbara datorn. Men du får nog berätta först hur du mår. Jag har varit så orolig för dig.

– Det är bra. Oroa dig inte.

– Du äter medicinerna regelbundet? frågade Patarin misstänksamt. Du måste! Hör du mig?

– Jag gör det nog.

– Du lovar mig!

– Absolut. Jag är inte rädd längre. Jag mår mycket bättre redan och Kate den fåntratten har varit här nästan dagligen. Hon har bokstavligen spionerat på mig.

Patarin fnissade. Hon hade bett Kate hålla ett vakande öga över Vivian medan hon var i Finland och hon hade tagit uppdraget väldigt seriöst. Hon hade skickat uppdateringar nästan dagligen om besöken till sjukhuset och om Vivians mående. Snart skulle hon få lämna sjukhuset och Patarin hade bett Jake om en stor tjänst.

– Du är verkligen en idiot, sa Vivian.

– Hurså?

– Du är för snäll. Du hade inte behövt blanda in alla du kän-
ner i mina saker.

– Men jag ville inte att du ska vara ensam.

Det blev tyst en stund tills Vivian svarade.

– Jag vet, sa hon. Tack. Egentligen är jag tacksam, fast jag
inte alltid vill visa det. Men jag känner mig otroligt besvärad,
det ska du veta! Jag avskyr att be hjälp av andra och stå till
skuld åt någon, det vet du ju.

– Vänner ska inte tänka på sånt. Du skulle göra samma för
mig.

– Såklart.

– Det är bara att gå till kaféet imorgon så visar Jake åt dig
hur saker går till där. Det kommer gå bra.

– Mm. Tror du faktiskt att jag ännu har det i mig att jobba
med ett vanligt jobb?

– Såklart! Du är ju jättesnygg också så du kommer locka in
en massa kunder vet jag.

– Tyst, sa Vivian och fnissade genant.

Just då knackade det på dörren till Vivians rum och Kate
steg in.

– Talar du med Patarin?! frågade hon. Hej, hur är det?!

Hon rusade in och satte sig ner på sängen bredvid Vivian
och vinkade åt kameran. Kates vackra ansikte och korta svarta
polkahår uppenbarade sig i skärmen och Patarin log. Åh, vad
hon saknade dem alla, tänkte hon.

– Vad har ni gjort där borta? frågade Kate.

– Lite det ena och det andra, sa Patarin. Har träffat Matildas
mamma och vänner och så har vi shoppat och åkt runt staden
såklart.

– Åh, vad kul! sa Kate. Någon dag åker jag också till Fin-
land, kanske jag besöker er sen när ni flyttat dit med Pran!

Patarin lutade tillbaka av förvåning. Hon hade inte direkt talat om det ännu, men det verkade som att alla hennes vänner bestämt och accepterat att hon och Pran skulle flytta till Finland. Det gjorde henne litet ledsen, även om hon visste att de alla menade väl och att det inte var långt från sanningen.

Föregående kväll hade hon talat länge och djupt med Matilda och de hade för första gången ordentligt övervägt deras val. De hade sist och slutligen kommit fram till att de gärna skulle bo i Finland tillsammans, eftersom det på flera sätt och vis skulle vara lättare. Finland var ett säkert land med ett fungerande socialskyddssystem och med gratis utbildning för barn. Dessutom var landet mer jämlikt och rättvist än Thailand, så för Patarin var det ett logiskt val. Men det hade inte gjort det något lättare att göra det valet. Att lämna det land hon vuxit upp i skulle inte bli lätt och hon skulle sakna alla sina vänner, och Edith. Matilda hade dock lovat och försäkrat att de skulle ha möjligheten att åka på semester till Thailand minst en gång i året, också London, om Edith flyttade tillbaka dit. Patarin hade ingen aning hur mycket Matilda förtjänade men det verkade som att hennes inkomster inte var illa alls. Det besvärade dock henne något för hon ville inte bli finansiellt beroende av Matilda. Hon ville också bidra till deras familj.

Deras familj, tänkte hon och log. Det var helt tokigt att de faktiskt skulle bli en familj nu, men det kändes underbart och rätt. Patarin lutade fram mot skärmen igen och log brett.

– Vi ska gifta oss, sa hon så plötsligt att Vivian nästan trillade av från sängen.

– Gullet! skrek hon förtjust. Åh!!! Grattis min kära söta! Åh jösses!

– Underbart! ropade Kate och började gråta av glädje. Jag är så glad för din skull!

– Tack, sa Patarin och kunde inte sluta le.

– *Mae?* sa Pran som plötsligt uppenbarade sig bakom Pata-rin. Vad menar du gifta dig? Ska vi aldrig bo i Thailand mer? Får jag aldrig se Wendy mer?

Oj, nej, tänkte Patarin. Hon och Matilda hade inte ännu hunnit tala om saken för Pran.

– Pran? sa hon försiktigt. Det är inte så, låt mig förklara.

Men Pran brast ut i gråt, rusade tillbaka in på rummet och smällde dörren efter sig.

– Oj, sa Vivian. Det var ju inte bra. Han visste inte ännu om saken?

– Nej, sa Patarin och suckade.

– Det blir nog bra, sa Kate. Ge honom litet tid så förstår han nog.

– Tack, sa Patarin. Jag hoppas det.

Med det lade de på och Patarin gick med försiktiga steg mot Prans rum. Hon knackade på men han svarade inte.

– Pran? Får jag tala med dig?

– Gå bort! skrek han. Jag hatar dig och jag hatar Matilda! Jag hatar Finland!

– Det tror jag inte på, sa Patarin men det gjorde ändå ont när han sa det.

– Jag vill hem! Hem till Thailand!

Patarin suckade och satte sig ner i soffan. Hon hade önskat att hon hunnit berätta om saken lugnt för honom i stället för att han fick veta det så plötsligt som nu. Hur skulle hon bäst tala om saken för Pran? Patarin bestämde sig för att det nog var en bra idé att vänta på Matilda. Matilda hade hamnat åka in på jobbet idag så hon skulle vara borta tills eftermiddag. Patarin tittade på klockan och steg upp. Hon bestämde sig för att laga något thailändskt till lunch som Pran gillade, det skulle nog muntra upp honom. Hon började skramla i köket med stekpannor och kastruller då hon plötsligt hörde att ytterdörren stängdes med ett pang. Hon frös till och bara stirrade i väggen en stund.

– Pran? ropade hon försiktigt. Pran?!

Hon rusade ut i vardagsrummet och sedan in i hans rum. Hon lyfte på täcket och öppnade dörrarna på klädskåpet.

– Pran?! ropade hon förtvivlat.

Nej, tänkte hon. Han kunde väl ändå inte ha… gått ut? Hon sprang fram till ytterdörren och såg att både hans skor och rock var borta. Den idioten! tänkte hon och höll tillbaka tårarna. Vart kunde han gå? Tänk om han gick vilse? Vad ska jag göra? Vad ska jag göra?! tänkte hon och vankade av och an i farstun. Till slut drog hon rocken och skorna på sig, stoppade hastigt nycklarna och telefonen i fickan och rusade ut.

Pran sprang längs med joggingspåret så länge han orkade utan att titta tillbaka en enda gång. Sedan tog han av vid sidan av spåret och började gå upp för en stor kulle. Träden blev fler och fler, och tätare och tätare. Tårarna rann nerför hans kinder och han hade en stor klump i halsen. Jag vill inte, jag vill inte, jag vill inte! tänkte han. Jag vill att allting går tillbaka till vad det var förut.

Han var rädd. Han hade inga vänner här och Edith och Wendy skulle han aldrig se mer. Han ville inte bo i det här kalla och mörka landet. Tänk om hans mamma och Matilda gifter sig och de inte behöver honom längre? Tänk om de får ett till barn tillsammans och de ger bort honom till någon annan i stället? Hans mamma gillade ju inte honom så värst mycket ändå så nu hade hon chansen att bli av med honom. Han kunde inte sluta tänka på det värsta möjliga. Varför hade de inte frågat honom om saken? De hade bara bestämt saker bakom hans rygg utan att tänka på honom! Orättvist! Jag ska göra det lättare för er och bara försvinna, tänkte han och klättrade högre upp på kullen.

Nu såg han inte spåret längre. Han satte sig ner på en stor sten, tog av sig mössan och torkade svetten. Han tittade ut över skogen och fältet som öppnade sig under kullen på andra sidan. Det var så annorlunda från Thailand. Träden var annorlunda och människorna var konstiga och sura. Häromdagen hade han lekt ute på gården utanför Matildas hus och ett annat barn hade kastat sand på honom, på flit. Han visste inte riktigt varför, för han förstod inte språket, men han hade känt att det var för att han var annorlunda. Han putade med läppen och sparkade med sina tunga vinterstövlar mot stenen. Finska barn var dumma. Men det var thailändska barn också. Han kände sig plötsligt väldigt ledsen. Oavsett var i världen han var mobbade andra barn honom. Han var halvt thailändare och halvt vit och det kändes som att dessa halvor gjorde att ingen gillade honom. Han passade inte in någonstans.

Plötsligt hörde han något prassla bakom honom. Han vände om och såg en liten ekorre klättra upp och ner längs med en tall. Han granskade den med stora ögon och den verkade inte vara rädd för honom. Han steg upp och gick långsamt närmare. När han kommit fram till tallen försvann ekorren bakom tallen på andra sidan stammen. Pran började gå runt tallen och samtidigt började ekorren klättra runt tallen i gömman för honom. Han hörde hur ekorrens små tassar smattrade mot tallens bark och ibland såg han den lilla ludna svansen glimta bakom tallen när han ökade farten. Snart blev han snurrig av att gå runt tallen åt samma håll så han satte sig ner på marken och tittade upp mot tallens krona.

Ekorren klättrade fram på en av grenarna och tittade ner på honom. Det kändes nästan som att den log mot honom så han log tillbaka. Sedan försvann ekorren högre upp i tallen och hoppade vidare till följande tall. Pran blev sittande på marken och suckade. Kanske det ändå var bäst att gå tillbaka. Nu var han hungrig dessutom. Han steg upp och tittade sig omkring. Allting såg lika ut. Han hade glömt från vilken håll han kommit. Plötsligt reste sig håren i nacken på honom när han insåg hur vilse han var.

– *Mae*?! ropade han förtvivlat men hans röst bara ekade mellan träden.

Han började småspringa planlöst mellan träden men hittade inte tillbaka till joggingspåret.

– *Mae*!? ropade han igen och tårarna började rinna nerför hans kinder igen.

Pran föll ner på marken och skadade sitt knä.

– Aj, sa han högt och putsade smutsen från sina byxor.

Det sved och bultade i knät och nu hade han kallt också. Tänk om han aldrig skulle se sin mamma igen? Han brast ut i gråt och ett par kråkor flaxade upp ur en gran, kraxade och flög i väg. Plötsligt skällde en hund. Pran blev rädd och steg upp. Han gömde sig bakom granen och torkade sina tårar. Men hunden hittade honom och rusade fram till honom. Han skrek till när hunden snusade på honom och han skakade av rädsla.

– *Mitä sä siellä haukut?* – Vad skäller du för? sa en kvinna som kom springande efter hunden. *Tule pois sieltä! Onko siellä orava? Tule, tule!* – Kom bort därifrån! Är det en ekorre? Kom, kom!

Pran hade ingen aning vad tanten sa men hon ropade väl på hunden. Det lät som finska. Pran hade fort lärt sig skilja på de två språken, hur de lät alltså, finska och svenska. Matilda hade berättat att man talar båda språken i Finland och det hade Pran tyckt var ganska spännande.

– *Herran jestas!* – Jösses! sa hon när hon såg Pran. *Täällä oli lapsi! Mitä sinä täällä teet? Missä sun vanhemmat ovat?* – Här var ett barn! Vad gör du här? Var är dina föräldrar?

Han förstod absolut inget så han brast ut i gråt igen. Tanten tröstade honom och verkade förstå att han var vilse. Hon klappade honom lätt på ryggen och tog honom i handen. Han visste att det inte var bra att följa med okända människor men just nu hade han inget val. Han hade ingen aning var han var och tanten verkade ändå snäll. Han följde snällt efter henne och hunden skuttade bredvid dem med svansen viftande. Plötsligt såg han joggingspåret och han släppte hennes hand. Han rusade så fort han kunde ut på spåret och började ropa.

– *Mae! Mae! Mae!* ropade han allt vad det gick.

– *Are… y-you?* försökte tanten på engelska men gav genast upp. *Äh, en minä osaa* – äsch, jag kan inte.

Som tur kom en ung man springande längs med spåret som tanten stannade och växlade ord med.

– Talar du engelska? frågade mannen av Pran på engelska.

– Ja, svarade han med hoppfull blick.

– Var är dina föräldrar? frågade mannen. Är du vilse?

– Jo, sa Pran och torkade sina tårar. Jag hittar inte hem.

– Minns du din adress? frågade mannen. Eller något landmärke? Hur ser det ut där du bor?

Pran funderade en stund. Det fanns inte riktigt något specifikt landmärke nära Matildas hus, bara tågspåret.

– Tåget går förbi där, sa han.

– Hm, sa mannen. Då är det i varje fall åt det här hållet.

Han pekade mer armen.

– Jag är på väg dit så vi kan i alla fall gå tillsammans, sa han.

– Jag kommer med, sa tanten.

De promenerade sakta längs med joggingspåret och Pran snyftade hela vägen. Tanten tog hans hand och tröstade honom. Plötsligt hörde de någon ropa.

– Pran! skrek hans mamma. Pran!

– *Mae!* skrek han allt vad det gick.

Han sprang så fort han kunde i riktningen av ljudet och snart såg han sin mamma. Hon ökade farten och sprang emot honom och omfamnade honom så hårt att det gjorde ont.

– Skitunge! skrek hon men släppte inte taget.

– *Mae!* grät han förtvivlat. Förlåt!

– Du din dumma unge! Du vet inte hur orolig jag blev! Hur kan du bara försvinna sådär? Jag var rädd att jag inte skulle hitta dig och att du skulle råka ut för något farligt!

– Var du faktiskt så orolig? frågade Pran förvånat.

– Såklart! Dumskalle! Du är ju mitt barn!

Pran snyftade och lutade sitt huvud mot hennes axel.

– Så ni ska inte ge bort mig? När ni gifter er?

– Vad i all sin dar säger du?! Såklart inte!

– Men ni frågade inte vad jag tycker om saken, sa Pran och torkade sitt snor med handsken.

– Vi hann inte berätta för dig ännu, förlåt. Men det är nog en sak som vuxna bestämmer om. Såklart vi har tänkt på dig också, det är ju främst dig vi tänkt på faktiskt.

– Hur då?

– Det kan vara svårt för dig att förstå. Jag förklarar senare, kanske sen när du är litet äldre.

– Är allt okej här? frågade mannen som nu nått fram till dem. Han var tydligen vilse där i skogen någonstans.

Tanten pustade i uppförsbacken och hunden rusade fram före henne.

– Jo, sa Patarin. Tack så väldigt mycket!

– Det var inget, sa mannen. Tanten och hunden här hittade honom och hämtade ner honom till spåret. Tacka dem. Vad tur att allting ordnade sig.

– *Ihanaa, että äiti löytyi* – vad skönt att du hittade din mamma, sa tanten och log varmt.

Pran log blygt tillbaka och klappade försiktigt hunden som snusade på honom. Patarin tackade ivrigt både tanten och mannen och de nickade vänligt innan de gav sig i väg på sina egna vägar.

– Nu går vi hem och äter, sa Patarin och tog Pran i handen. Gör aldrig mer såhär!

– Förlåt, sa Pran och tittade skamset ner i marken.

De gick tysta en stund och Pran märkte att hans mamma var både lättad och arg.

– *Mae*? sa han plötsligt försiktigt.

– Vad är det?

– Älskar du Matilda mer än mig?

Patarin stannade av förvåning. Hur kan ett litet barn som han fråga så svåra frågor? Hon gick ner på huk framför honom och tog hans båda händer i sina. De var små och kalla och snoret på hans handskar hade frusit och stelnat.

– Jag älskar er båda, sa hon och tittade honom djupt i ögonen. Massor! Det är inte något som går eller ska jämföras. Ni är båda viktiga för mig. Bara för att jag älskar Matilda betyder inte att jag älskar dig mindre, tro mig.

– Mm, sa Pran och tittade försiktigt på sin mamma.

– Matilda älskar dig också Pran, sa hon.

– Gör hon det?

– Absolut. Och jag tror du gillar henne med, inte sant?

Han stod tyst en stund och funderade. Det var sant. Han skämdes för det fula han sagt tidigare då han var arg och ledsen, om att han hatade dem båda. Det var inte alls sant. Matilda var snäll och rolig. Han kunde inte komma på något han inte gillade med henne. Hon var cool och modig och hade skyddat honom redan i Thailand då de träffades.

– Jag gillar henne, sa Pran blygt.

– Det gör mig lycklig att höra, sa Patarin och log. Jag vill, jag och Matilda vill, att vi ska bli en familj. Vi tre. Är det okej med dig, Pran? Du kanske inte får en ny pappa, men du får en till mamma. Det är också ganska bra, inte sant?

– Mm, sa Pran och log smått.

Det lät faktiskt inte så illa.

– Jag lovar att allting blir riktigt bra, Pran, sa Patarin och kramade om honom.

Pran snusade på sin mammas hår och suckade. Det kändes redan mycket bättre nu. Kanske det inte var så skrämmande sist och slutligen. Att bo här.

– Men ska vi aldrig åka tillbaka till Thailand mer? frågade han.

– Såklart vi åker dit så ofta vi kan! Matilda har lovat att vi åker dit minst en gång i året.

– Jag saknar Edith, sa Pran och putade med läppen.

– Jag med. Jag med.

– Kan hon inte åka med oss hit?

– Hm, jag tror inte hon vill.

– Tycker hon inte om oss mer?

– Nej, det är inte så. Du vet ju att hon har barn i London, hon sa faktiskt att hon kanske ska flytta dit snart.

– Till London? sa Pran förtvivlat. Det är ju jättelångt borta!

– Det är det faktiskt inte från Finland, sa Patarin och log. Vi kan besöka henne hur lätt som helst.

– Är det sant? sa Pran och hans ögon glittrade hoppfullt.

– Jag lovar. Men nu går vi och äter, kom!

Matilda rusade hem så fort det gick efter att hon läst Patarins meddelande. Hon låste upp dörren med fart, kastade av rocken och skorna, slängde handväskan på golvet och sprang in i vardagsrummet.

– Är allt okej?! ropade hon. Pran?

Pran stack ut huvudet ur köket och log.

– Här är jag! sa han. Vi äter.

Matilda sprang fram till honom och drog honom nära intill sig. Patarin nickade mot Matilda och började hälla upp lunch på ett fat åt henne.

– Har du rymt?! frågade Matilda och tittade honom strängt men kärleksfullt i ögonen.

– Mm, sa Pran och tittade blygt ner i golvet och log. Det gjorde jag.

– Var du ledsen över något? frågade hon fast hon redan visste varför han rusat ut.

– Jo. För att ni ska gifta er. Men det är okej nu, jag tror nog att jag kanske tycker det är bra faktiskt.

– Vilken tur att höra, sa Matilda och smekte hans hår. Vi tycker också det är bra och vi vill att du ska vara lycklig och nöjd. Det är viktigt för oss att du inte mår dåligt över saken.

– Det är okej nu, sa Pran och log brett.

– Bra, sa Matilda och log hon med. Då ska jag slå mig ner och äta med er. Det doftar härligt!

– Välkommen hem, sa Patarin och Matildas kysste henne på kinden. Förlåt att du hamnade lämna jobbet tidigare, jag blev bara så rädd.

– Det är okej. Jag kan åka in på nytt efter lunchen och fortsätta jobba några timmar. Min chef är förstående.

Kort efter hennes semester i Thailand hade hon lyckats byta jobbplats till ett bättre företag med god arbetsanda. Det var ett företag som fokuserade på att uppmuntra fler kvinnor att utbilda sig inom programmering och IT-branschen överlag och Matilda hade fått positionen som planerare för evenemang och skolningar. Jobbet var mycket mer givande än hennes förra jobb och av hennes initiativ höll de för tillfället på med ett projekt att ordna IT-utbildning för kvinnor i utvecklingsländer.

– Mm, vad gott! sa Matilda då hon tagit de första tuggorna av maten.

– Tack, sa Patarin medan Pran och Matilda slukade i sig maten. Det gör mig glad att se er äta med god aptit.

– Det är gott *mae*, sa Pran och viftade med gaffeln.

– Bordsskick, sa Patarin vänligt men strängt och tittade på Pran.

Matilda tittade på både Pran och Patarin och suckade lyckligt. Det här var hennes familj, hennes människor. Det kändes bra och det kändes rätt. Hon kunde inte beskriva i ord hur lycklig hon kände sig just nu. Patarins mörkbruna ögon mötte hennes och det pirrade i magen på Matilda. Patarin kände lika och sträckte sin hand över bordet mot Matilda. Matilda satt sin hand över hennes och kramade den lätt.

Den finska vårsolens strålar värmde deras nackar där de stod hand i hand under flaggan i blått, rött och vitt och stirrade mot dörren. Fåglarna kvittrade ivrigt och luften doftade mylla av de nyplanterade rabatterna i parken bredvid. En saltig vindpust slog upp mellan gatorna och fortsatte in mot centrum.

– Ska vi gå in? frågade Matilda.

– Vänta litet, sa Patarin och drog djupt efter andan. Jag är nervös.

– Det ska nog gå bra. Det är bara litet papper vi ska begära, eller hur?

– Mm, sant.

Hon kände sig nervös ändå. Det var inte vilka papper som helst. Det var papper som skulle bevisa att hon inte var gift i Thailand och som skulle tillåta henne att gifta sig här i Finland, med Matilda. Hindersprövning hette det. Igår kväll hade Matilda bokat om returflygen åt Pran och Patarin för att de skulle hinna gifta sig i Finland först. Samkönade äktenskap var inte ännu lagliga i Thailand[2] så Finland var deras logiska alternativ. De hade tur eftersom lagen om samkönade äktenskap nyss tagits in i den finska lagen ett år tidigare. Det kostade mycket pengar att flyga fram och tillbaka, så efter en lång och djup diskussion hade de bestämt sig för att vara tokiga och helt enkelt gifta sig direkt.

Patarin stirrade på flaggan som fladdrade lätt i vinden ovanför ingången till Thailands ambassad i Helsingfors. Det pirrade i magen på henne. För varje dag kände hon sig mindre rädd och mer modig, och mer självsäker i sina val. Men det var inte något lättare för det. Det var ett stort steg och ingen kunde veta något om framtiden och hur saker och ting skulle utspela sig i fortsättningen. Men hon var villig att ta den risken. Livet hade inte varit lätt för henne och hon visste precis hur fort saker kunde gå fel, särskilt då man minst förväntade sig det.

Även om det fanns många människor i hennes liv hon inte kunnat lita på, så var Matilda inte en av dem. Hon var en av dem hon litade mest på och efter att hon träffat Matilda hade flera bra saker hänt. Det var dags att Patarin gjorde något för sin egen skull, precis som hennes vänner uppmuntrat henne att göra.

Efter att hon och Matilda gift sig skulle Patarin och Pran åka tillbaka till Thailand, påbörja processen om uppehållstillstånd och sedan var det bara att vänta på beslut. Processen med äktenskap och uppehållstillstånd kunde ta en lång tid, men de var förberedda för det. Patarin älskade sitt hemland men alltför ofta under sin livstid hade hon känt att det var ett svårt land att bo i, särskilt om man föddes fattig. Precis som alla andra länder i världen så fanns det både bra och dåliga saker med Thailand men det spelade ingen roll just nu. Hennes beslut hade mindre att göra med Thailand och mer att göra med Matilda och Pran. Nu hade hon äntligen en klar vision för sin framtid samt tillit i sin förmåga att uppnå den. Hon visste vad hon ville erbjuda Pran och hur hon ville leva. Patarin höjde på hakan, vek sitt långa svarta hår bakom öronen och drog tillbaka axlarna. Hon tog ett djupt andetag med slutna ögon och tänkte på sin mamma innan hon öppnade sina ögon. Hon måste nog vara väldigt stolt över henne, var än i andevärlden hon befann sig i just nu.

– Nu går vi in, sa Patarin bestämt och sträckte sig efter Matildas hand.

Matildas blå ögon glittrade i vårsolen och hennes ljusa lockar dansade i vinden.

– Bra, sa Matilda och log, då går vi!

EPILOG: ATT ÅTERVÄNDA

Matildas tår grävde sig in i den ljusa mjuka sanden och hon sneglade mot den ljusblåa horisonten. Hennes långa vågiga hår fladdrade lätt i vinden och solhatten lade en liten skugga över hennes ansikte. Den tunna långa kimonon i grönt och blått virade sig runt hennes ben då vinden svepte över stranden. Det var nästan tre år sedan hon stått just här på stranden på sin månadslånga semester och då Pran stulit hennes väska vid solstolarna, en ödesmättad dag som förändrat hennes liv. Hon slöt ögonen och lät sin hud suga in de heta solstrålarna. Hennes rosamålade fingrar smakade försiktigt på vinden och hon lyssnade på vågornas plask mot strandkanten. Det kändes underbart. Det här stället skulle för alltid vara ett andra hem för henne. Pran plaskade en bit ifrån henne och skrattade högt när en stor våg vällde omkull honom.

– Var försiktig! ropade Matilda och Pran vinkade tillbaka.

Uppehållstillståndet hade tagit sin tid men då de äntligen fått det positiva beslutet hade de gråtit och skrattat av glädje. Patarins adjö till sina vänner hade givetvis varit sorgligt men de visste alla att de skulle ses igen, minst en gång i året som Matilda lovat. Pran hade anpassat sig fint i Finland och hade genast fått många nya vänner fast han oroat sig för saken i början. Han var duktig i skolan och njöt enormt av att lära sig nya saker. Patarin gick regelbundet på språkkurs och gjorde små syarbeten åt Matildas släkt och vänner. Hon planerade på att möjligtvis starta eget eller alternativt pröva något helt nytt. I Finland fanns det massor man kunde studera gratis och det gjorde Patarin ivrig. Det fanns så mycket hon ville och kunde göra, och nu var allting möjligt för henne. Nu var de tillbaka här i Thailand för att träffa alla nära och kära. Pran sprang upp ur vattnet och tog Matilda i handen.

– Jag är hungrig, sa han och skakade sitt våta huvud.

– Jag med.

De gick fram till solstolarna där Patarin låg och solade sig. Hennes bruna ben låg utsträckta och hon njöt fullt av att vara tillbaka i det varma vädret. Den turkosa simdräkten passade henne perfekt och hennes långa svarta hår föll mjukt ner längs med hennes axlar.

– Det jag saknar mest är nog vädret, sa Patarin och skrattade.

– Jag förstår dig, sa Matilda och nickade. Det gör jag med.

Pran satte sig ner och plockade fram en smörgås och banan som de packat ner i väskan. Det pyste och porlade i flaskan med läsk när han försiktigt öppnade korken.

– Men vad tacksam jag ändå är att kunna åka tillbaka hit då jag vill, sa Patarin. Det är inte något alla kan göra.

– Det är nog sant, sa Matilda.

– Tack, sa Patarin, för att du gör det här för oss.

– Absolut, sa Matilda. Jag vill ju också komma hit så ofta vi kan.

– Tack Matilda, sa Pran och kramade henne. Du är bäst!

Matilda satte sig ner bredvid Patarin i solstolen och putsade av sina sandiga fötter innan hon satt på sig sandalerna.

– Ska vi gå och överraska dem nu? frågade hon och log finurligt.

– Ja! ropade Pran och studsade i sanden.

Vivian förde två koppar kaffe till ett bord med vana steg och log vänligt när hon ställde ner brickan på bordet. Hennes höga klackar klickade mot golvet och hon svepte sitt långa hår över sin axel när hon gick med svajande steg tillbaka till köket. Det gamla eländiga livet var nu bakom henne men vackra skor skulle hon aldrig ge upp.

– Vad sysslar du med där Jake? frågade hon medan hon ställde ner smutsiga koppar i diskhon.

– Jag räknar vår vinst, sa Jake och log brett.

– Gullet! utbrast Vivian och småsprang fram till honom. Du låter glad, det måste betyda att det går bra för oss, inte sant?

– Ja visst, sa Jake och log belåtet. Titta här, på den här kurvan.

– Jag förstår inte men den ser fin ut, sa Vivian medan hon lutade sig över hans axel.

– Det är jättebra faktiskt, sa Jake. Kanske det är du som drar in fler kunder?

Han log sitt charmiga leende och Vivian slog honom lekfullt på axeln och skrattade blygt.

– Hej på er! ropade en bekant röst från dörren.

Där stod Suda i dörröppningen, med sin vanliga hårsvans, keps och solglasögon.

– Suda! ropade Vivian förtjust. Vad trevligt att se dig!

Suda skakade hand med Jake över disken och kramade Vivian som kom rusande fram till henne med håret fladdrande. Sedan torkade hon av svetten ur nacken med en servett och satte ner sig på en barstol vid disken.

– Får jag ta av mig skorna? frågade hon och började redan sparka av sig sina vita joggingskor. Det är så jäkla hett.

– Bryr du ens om min åsikt, sa Jake och fnös. Skräm inte i väg mina kunder med din fotsvett.

– Vi har inte sett dig på nästan en månad, sa Vivian. Var har du hållit hus?

– Jag har varit på hemliga uppdrag, sa Suda och log finurligt.

– Du och dina uppdrag, sa Jake och hällde upp en kopp kaffe åt henne. Har du fått fast fler skurkar?

– Det kan du läsa om i tidningen nästa tisdag, sa Suda och tog genast en stor klunk av kaffet. Men jag kan avslöja att det handlar om låneskurkar. Patarins lån var min inspirationskälla.

– Låter som en succé, sa Vivian och satte sig ner på en pall bredvid Suda vid disken. Du är helt sjukt cool!

– Tack, sa Suda och klappade Vivian på rumpan. Du är inte så illa du heller. Jag ser att du dragit in fler kunder än vad Jake någonsin kunnat drömma om.

Vivian skrattade och plockade fram sitt läppstift för att korrigera sina rödmålade läppar.

– Ser du dem? frågade Matilda som nu stod en god bit ifrån kaféet.

– Ja, sa Patarin och bara stirrade med munnen öppen.

Hon kunde inte tro sina ögon. Hela gatan var helt förändrad. Den tysta skitiga gatan där hon haft sin syaffär kryllade nu av mer turister och lokalbefolkning än hon någonsin sett förut. Flera av de andra små lokalerna hade också fått fler kunder och många av dem hade förvandlats till kaféer, restauranger eller små butiker med moderna smycken eller kläder till salu. Jakes kafé var dock vackrast. Det var likadant som då de inredde det tillsammans i början, men det såg annorlunda ut med så mycket liv och människor. Han hade utvidgat med fler sittplatser utanför kaféet och satt ut fler blommor. Det var så annorlunda från vad hon kom ihåg. Men det var bra. Hon kände sig lycklig över att gatan fått nytt liv och att så många unga människor hittat dit. Att sälja lokalen hade varit ett av de bästa besluten hon gjort, tack vare Matilda. Hon tog både Matilda och Pran i handen och började gå mot kaféet.

– Vivian! ropade Patarin med tårar i ögonen när hon öppnade dörren till kaféet.

– Gullet! utbrast Vivian och stod genast upp. Är det faktiskt du?!

De sprang emot varandra och omfamnade varandra länge. Matilda gick fram till Suda och kramade henne.

– Länge sedan sist, sa hon och log varmt. Vad glad jag är att se dig.

– Detsamma, sa Suda. Tack för ditt meddelande.

– Du var den enda som visste, viskade Matilda. Ingen av de här andra kan hålla en hemlighet.

– Det håller jag med om, sa Suda och skrattade hjärtligt som hon brukade.

– Matilda! ropade Jake som varit i förvaringsrummet.

Han kom fram till henne och kramade henne. Sedan kramade han Patarin och Pran.

– Vad kul att ni är här! sa han. Kom ni för att överraska oss?

– Ja det gjorde vi, sa Matilda.

– Jösses vad stor du blivit Pran! sa han och klappade honom på axeln. Visst är det kul att vara tillbaka?

– Ja, svarade han och nickade artigt.

– Trivs du bra i Finland Pran? frågade Vivian och rufsade om hans hår. Du har verkligen vuxit massor!

– Jo, sa han blygt. Det är bra där, men jag saknar Thailand ibland.

– Det är klart, sa Suda, och det är inget fel på det. Så länge du är lycklig.

– Mm, sa Pran och petade på en servett. Jag gillar Finland. Det är ett bra land.

– Har du många nya vänner nu? frågade Vivian och räckte honom en kall läsk.

– Tack, sa han och log. Jag har massor med vänner. Och nya hobbyn. Jag har prövat klättring och pardans.

– Vad coolt! sa Suda. Det är bra att pröva på en massa olika saker när man är ung så hittar man det man gillar.

Pran log brett och nickade. Patarin beundrade sitt barn med stolthet. Att flytta till Finland hade varit ett bra val. Pran hade blivit mer självsäker och bekymmersfri, precis som ett barn skulle vara. Snart skulle han dessutom bli en tonåring och då var det alltid bättre att vara lite mer självsäker än osäker med tanke på alla förändringar som skulle ske och sökandet av identitet och plats i samhället.

– Men var är Kate? frågade Patarin. Jag trodde hon skulle vara här också?

– Hennes skift på sjukhuset slutar snart, sa Jake. Efter det kommer hon nog hit direkt tror jag. Vi har en överraskning åt er också.

Jake log finurligt och klappade rytmiskt i bordet. Han visslade medan han hällde upp en beställning åt ett par kunder.

– Jag antar att ingen av er vill berätta vad det här handlar om? sa Patarin och tittade på både Suda och Vivian.

– Nej, sa Suda. Vi får inte berätta ännu.

Vivian fnissade medan Patarin skrapade sig i huvudet. Matilda kunde nästan gissa vad det handlade om men ville inte heller förstöra överraskningen. De fortsatte att tala en god stund och det hade massor att tala om, även om de Skypade regelbundet allihop. Det var en helt annan sak att sitta bredvid varandra än att tala till en skärm.

– Hur mår du nuförtiden Vivian? frågade Matilda.

– Jag mår mycket bättre, sa Vivian medan Patarin tog hennes hand i sin. Tack för att du frågar. Jag menar, jag kommer ju aldrig bli helt frisk, men jag kommer att leva en god tid framåt ännu. Så oroa er inte för mig, jag är lycklig.

– Vad skönt att höra, sa Patarin och lutade sig mot hennes axel.

– Berätta om vår gemensamma hobby, sa Suda.

– Du menar barnhemmet? frågade Vivian. Jo, vi har faktiskt ställt upp som volontärer där ibland.

– På Preedas barnhem menar du? frågade Patarin och både hon och Matilda sken upp.

– Ja, sa Vivian och log. Det har varit jättekul faktiskt!

– Vad underbart! sa Matilda. Det är hon säkert jätteglad för! Vi ska åka dit till följande.

– Får vi komma med? frågade Vivian.

– Absolut! sa Patarin. Vi åker dit allihopa, Kate också när hon kommit hit.

– När man talar om trollen, sa Suda när Kate öppnade dörren till kaféet.

– Era skitstövlar! ropade hon med tårar i ögonen. Hur kunde ni inte säga något på förhand! Och här har ni skvallrat flera timmar utan mig vet jag väl! Nu har jag missat allting!

Hon putade med sina vackra rosa läppar och hennes svarta hår, som nu växt från en polkafrisyr till axellångt, föll i ögonen på henne när hon skakade på huvudet.

– Vi tar allting om på nytt för dig! sa Patarin och kramade om henne med tårar i ögonen. Åh, vad jag saknat dig!

– Jag med, sa Kate och tårarna rann ner längs med hennes kinder och ner på Patarins axel.

– Men vad är det här? frågade Patarin plötsligt och stirrade förvånat på Kates mage. Är du…?

– Ja! sa Kate och smekte stolt sin lilla runda mage. Jag är gravid!

– Jösses! utbrast Patarin och kramade henne på nytt. Vad glad jag är för din skull, grattis! Men vem...?

– Gratulerar, sa Matilda och kramade försiktigt om Kate.

– Vi ville spara det till litet senare, sa Kate. Vi skulle ringa er på Skype och överraska er nästa veckoslut faktiskt men det blev visst så här i stället.

– Har ni glömt mig? frågade Jake och knackade fingrarna i bordet vid disken.

Patarin stirrade oförstående mot Jake och sen mot Kate.

– Det kan inte vara sant? sa hon.

– Jag gissade det här, sa Matilda och fnissade. Hur kunde du inte se det Patarin? Det var uppenbart!

– Nu känner jag mig så dum, sa Patarin och skrattade nojigt. Åh, men grattis!

Matilda och Patarin kramade om Jake också innan de satte sig ner igen.

– Nu har vi verkligen massor att tala om, sa Patarin och kramade Kates hand. Jag har tydligen missat en hel del!

– Jag trodde du visste att vi dejtade varandra, sa Kate och skrattade.

– Jag visste att ni flirtade men jag visste inte att Jake kunde vara... sa Patarin och hejdade sig.

– Seriös med en tjej? fyllde Kate in och skrattade.

– Både du och Suda tror för illa om mig! sa Jake och putade med läppen. Jag är inte sådan som ni tror!

– Nåja, sa Kate. Det kom ändå litet som en överraskning, barnet alltså, så vi ska gifta oss snart.

– Men jag skulle nog ha gift mig med dig ändå, sa Jake och blinkade kärleksfullt åt Kate över disken. Nu blev det bara lite fortare än planerat.

De pratade en god stund till och uppdaterade Kate om allt de talat om innan hon kom. När följande arbetare anlänt till kvällsskiftet kunde de alla ta sig vidare mot Preedas barnhem. De fyllde två taxin och gav sig i väg. Sanden knastrade under hjulen när taxina rullade in vid porten. Preeda kom omedelbart ut på gården och tittade misstänksamt mot porten. Hon undrade säkert varför så mycket människor anlänt till barnhemmet utan förvarning. Men när hon fick syn på vem som stod där började hon springa mot porten. Hon låste upp porten med fart och kastade sig mot Matilda.

– Åh vad härligt att se dig! ropade hon. Jag trodde att jag aldrig mer skulle få se dig!

– Jag lovade ju att komma tillbaka, sa Matilda och log.

– Vad härligt att se dig också Patarin, sa Preeda och kramade om henne. Pran, dig med! Vad stor du blivit!

– Trevligt att ses igen, sa Pran blygt och skakade hand med henne.

– Du har gjort så mycket för oss alla, sa Patarin. Det är klart att vi vill se dig!

– Ni sa inget om att ni skulle åka till Thailand senast då vi Skypade, sa Preeda och torkade sina tårar.

– Nej, sa Matilda, det blev en överraskning för de flesta här.

– Men kom in då allihop! sa Preeda och schasade in dem.

Tack vare Matilda och Patarin kände de alla varandra mer eller mindre. Matilda hade introducerat Preeda för Patarin och Pran, vilket lett till en ny vänskap. Preeda åter hade kopplat ihop Suda och Patarin då hon behövde hjälp med mobbningen på Prans skola. Sedan hade Suda, Jake och Kate trotsat låneskurkarna tillsammans med Patarin. Och Patarin igen hade introducerat Vivian för Preeda, Suda, Kate och Jake innan hon börjat förbereda flytten till Finland eftersom hon ville vara säker på att Vivian hade ett hållbart stödnätverk av vänner då hon själv i fortsättningen bara kunde stöda henne på distans. Det hade varit ett bra val för Vivian hade fort blivit bra vänner med dem alla och det hade gjort Patarin väldigt lycklig och lättad.

– Vad glad jag är att ni alla är här, sa Preeda medan hon dukade fram bordet.

Pran sprang nyfiket ut på gården med de andra barnen och Vivian och Jake hjälpte till att duka bordet medan Kate och Patarin satte sig ner. Suda grävde fram böcker, kex och glassar åt barnen från sin ryggsäck och Matilda ställde fram två stora paket på diskbänken.

– Souvenirer från Finland, sa hon och log.

– Oj! utbrast Preeda. Du hade inte behövt, men tack så mycket!

Hon prasslade med paketen och plockade fram en hel del leksaker och pussel med Muminfigurerna på.

– Så söta de är, tack! sa Preeda och beundrade sakerna. Barnen kommer definitivt att gilla dessa!

– Kolla i den andra lådan också, sa Patarin. Det är till dig.

– Är den till mig? frågade Preeda och öppnade försiktigt den andra lådan.

Hon vek paketeringsmaterialet åt sidan och mitt i lådan satt en vacker tekanna med stora röda blommor av märket Marimekko. Vikt runtomkring kannan låg ett klädesplagg, också det av Marimekko. Hon höll upp plagget och log. En underbar tunika i härliga färger.

– Tack så jättemycket Matilda, Patarin, sa hon och gick fram för att krama dem ännu en gång till. Allt är jättefint!

– Det är nog det minsta vi kunde göra för dig, sa Matilda, efter allt du gjort för oss.

Preeda rodnade och justerade sin hårknut.

– Du har hjälpt mig också, sa Vivian. Tack för att vi fått ta del av barnens liv här. Det har gett mig hopp att leva.

Suda nickade från bordet och skålade med sin tekopp i luften.

– Åh, sa Preeda, säg inte så, jag börjar gråta.

– Det är inget fel med att gråta! sa Kate. Jag gråter förresten jämnt nu när jag är gravid.

De alla skrattade en god stund och slog sig sedan ner med te, kex och kaka.

– Barn! ropade Preeda från den öppna dörren ut mot gården. Kom och ta glass och kaka!

Barnen rusade in och tog varsin glass och två kex per man. Pran hade redan hittat vänner i sin ålder och slog sig ner tillsammans med dem i ett av de två andra stora borden. För den korta stunden var ljudnivån hög och barnens prat och skratt ivrigt och vilt. Hela huset fylldes av ett glädjande sorl. Matilda tittade sig omkring och njöt av stunden.

Solens strålar lös in genom fönstret, bestick och glas klingade mot bordet och glada barnskratt fyllde rummet. Kate och Jake talade ivrigt om graviditeten och om kaféet och Preeda gav tips och råd om barnuppfostran. Suda och Vivian åter talade om korruption och nattlivet och det såg ut att Suda planerade ett stort reportage om prostitution med hjälp av Vivians erfarenheter. Matilda slöt ögonen, satt en stund tyst och bara tänkte, och kände sig varm i bröstet.

Hon var lycklig. Så glad hon var att hon gjort beslutet tre år tillbaka att åka hit och att träffa alla dessa människor som blivit hennes vänner och familj. Vilken tur att alla deras öden knutits samman. När hon öppnade sina ögon mötte Patarins blick hennes och de fnissade. Patarin tänkte på samma sak. Vilken tur det var att de träffats och vilka äventyr de råkat ut för tillsammans. Det gjorde henne lycklig att se Kate och Jake ivriga för framtiden med sitt barn och att se Vivian hitta en ny familj på barnhemmet, med Suda som stöd. Patarin sträckte sin hand mot Matilda under bordet och Matilda kramade den. De stirrade en stund in i varandras ögon och bara log. Det behövdes inga ord.

Matilda kröp in under det fluffiga täcket bredvid Patarin i hotellsängen och suckade belåtet.

– Vilken bra dag det har varit, viskade Matilda. Vad glad jag är att vi såg alla igen.

– Jag med, sa Patarin. Tack så mycket.

– Det är inget. Du vet att det betyder lika mycket för mig som för dig.

– Jag är bara smått ledsen för att vi snart måste säga adjö till dem igen. Det är bitterljuvt att åka tillbaka hit.

– Jag vet. Förlåt att det blivit så. Men vi ser dem snart igen, det lovar jag. Kates och Jakes bröllop ska vi i alla fall inte missa!

– Det är inte ditt fel, tänk inte så. Det var jag som bestämde mig att flytta till Finland med Pran och jag är både stolt och nöjd över mitt beslut. Och ja, absolut, deras bröllop kommer bli så kul!

Patarin vände sig mot Matilda och grubblade.

– Det känns konstigt att vara tillbaka här men att inte åka till vår gamla lägenhet, sa Patarin. Och att Edith inte är här längre.

– Jag förstår. Det är väldigt annorlunda.

– Det gör mig emotionell, sa Patarin och höll tillbaka tårarna.

– Det är helt okej, det är naturligt att känna så. Men snart träffar vi ju Edith också, inte sant?

– Mm, sa Patarin och grävde ansiktet in i Matildas hår.

De låg tyst och bara gosade en stund försjunkna i tankar. Pran andades ljudligt i sängen på andra sidan rummet, han var redan i djup sömn efter den äventyrliga dagen.

– Jag hade aldrig kunnat föreställa mig detta liv fem år till-
baka, sa Patarin plötsligt.

– Inte jag heller. Men vad glad jag är att allting gick som det
gick.

– Jag med. Jag älskar dig Matilda.

– Jag älskar dig med, sa Matilda och kysste Patarin ömt.

Två veckor i Thailand var snabbt över men de hade hunnit
spendera varje dyrbar dag med alla de älskade. Dessutom
skulle de snart ses igen på Kate och Jakes bröllop. Till och med
Pran och Wendy återförenades med glädje, även om mötet
präglades av blyghet efter en så lång tid av att inte ha sets. Ef-
ter ett tårfyllt men varmt adjö med Kate, Jake, Suda, Preeda
och Vivian vid flygplatsen åkte Patarin, Matilda och Pran raka
vägen till London. Följande två veckor skulle de spendera lika
dyrbart och kärleksfullt med Edith som de hade gjort med alla
vänner i Thailand.

– Jag visste att allting skulle ordna sig, sa Edith när de satte
sig ner vid hennes mysiga köksbord. Vad underbart att se er
alla igen.

Ediths unika inredning från den thailändska lägenheten
hade förflyttat sig till det lilla huset i London och det var precis
lika hemtrevligt. Elefant- och buddhastatyerna hade hittat en
ny plats, korsstygnsarbeten med blommotiv fanns upplagda
längs med väggarna och den vackra soffan i trä hade fått följa
med ända till London och satt nu i det lilla vardagsrummet
här. Hon hade även några nya motiv i sin porslinssamling.

– Vi har saknat dig så! sa Patarin och kramade om henne en
lång stund.

– Jag med! sa Pran och satt ner tätt intill Edith.

– Du har växt en hel del sedan jag såg dig senast, sa Edith
åt Pran. Är det den finska maten? Eller den friska luften?

Matilda skrattade och sträckte sig efter ett kex. Skype-samtal hade först inte lyckats så bra med Edith eftersom hon ogillade teknik, men ibland då en av hennes pojkar var på besök hade de hjälpt till med den saken och hennes rädsla för datorer och internet hade minskat.

– Vi har souvenirer åt dig från Finland, sa Matilda och drog fram sin ryggsäck.

– Åh! sa Edith. Så snällt av er.

– Vi vet hur mycket du gillar kex och te så vi köpte finska Muminkex och te, sa Patarin. Hoppas du gillar dem.

– Och bärpulver, sa Matilda.

– Oj, vad är det? frågade Edith.

– Finska bärpulver, sa Patarin. Väldigt hälsosamma. Så se till att du lägger en tesked i yoghurten varje dag. Vi vill att du håller dig frisk. Här är litet finsk honung också. Bästa honungen jag någonsin smakat på.

– Vad trevligt att ni tänkt så mycket på mig, sa Edith och granskade gåvorna nöjt.

Pran slukade i sig kex och saft och började leka med Ediths katt som lagt sig på stolen bredvid honom.

– Jag är glad att se att Pran mår så bra, sa Edith och justerade sin hårknut.

– Han har många nya vänner på skolan, sa Patarin, och han älskar verkligen skolan nu.

– Det är skönt att höra, sa Edith och log. Han är en smart kille, men ganska känslig så det är viktigt att han omges av mycket stöd och omtänksamma människor.

– Trivs du bra här i London nu? frågade Matilda.

– Ja, sa Edith. Jag älskar fortfarande Thailand och saknar det ibland men jag är nöjd med livet just nu. Jag mår bäst av att vara med dem jag älskar och nu får jag se mina barnbarn flera gånger i veckan. Det är mer än tillräckligt för mig.

Det klingade till i den vackra blommiga tekoppen när hon rörde om med skeden.

– Det enda jag saknar är värmen, fortsatte Edith och log.

– Det gör mig glad att veta att du är lycklig här, sa Patarin. Jag kände mig så skyldig när jag flyttade till Finland med Pran och lämnade dig ensam.

– Det hade du inte behövt oroa dig för, sa Edith. Du gjorde helt rätt val för dig och Pran. Dessutom hade jag redan länge tänkt på att flytta tillbaka hit, det sa jag ju.

– Men ändå, sa Patarin och tittade ner i bordet. Du gjorde så mycket för oss. Det känns att jag aldrig riktigt fått betala tillbaka för det du gjort för vår skull.

– Vad talar du om, sa Edith och tittade på Patarin. Det att jag har fått vara en del av ditt och Prans liv är helt tillräckligt. Dessutom slank du ständigt in sedelbuntar i min handväska när jag inte märkte.

– Det känns ändå inte rättvist mot dig.

– Du blev som min egen dotter, sa Edith och log.

– Fast jag var så besvärlig?

– Ja, sa Edith och skrattade, oavsett. Din mamma skulle ha gjort lika för mig.

– Hur lärde ni känna varandra egentligen? frågade Matilda. Om jag får fråga.

– Ja, sa Patarin. Det har du aldrig berättat ens för mig.

– Det är en lång historia, sa Edith.

– Vi har tid att lyssna, sa Matilda och nickade förväntansfullt.

Pran blev plötsligt nyfiken han med och spände öronen.

– Jo, sa Edith. Det var nog på slutet av 80-talet tror jag, i Chonburi, när vi nyss flyttat dit med min man från London. Jag hade två barn att ta hand om i ett nytt land och kunde knappt ett ord på thailändska. Den enda jag kände var min man men jag kunde inte be hans hjälp med saker under vardagarna när han var på jobbet. Det var svårt och folk var ibland misstänksamma mot mig. Det var inte lika vanligt med västerlänningar i Chonburi då, särskilt inte kvinnor som dessutom gift sig med en thailändare.

– Jag tror jag minns litet, sa Patarin. Det var väl då vi flyttade till Chonburi från Bangkok. Vi hade flyttat dit från landet på grund av något gräl med släkten.

Edith skruvade smått på sig och tittade mot Prans håll. Hon tvekade en stund och öppnade sedan munnen.

– Jag tror du inte vet om den saken, sa Edith. Vad som hände.

– Nej, sa Patarin, min mamma berättade aldrig.

– Då kanske det är bäst att jag låter saken vara, sa Edith.

– Är det något känsligt? frågade Matilda försiktigt.

– Ja, sa Edith och suckade.

– Pran, sa Patarin.

– Ja *mae*?

– Du får gå ut ur rummet en stund. Jag vill höra det här men det ser ut att vara för grovt för dig att höra.

– Jag vill också veta! sa Pran.

– Snälla Pran, sa Matilda. Du får komma tillbaka och lyssna på berättelsen sen när vi säger, passar det?

– Mm, sa Pran och suckade.

– Tack Pran, sa Patarin. Jag berättar åt dig när du är tillräckligt gammal.

Pran gick snopet ut ur rummet och ut i trädgården i stället. Katten trippade efter honom och satte sig i en stol ute på verandan medan Pran hittade en boll att leka med. Edith satt tyst en stund och samlade sina tankar.

– Det handlar om din far, sa hon sedan.

– Min pappa? frågade Patarin förvånat. Jag minns honom inte alls.

– Det är lika bra så, sa Edith. Han var våldsam mot din bror och din mamma.

– Men inte mot mig?

– Inte mot dig, sa Edith, för du var så liten. Men hade din mamma stannat några år till så hade det nog blivit din tur ganska fort.

Matilda svalde hårt och spände sitt tag om tekoppen. Hon hade inte förväntat sig att få höra något så sorgligt.

– Det gick till så, fortsatte Edith, att din mamma talade om saken för sin familj. Ni bodde då i en liten by berättade hon och alla kände varandra. Men ingen gjorde något åt saken, fast de visste. De flyttade skulden över till din mamma i stället och sa åt henne att det var hennes fel för att hon gjorde din pappa arg, vilket ju var totalt strunt. Hon uppmanades vara mer lydig till din pappa och att hålla käften och tåla. Men det gjorde hon inte, hon kunde inte. Hon bestämde i stället för att bryta med hela släkten och ta er till Bangkok i hopp om att ni skulle vara säkra där. Det var ni ju på sätt och vis, även om det sedan blev andra slags problem.

Patarin satt tyst en stund med en stor rynka mellan ögonbrynen. Hennes långa svarta hår föll ner längs med hennes ansikte och hon petade på en servett.

– Är du okej? frågade Matilda.

– Jag tror det, sa Patarin. Det är bara så konstigt att få veta det nu. Jag förstår inte varför hon inte berättade om saken för mig.

– Hon ville inte ge dig dåliga minnen, sa Edith. Hon ville inte att du skulle behöva tänka på sådant alls.

– Men jag har nästan bara dåliga minnen från min barndom nu, sa Patarin och putade med läppen. Vi var fattiga och det var svårt.

– Det tror jag inte på, sa Edith. Din mamma gjorde sitt bästa även om lånet var en tabbe. Det var synd att det föll på dig, det borde aldrig ha hänt men hennes död kunde man ju inte förutspå.

– Det är sant. Jag har nog en hel del goda minnen också. Som när hon lärde mig sy och vi sydde kläder tillsammans. Eller som när vi gjorde en liten koja på balkongen med min bror och åt kyld frukt under de hetaste dagarna.

– Jag har också många bra minnen av din mamma, sa Edith och suckade. Det var synd att hon gick bort så ung.

– Men hur träffades ni då? frågade Matilda. Vi kom aldrig så långt i din berättelse.

– Javisst, sa Edith. Då ska vi kalla in Pran, om han ännu är nyfiken.

– Pran! ropade Patarin. Kom in och lyssna!

Pran lämnade bollen på marken i trädgården och rusade ivrigt in i köket. Han satte sig ner bredvid Edith och hällde mera saft i sitt glas.

– Då fortsätter jag, sa Edith. Vi hade alltså nyss flyttat till Chonburi. Mina pojkar var lite äldre än dig, närmare din brors ålder faktiskt och de var flitiga i skolan. Men min vardag var tung. Jag var ofta ensam på dagarna och hade svårt med dagliga ärenden ute på grund av språket och att jag inte passade in.

En dag var jag ute och handlade vid marknaden när två män kom upp till mig. De såg minst sagt misstänksamma ut och jag hade ingen aning vad de ville. De talade bara thailändska och började ta tag i min arm och min handväska. Ingen hjälpte mig och alla bara stirrade eller låtsades som om ingenting hände. Kanske de var rädda de med. Jag försökte dra mig ur deras grepp men kom inte loss så jag började skrika. Ingen hjälpte mig fortfarande och sedan började männen dra mig bort från marknaden. Jag vet fortfarande inte vad de ville men jag ryser av att ens tänka på saken. Som tur var det plötsligt en kvinna som började skrika åt männen, det var din mamma.

Hon var en modig jäkel. Hon jobbade vid marknaden under den tiden fortfarande så hon hade sett allt på avstånd och rusat fram för att hjälpa även då ingen annan gjorde det. Hon höll en sandal i ena handen och en korg med frukt i den andra och viftade hotfullt mot männen. Jag kunde ju knappt någon thailändska då så jag vet inte vad hon sa men jag antar att hon svor åt dem och bad dem att släppa mig. Jag vet inte vad hon hotade dem med men de började se riktigt nervösa ut och tittade bekymrat omkring. När de minst anade kastade hon sandalen rakt i näsan på den ena mannen så han blödde och sedan började hon kasta frukten också. Under denna oreda lyckades jag trampa rakt på den andra mannens fot och drog mig loss. Väskan fick jag som tur också och jag sprang snabbt som blixten fram till din mamma som fortsatte kasta frukt på männen. Nu började även de andra människorna på torget närma sig scenen och förberedde sig att försvara mig, tack vare din mammas goda exempel. Det var tillräckligt för männen att dra sig undan och som tur såg jag dem aldrig vid marknaden efter det.

– Vilken cool berättelse! utbrast Pran ivrigt. Min mormor var sjukt modig ju!

– Ja det var hon nog, skrattade Edith. Och väldigt omtänksam. Efter det blev vi goda vänner. Kommunikationen i början var usel för att hon inte talade engelska och jag talade knappt ett ord thailändska men på något sätt lyckades vi med hjälp av kroppsspråk och miner lära känna varandra. Hon hjälpte mig att lära mig thailändska och gjorde ofta ärenden tillsammans med mig. Hon var till enormt stort stöd faktiskt.

– Det hade jag ingen aning om, sa Patarin.

– Ni barn var ju i skolan på dagarna, sa Edith och log, hur kunde ni veta om våra dagliga äventyr? Vi blev så goda vänner att när en lägenhet mitt emot vår blev ledig så tipsade jag hyresvärden om din mor och bad honom hyra ut den åt henne. Han var nära bekant med min man så det var inte svårt att be honom om en tjänst. Jag visste att din mamma ville flytta från det ställe ni bodde på då och det löste sig fint. Hon var jätteglad om saken.

– Det var därför vi alltid fått bo kvar där även om vår hyra varit försenad ibland, sa Patarin och petade på sin kopp. Då har du åter gjort något stort för oss, hur kan jag någonsin betala tillbaka det?

– Tänk inte så, sa Edith. Din mamma var otroligt snäll och omtänksam mot mig. Hon försvarade mig ofta från andra som tyckte illa om mig och lärde mig värdefull information om landets kultur och seder. Det var tack vare henne jag började känna mig hemma i Thailand. Hon var min bästa vän.

Några tårar brände bakom Patarins ögonlock och Matilda lade sin hand på hennes axel. Pran var försjunken i tankar. Det var mycket han inte vetat om varken Edith eller sin mormor. Sin mormor hade han aldrig ens träffat så Edith hade blivit som hans mormor. Det var trevligt att veta mer om dem båda. Han knaprade tyst på ett kex och sparkade med benen under bordet. Han hade flera gånger velat veta om sin pappa men fort lärt sig att det inte var något hans mamma ville tala om. Egentligen hade han sedan länge tillbaka redan gissat vad det handlade om och Edith hade försökt trösta honom i saken. Men just nu kände han plötsligt att det inte spelade någon roll längre. Han ville inte veta mer, han behövde inte. Det räckte att veta om dem som på riktigt hade varit delaktiga i hans liv, som Edith och *mae*. Han älskade dem båda och han var glad att de gett honom så mycket de kunnat. Det förstod han ju nog nu, som 11-åring.

– *Mae*? sa han plötsligt.

Patarin tittade förvånat upp på honom.

– Du är en bra mamma, fortsatte han, så gråt inte. Matilda också. Och Edith är världens bästa mormor.

– Menar du det!? utbrast Edith och några tårar rullade nerför hennes kind. Kom hit du ditt lilla charmtroll!

Han lutade sig mot Edith och hon kramade honom hårt och länge. Han fnissade medan hon rufsade om hans hår. Sedan steg han upp från stolen och gick fram till sin mamma. Hon kramade honom direkt och viskade ömt i hans öra.

– Mitt gullebarn, sa hon och slöt ögonen.

–.Får jag också en kram? frågade Matilda och slog ut med armarna.

– Såklart, sa Pran och skyndade fram till henne.

De kramades en god stund tills Pran släppte taget.

– Får jag gå och leka med pusslet som fanns där på vardagsrumsbordet? frågade han Edith.

– Absolut, sa Edith och log. Jag skulle nog behöva lite hjälp med det faktiskt.

Pran rusade ivrigt ut i vardagsrummet och satte sig ner med det stora pusslet.

– Ja, fortsatte Edith. Du minns kanske inte mina barn så väldigt mycket för att ni gick på olika skolor och du jobbade en hel del efter skolan för att hjälpa din mamma. Men ni lekte ibland. Sedan åkte mina barn dessutom utomlands för att studera en tid.

– Jag minns nog väldigt lite, sa Patarin. Vi lekte tillsammans ibland men mer än det minns jag inte. Jag tror att jag förtryckt minnen från min uppväxt.

– Det är inte konstigt, sa Matilda, med tanke på hur tungt det var för dig. Men jag är så stolt över dig, det ska du veta. Du har klarat dig fint med Pran och med lånet också dessutom.

– Jag är också stolt över dig, sa Edith och log varmt. Det var tungt när mina barn blev vuxna och började intressera sig mer för omvärlden. De flyttade bort ganska fort, sedan dog min bästa vän och sedan även min man. Det var skönt att ha dig och Pran där. Ni gav mig mycket tröst och kärlek. Det var jobbigt ibland också men att se er båda växa har gett mig stor glädje.

– Åh Edith, sa Patarin och sträckte fram sin hand mot hennes. Du är underbar. Tack för allting. Vad hade jag gjort utan dig?

– Tack själv, sa Edith och torkade sina skrynkliga ögon med en servett.

– Ska vi vara riktigt smöriga och ta en gruppkram? frågade Matilda och log brett.

– Absolut! sa Patarin och steg upp. Vi kommer till dig Edith, stig inte upp!

Matilda och Patarin omringade Edith och kramade henne länge och väl. De torkade sina tårar och skrattade åt varandra innan de förflyttade sig ut på terrassen. Patarin och Matilda slog sig ner i stolarna medan Edith visade Pran något spännande i högra hörnet av sin trädgård, nära staket. Pran skrattade och studsade ivrigt på gräsmattan.

– Vet du vad, sa Matilda plötsligt. När jag åkte till Thailand för första gången ensam, på min semester, så minns jag att jag tänkte att jag kanske aldrig skulle få ett barn. Att det nog var för sent för mig med tanke på min ålder. Det hade gynekologen sagt åt mig.

Patarin rörde försiktigt vid Matildas arm.

– Men jag fick ju faktiskt ett barn till slut, fortsatte Matilda och nickade leende mot Pran. Det spelar ingen roll hur det gick till. Jag är bara så lycklig att ha er som min egen familj.

– Åh, Matilda! sa Patarin med tårar i ögonen. Jag med, jag med!

Patarin lutade sig mot Matildas axel. De tittade på Pran som sparkade boll i Ediths trädgård och lyssnade på Ediths glada

nynnande medan hon pysslade med sina blommor ute på går-
den. Denna stund skulle inte vara för alltid, det visste de båda.

Verkligheten var att de alla levde sina egna liv och de blev
alla äldre år för år. Pran skulle växa upp och bli självständig,
Kate och Jake skulle bli flitigt sysselsatta föräldrar, Suda skulle
fortsätta med sin kallelse av farliga journalistuppdrag, Preedas
barnhem skulle fortsätta erbjuda ett hem åt föräldralösa barn
så länge det var möjligt och Vivian, Gunnel samt Edith kunde
gå bort när som helst. Men det är livet. Det enda man har är
nuet. Oavsett hur långt borta de alla var från varandra, i Fin-
land, Thailand och Storbritannien, och oavsett hur sällan eller
ofta de sågs, så älskade de alla varandra. De var alla viktiga för
varandra och de skulle alltid bry om varandra. Livet är oräk-
neligt och oförväntade saker kan hända när som helst. Det är
skrämmande men när man accepterar det är det lättare att leva
i stunden och bara njuta och uppskatta det man har och upp-
lever just nu. Det bästa man kan göra för sig själv och för sina
närmaste är att leva i nuet, förlåta och älska varandra så bra
man kan och orkar, och att lita på att livet nog ordnar sig på
bästa möjliga sätt. För det gör det oftast.

HÄNVISNINGAR

[1] Sedan 7 februari 2021 har abort i Thailand varit lagligt upp till minst 12 veckors graviditet. För tillfället är abort i Thailand lagligt och tillgängligt på begäran upp till 20 veckors graviditet.

[2] Samkönade äktenskap har varit lagligt i Thailand sedan den 23 januari 2025.